Stefan Gemmel

Die Zeitensegler

Schattengreifer

Coverbild und Illustrationen: Silvia Christoph
Umschlaggestaltung: Götz Rohloff
Satz: Helmut Schaffer, Hofheim
Druck und Einband: GGP Media GmbH, Pößneck

Printed in Germany

ISBN 978-3-8339-3704-0

3 5 4 2

www.baumhaus-verlag.de

Stefan Gemmel

Die Zeitensegler

Erster Band

der Trilogie

Schattengreifer

Baumhaus Verlag

Flammen auf Mastspitzen

„NEIN!"

Mit einem lang gezogenen Schrei schreckte Simon aus dem Schlaf. Sein Herz hämmerte. Sein Atem raste. Heißer Schweiß rann ihm die Stirn hinunter.

Er setzte sich mit einem Ruck auf und blickte sich hektisch um. Er war in seinem Zimmer. In seiner vertrauten Umgebung. Das fahle Licht der Nacht suchte sich seinen Weg durch die dünnen Vorhänge am Fenster und warf verzerrte Schatten an die Wand.

Simon atmete tief ein. Es war also alles in Ordnung.

Zumindest schien es so.

Dennoch: Sein Herz wollte sich nicht beruhigen.

War dies wirklich nur ein Traum gewesen? Alles hatte so realistisch gewirkt, so echt.

Simon hatte die Bilder noch immer klar vor Augen. So klar, als wären all diese Dinge ganz greifbar hier in seinem Zimmer: dicke, schwarze Kohlestriche auf einer Felswand und eine Sanduhr, durch die blutroter Sand rieselte. Krähenschnäbel, die nach ihm hackten, und hohe Meereswellen, die über ihm zusammenschlugen.

Simon kannte diese Bilder. Immer und immer wieder tauchten sie in seinen Träumen auf.

Doch so lebendig und bedrohlich waren sie ihm noch nie erschienen.

Und viel schlimmer: Etwas völlig Neues hatte sich heute Nacht in seinen Schlaf geschlichen. Zwei Dinge, die er zuvor noch nie gesehen hatte. Nicht im Schlaf und nicht in der Realität: Brennende Fackeln auf zwei Schiffsmasten, deren gleißende Flammen meterhoch in den Himmel ragten. Und eine weiße, klauenartige Hand, die nach ihm greifen wollte. Lange, vertrocknete, tote Finger, die sich nach ihm streckten. Die sich Zentimeter um Zentimeter seinem Gesicht näherten, während die Krähen seinen Kopf umschwirrten – bis Simon schreiend aus seinem Traum erwacht war.

Noch immer schüttelte es ihn bei dem Gedanken daran.

Was hatte all das zu bedeuten? Was war nur los in seinem Kopf? Welcher Mensch hatte solche Träume?

Er wischte sich den Schweiß aus dem Gesicht und stand von seinem Bett auf.

Krähenschnäbel, Kohlestriche, Leichenfinger. In seinem Kopf wirbelten Gedanken und Bilder wild umher. Sanduhren, Fackellichter, Meereswellen. Es gelang ihm einfach nicht, sich zu beruhigen.

Sein Blick fiel auf die Vorhänge.

Frische Luft!, dachte er. Frische Luft und einen Blick auf das Meer. Das hatte bisher noch immer geholfen.

Er trat ans Fenster, zog die Vorhänge zur Seite, stützte die Hände auf die Fensterbank und schaute hinaus auf das Wasser, das wie schlafend unter dem sternenbehangenen Himmel lag und über dem der Mond …

Simon riss die Augen weit auf und stemmte beide Hände gegen das Fensterglas.

„Das ist unmöglich!“, flüsterte er fassungslos.

Das konnte nicht wahr sein.

Er schüttelte den Kopf und schlug sich mit einer Hand gegen die Stirn. Schlief er noch immer? War dies ein weiterer Traum?

Nein, er war wach. Hellwach.

Das Bild, das sich ihm bot, war keine Einbildung: Die brennenden Fackeln auf den beiden Masten dieses Schiffes vor ihm auf dem Meer waren echt. Ebenso wie die Krähen, die beide

Masten umflogen und von denen Simon auf die Entfernung nur die schemenhaften Umrisse erkennen konnte, wenn sie dicht an dem gleißenden Licht der hohen Flammen vorbeiflogen. Alles spiegelte sich auf der glatten Oberfläche des Meeres.

Und alles war real!

Seine Albträume mussten Wirklichkeit geworden sein.

Wie lange er letztendlich so dagestanden und stumm auf das Schiff gestarrt hatte, das hätte er später niemals sagen können. Sein Blick war ewig auf das Schiff gerichtet. Und es schien ihm, als blicke das Schiff starr auf ihn zurück.

Das war verrückt. Und dennoch war dies Simons Empfinden: Ja, das Schiff starrte ihn an.

Mehr noch: Die Flammen auf den Masten wirkten wie Hände, die ihn zu sich winkten.

Plötzlich formte sich in ihm ein klarer, eindeutiger Entschluss: „Ich muss mir das ansehen", flüsterte er mit Nachdruck. „Ich muss zu diesem Schiff!"

Etwas wühlte ihn auf.

Etwas passierte in ihm.

Nein, etwas geschah MIT ihm.

Er schloss die Augen und öffnete weit seine Sinne.

Er fühlte.

Wie lange war das schon nicht mehr geschehen?

Es war, als erwache etwas in ihm. Eine Kraft.

Hoffnung?

Er riss seine Augen auf. Es war so weit.

Endlich. Der Moment war gekommen.

Er war seinem Ziel noch nie näher gewesen.

Zum ersten Mal seit Jahren umspielte ein Lächeln seine blassen Lippen. Das erste Lächeln seit Jahrzehnten, vielleicht seit Jahrhunderten. Er hätte es nicht sagen können. Und es war ihm auch gleich. Die Zeit, wie die Menschen sie kannten, spielte für ihn keine Rolle. Das hatte sie noch nie getan.

Seine Zeit war das Einzige, was zählte.

Das Einzige.

Und nun war es so weit: Seine Zeit war gekommen.

Er erhob sich von seinem Platz und streichelte mit seinen weißen, spindeldürren Fingern über das Gefieder der riesigen Krähe, die an seiner Seite saß.

„Komm“, sagte er, ohne seine Lippen zu bewegen.

„Es wird Zeit.“

Hart schlugen die Riemen im Wasser auf, während Simon mit aller Kraft an den Rudern zog.

Ohne lange nachzudenken, hatte er sich Jeans, Pullover und Turnschuhe angezogen, war aus dem Haus geschlichen, um dem vermeintlichen Ruf des Schiffes zu folgen.

Mit dem Ruderboot seines Vaters kannte er sich bestens aus. Schließlich gab es kaum ein Wochenende, an dem die beiden nicht hinausruderten. Boote und Schiffe waren die große Leidenschaft der beiden. Sie gingen eher wie Freunde miteinander um als wie Vater und Sohn. Vor allem über die Schifffahrt hatte Simon in den vergangenen Jahren eine Menge von seinem Vater lernen können.

Auch an diesem Abend hatte er das Boot mit geübten Handgriffen und in Sekundenschnelle aus dem Bootshaus gesteuert: hinaus aufs offene Meer. Stetig näherte er sich dem fremden Schiff. Zug um Zug.

Erst als er etwa die Hälfte der Strecke geschafft hatte, hielt er inne und verschnaufte. Die Muskeln in seinen Armen und Beinen schmerzten und der Schweiß lief ihm über das Gesicht. Simon seufzte erschöpft. Er wandte sich zu dem Schiff um, wollte die Entfernung zum Schiff abschätzen …

… und fuhr mit einem Schrei des Entsetzens zurück: Die weiße, spindeldürre Hand bewegte sich auf ihn zu!

Simon duckte sich und hielt die Hände schützend über den Kopf, doch nichts geschah.

Sekundenlang verharrte er so und hielt den Atem an. Nur langsam traute er sich, wieder aufzuschauen. Vorsichtig wandte er sich um.

Die Hand war verschwunden. Nur das Schiff war zu sehen. Ruhig lag es im Meer.

Simon setzte sich auf. Es gelang ihm kaum, wieder zur Ruhe zu kommen. Was geschah hier nur mit ihm? Allmählich wurde ihm die Lage bewusst, in die er sich gebracht hatte. Hier saß er, allein in einem Boot, mitten auf dem Meer, und ruderte auf ein Schiff zu, wie es seltsamer nicht sein konnte. Und das nur, weil ihn Träume dazu gebracht hatten.

Er blickte sich in seinem engen Ruderboot um. Nicht einmal etwas zu essen hatte er sich mitgenommen. Außerdem hatte er seinen Eltern auch keine Nachricht hinterlassen. Dabei wusste er rein gar nichts: nicht, ob er auf dem Schiff willkommen war. Und noch nicht einmal, ob sich überhaupt jemand an Deck befand!

Sollte er umkehren?

Simon schaute angestrengt zum Ufer und auf die kleine Stadt, in der er lebte. Das Haus seiner Familie war von hier schon fast nicht mehr zu erkennen. Lediglich die Dachspitze konnte er noch ausmachen.

Er wandte sich wieder um und blickte zum Schiff, und es schien ihm mehr denn je, als rufe es nach ihm. Als warte es nur auf ihn!

Erneut seufzte er laut auf. Dann ergriff er die Enden seiner Ruder und legte sich wieder ins Zeug. Er konnte nicht zurück nach Hause. Er musste dieses Rätsel lösen. Er musste wissen, was all dies zu bedeuten hatte. Und vielleicht würden dann ja auch endlich diese seltsamen Träume aufhören, die ihn quälten.

Ruhiger, wenn auch mit einem bangen Gefühl im Magen, näherte er sich endlich dem Schiff.

Nebel zog auf und der Geruch verbrannten Teers stach Simon in die Nase. Er sah an den Schiffsplanken hinauf zu den dicken Rauchschwaden, die von den Fackeln zum Himmel stiegen.

Inzwischen war er dem Schiff so nahe, dass er die Wände mit seinen Händen berühren konnte. Vorsichtig, beinahe andächtig, streckte er die rechte Hand aus und fuhr mit den Fingerspitzen über das Holz, zog sie jedoch mit einem Ruck sofort wieder zurück: Das rissige, alte, morsche Holz war vom Wasser und von dem Salz so zersetzt – es fühlte sich beinahe an wie die dünne Haut eines alten Menschen. Simon gewann immer mehr den Eindruck, dass das Schiff lebte.

Er ließ den Blick die Wand entlanggleiten, bis hinauf zur Bordwand. Das Schiff war riesig! Simon kam es beinahe so vor, als befände er sich mit seinem kleinen Boot neben einem walgroßen Tier. Einem riesigen Tier aus Holz, dessen Holzplanken laut knarrten und knirschten.

Und in diesem Moment verspürte er es zum ersten Mal. Eine Bewegung. Hauchfein. Ein Vibrieren, das von dem Schiff ausging. Kurz nur. Ein sanfter Impuls. Beinahe wie ein Herzschlag, der sich vom Schiffsrumpf über die Wellen auf Simons Boot übertrug und schließlich dessen ganzen Körper erfasste.

Ein Schiff, das lebte?

Verlor er nun endgültig den Verstand?

Egal. Er musste einfach mehr über dieses geheimnisvolle Schiff erfahren.

Schnell richtete er sich in seinem Boot auf und griff erneut nach den Rudern. Anstelle der anfänglichen Furcht verspürte er auf einmal eine geradezu unwiderstehliche Neugierde. Er hatte das Schiff ja noch gar nicht richtig ansehen können! Von seinem Schlafzimmerfenster aus hatte er es nur als Schemen wahrgenommen. Und von hier aus blickte er lediglich auf den hinteren Teil der rechten Seite. Nun wollte er endlich einmal das ganze Schiff in Augenschein nehmen.

Ganz sachte senkte er die Ruder wieder ins Wasser und der Kahn glitt mit langsamen Schlägen die Schiffswand entlang in Richtung Bug.

Das Alter des Schiffes war kaum einzuschätzen. Und dabei kannte sich Simon wirklich aus. In den vergangenen Jahren hatte er unzählige Bücher zum Thema Seefahrt geradezu verschlungen und eine Menge Filme über Meeresexpeditionen gesehen. Aber ein Schiff wie dieses war nie darin vorgekommen: Die Holzplanken, aus denen die Schiffswand bestand, mussten unendlich alt sein. Sie wiesen tiefe Risse und Löcher auf. Eine Mischung aus Salzgeruch und modrigem Gestank ging davon aus. Ganz bestimmt hatte dieses Schiff schon viele Meere bereist!

Vorsichtig ruderte Simon weiter. Er hatte inzwischen beinahe die Mitte des Schiffes erreicht, als sich ein Schatten über ihn legte. Ruckartig blickte er nach oben. Eine Art Flügel hatte sich zwischen ihn und das Licht der Fackeln auf den Masten geschoben. Ein Flügel aus Holz.

Fasziniert schaute Simon den Flügel an und folgte dessen Maserungen bis zum Schiffsbug. Ihm bot sich ein schier unglaublicher Anblick: Der gesamte Bug bestand aus einem riesigen Krähengesicht! Dort, wo sich bei alten Segelschiffen eigentlich die Galionsfigur befand, ragte ein krummer Krähenschnabel hervor, der sich weit über die Wellen zog.

Erst jetzt erkannte Simon, dass dieses Krähengesicht in den Holzflügel mündete, in dessen Schatten er vorhin gerudert war.

Langsam stand Simon auf. Er wollte versuchen, das Schiff in seiner gesamten Größe zu sehen. Zwar hatte er einige Mühe, das Gleichgewicht in dem Boot zu halten, aber nun konnte er alles sehen. Von dem Krähenkopf am Bug bis hin zu dem hohen

Kajütenaufbau am Heck, Einzelheiten, die Simon vorher nicht wahrgenommen hatte: Die gesamte Front der Kajüte bestand aus Fenstern. Simon glaubte, einen schwachen Lichtschein wahrzunehmen. Doch er konnte nicht erkennen, ob der Schein von Kerzen herrührte oder ob sich vielleicht nur die Flammen der Mastfackeln im Glas der Fenster widerspiegelten.

Dieses Schiff war unheimlich. Und überwältigend. Alles war so perfekt, so lebensecht gearbeitet, dass Simon glaubte, einem riesigen Vogel gegenüberzusitzen. Der Bug als Kopf, der Rumpf als Körper, mit gewaltigen Flügeln aus Holz an den Seiten.

Auf was für ein Wunderwerk war er hier gestoßen?

Plötzlich hatte er nur noch einen einzigen Wunsch: Er musste unbedingt auf dieses seltsame Schiff! Er wollte nur noch über dessen morsche Planken laufen und mit seinen Händen die Masten berühren.

An der Backbordseite entdeckte er eine Strickleiter, die von der Bordwand herabhing. Er ruderte näher an das Schiff heran, und trotz der Wellenbewegungen des Meeres gelang es ihm, die unterste Sprosse der Leiter zu ergreifen.

Gerade wollte er sich daran hochziehen, als ihm doch starke Zweifel kamen. So beeindruckend dieses Schiff auch war, Simon hatte nicht die geringste Ahnung, was ihn dort oben erwartete. Er wusste nicht, was für eine Mannschaft diesen Kahn steuerte!

Und er wusste nicht einmal genau, wo er sich befand. Sollte er sich wirklich auf dieses unheimliche Schiff wagen?

Er atmete tief ein und versuchte noch einmal, einen Blick auf sein Zuhause zu werfen. Doch vergeblich. Der Nebel, der das Schiff umhüllte, war inzwischen so dicht, dass er die Umrisse der gesamten Stadt verschluckt hatte.

Also zog sich Simon mit einem kräftigen Ruck an der Strickleiter in die Höhe. Seine Füße fanden Halt auf den ersten Sprossen und unter einiger Anstrengung kletterte er im Zeitlupentempo an der Strickleiter nach oben.

Es war ihm unmöglich, sich geräuschlos zu bewegen. Immer wieder stieß er mit seinen Schultern gegen den Schiffskörper.

Dann, endlich konnte er einen ersten Blick über die Bordwand wagen: dunkles, morsches Holz, wohin er blickte. Auf dem rissigen Holzdeck standen Fässer und in allen Ecken lagen aufgerollte Taue. Eine schmale Holztreppe führte hinten auf das Kajütdach zum Steuerrad des Schiffes. Und dann war da natürlich die Kajüte selbst: Dunkel, beinahe bedrohlich, ragte sie am Heck herauf. In den Fenstern war kein Licht. Simon hatte vorhin wohl tatsächlich nur den Widerschein der Fackeln gesehen.

Doch das war schon sehr merkwürdig. Er konnte keinerlei Anzeichen von Leben auf diesem Schiff ausmachen: keine Laternen, keine Kleidung, Decken, Geschirr oder irgendetwas anderes, das auf eine Besatzung hingedeutet hätte.

Und dennoch war dieses Schiff hier wirklich.

Simon zuckte zusammen. Sollte er etwa auf ein Geisterschiff gestoßen sein?

Zum ersten Mal an diesem Abend spürte er richtige Furcht in sich aufsteigen. Nackte Angst.

Es ist doch falsch gewesen, hierherzukommen!, durchfuhr es ihn mit eiskalter Klarheit. Mit seinem rechten Fuß tastete er aufgeregt nach der ersten Sprosse der Strickleiter, um so schnell wie möglich wieder nach unten zu gelangen. Er hatte plötzlich nur noch einen Gedanken: Fort von hier! Weg! Diese Leblosigkeit des Schiffes versetzte ihn urplötzlich regelrecht in Panik.

Er blickte nach unten, suchte die nächste Sprosse, und erstarrte mitten in der Bewegung: Er hatte in seiner Aufregung das Boot nicht ordentlich festgebunden! Nun trieb es davon – zwar war es nur wenige Meter von Simon entfernt im Wasser, doch schon zu weit weg, um hinterherzuschwimmen. Außerdem kannte Simon die unberechenbaren Strömungen des Meeres.

Und tatsächlich: Plötzlich drehte das Boot, schwankte auf den Wellen hin und her und im nächsten Moment wurde es fortgezogen, in den dichten Nebel hinein. Simon fühlte sich so hilflos, dass ihm die Tränen in die Augen traten. Aber es blieb ihm wohl wirklich nichts anderes übrig, als sich wieder in die Höhe zu ziehen! Langsam kletterte er über die Bordwand und ließ sich erschöpft und entmutigt auf das Schiffsdeck fallen.

Da.
Da war es wieder gewesen.
Dieses Gefühl.
Allerdings dieses Mal tiefer. Intensiver.
Er atmete hörbar ein und genoss für eine Sekunde die Ströme, die seinen Körper durchzogen. Seine dunklen Augen verengten sich zu Schlitzen und ein wohliges Raunen entfuhr seiner Kehle.
Nun gab es keinen Zweifel mehr.
Das, worauf er gewartet hatte, war angekommen.
Alles verlief nach Plan und fügte sich zusammen. Wie bei einer Kette, deren Glieder miteinander verbunden waren.
Nun fehlten nur noch wenige Teile. Nur noch wenige Glieder.
Mit der Hand fuhr er sich über den kahlen Kopf und strich über sein Gesicht, auf dem sich wieder ein Lächeln zeigte.
All seine Bestrebungen!
All sein Tun …
Es würde von Erfolg gekrönt sein.
Er musste sich beeilen.
Das Ziel war zum Greifen nahe.

Allmählich kam Simon wieder zu Kräften. Die Kälte der Nacht fuhr ihm durch die Kleidung und unter die Haut und vertrieb das Gefühl der Hilflosigkeit.

Es half nichts, hier auf dem Deck zu liegen. Er musste etwas tun!

Langsam rappelte er sich auf. Er beschloss, das Schiff weiter zu erkunden und ging auf die Kajüte zu. Zaghaft rüttelte er am Türknauf, doch es war abgeschlossen. Er stellte sich vor eines der Fenster und versuchte, einen Blick ins Innere zu werfen, doch vergebens. Die Scheiben waren so schmutzig, dass er nichts erkennen konnte.

Und in diesem Moment war es wieder da: das kurze Vibrieren. Derselbe Impuls, wie ihn Simon unmittelbar nach seiner ersten Berührung des Schiffes bemerkt hatte. Doch hier, auf Deck, waren diese Ströme viel intensiver spürbar. Die Bewegung ging eindeutig von den Schiffsplanken aus!

Simon blickte auf das Deck, und erst jetzt bemerkte er, dass er auf einer riesigen Bodenluke stand: Sie war in das Schiffsdeck eingearbeitet, hatte eine quadratische Form und war etwa zweimal so groß wie die Tür zur Kajüte. Ihre Seiten und die Ecken waren mit Eisenrahmen verstärkt.

Erneut vibrierte es. Kurz. Dann war alles ruhig.

In der Mitte der Luke befand sich ein Eisenring, mit dem sich die Luke anscheinend öffnen ließ. Simon machte einen Schritt zur Seite. Er ging in die Hocke, schloss die Hände um den Eisenring, um die Luke mit einem Ruck zu öffnen, als …

Er stockte.

Da war doch etwas gewesen.

Ein Geräusch.

Genau hinter ihm.

Simon ließ von dem Eisenring ab und spitzte die Ohren. Was passierte da hinter seinem Rücken?

Da wieder: ein Schritt. Ein Scharren.

Direkt hinter seinem Rücken.

Er war nicht allein!

Jemand musste hinter ihm stehen.

Simon hielt den Atem an und wartete darauf, dass etwas geschah.

Doch wer auch immer hinter ihm stand – jetzt regte er sich nicht. Vielleicht wartete er Simons Reaktion ab.

Gewiss vergingen nur Sekunden, doch Simon kam es wie eine Ewigkeit vor, bis er schließlich die Hände ganz von dem Eisenring nahm und sich vorsichtig umwandte.

Im dichten Nebel konnte er gleich fünf Gestalten ausmachen. Jedoch nur schemenhaft. Eher Schatten als Konturen.

Er trat einen Schritt zurück und hielt den Blick auf die Schatten gerichtet.

Warum geschah nichts? Diese reglosen Gestalten und diese beängstigende Stille – das war kaum noch auszuhalten!

Das Schiff vibrierte. Endlich gab sich Simon einen Ruck: „Wer seid ihr?"

„Wer bist DU?", scholl es ihm entgegen.

Simon kniff die Augen zusammen, aber sosehr er sich auch anstrengte: Durch den Nebel hindurch konnte er einfach nicht mehr erkennen. Er wagte es auch nicht, einen Schritt nach vorn zu machen. Dazu fehlte ihm einfach der Mut.

„Wer bist du?", ertönte es noch einmal scharf. Trotzdem nahm Simon einen freundlichen Unterton wahr und ein Teil seiner Angst verflog.

„Ich – ich bin Simon", gab er zur Antwort.

Einige Sekunden passierte wieder nichts. Dann rührten sich die schattenhaften Gestalten in ihrer Nebelhülle und kamen langsam auf Simon zu. Aus den Schemen wurden Konturen und aus den Konturen wurden Menschen.

Das sollte die Mannschaft sein?, dachte Simon erstaunt: Er stand fünf *Jugendlichen* gegenüber! Drei Jungen und zwei Mädchen, die etwa in seinem Alter sein mussten. Sie blickten ihn ebenso verwundert an wie er sie.

Es war seltsam genug, auf diesem Schiff Fremden zu begegnen, noch dazu Gleichaltrigen. Doch das Seltsamste war ihr Aussehen. Unterschiedlicher konnten fünf Menschen wohl kaum sein: Eines der Mädchen sah irgendwie orientalisch aus. Sie trug ein wunderschönes Kleid mit zahlreichen ineinander verschlungenen Linien. Die Haare hatte sie kunstvoll hochgesteckt, nur an den Seiten hingen lange Strähnen herab und rahmten ihr Gesicht ein.

Das andere Mädchen jedoch … Simon blinzelte verwirrt: Ihre klaren, grünen Augen hatten Simon fest im Blick. In einem dünnen weißen Kleid, mit dem goldenen Stirnband auf ihren glatten schwarzen Haaren sah sie aus wie … wie … wie eine Ägypterin! Allerdings wie ein Mädchen aus dem frühen, alten Ägypten. So, wie Simon es von Zeichnungen und Bildern kannte.

Dann war da dieser Junge mit den langen schwarzen Haaren: Er trug hellbraune Lederhosen, an deren Seiten sich bunter, geknüpfter Schmuck befand, und auf dem Kopf ein dünnes Lederband. An dem Band, direkt über seinem linken Ohr war eine lange Vogelfeder befestigt, die ihm – wie seine langen schwarzen Haare – bis zu den Schultern reichte. Simon war von dieser ungewöhnlichen Erscheinung und deren selbstbewussten Auftreten fasziniert.

Konnte es sein, dass er hier einem Indianer gegenüberstand?

Und der Junge daneben, das könnte glatt ein Römer sein: Er trug ein weißes Hemd mit kurzen Armen, das ihm fast bis zu den Knien reichte. Um die Taille hatte er ein braunes Lederband gebunden, an dessen Seite ein Dolch in der Scheide steckte. Auch dieser Junge beeindruckte Simon sehr. Er war athletisch gebaut und besaß ganz bestimmt unbändige Kraft. Allerdings blickte er Simon finster und misstrauisch an.

Der dritte Junge hingegen schaute ihm offen, beinahe neugierig entgegen und wirkte auf Simon weniger ungewöhnlich als die anderen. Seine Hautfarbe war ebenfalls weiß, er trug jedoch keinerlei Waffen und war zudem ganz anders gekleidet als der finstere Athlet. Er hatte lediglich ein dünnes Stoffhemd mit einer schwarzen Weste an und ebenso dünne schwarze Hosen. Der Junge war der Einzige der fünf, der richtige Schuhe anhatte: schwarze Lederschuhe. Simon war sich sicher, so musste die Kleidung im Mittelalter ausgesehen haben.

Sprachlos starrte Simon die fünf an, die genauso sprachlos zurückstarrten. Was ging auf diesem Schiff nur vor?

Schließlich war es das Mädchen, das wie eine Ägypterin aussah, welches das Schweigen brach: „Woher kommst du, *Simon?*“, fragte sie wieder in diesem scharfen Ton und trat einen Schritt auf ihn zu. Auch die anderen der Gruppe kamen näher. Simon konnte ihre prüfenden Blicke auf sich spüren.

Er zeigte mit einem Finger in Richtung des Ufers. „Ich komme vom Festland dort drüben. Aus einer kleineren Stadt, die …“

Die Ägypterin hob energisch eine Hand und Simon schwieg sofort. „Ich meine nicht den Ort“, erklärte sie. „Ich möchte wissen, aus welcher Zeit du stammst.“

Simon blickte sie verständnislos an. „Aus welcher *Zeit?*"
„Ich meine: Aus welcher *Epoche* bist du zu uns gekommen?"
Noch immer verstand Simon kein einziges Wort. „Ich komme aus dem Heute", gab er zur Antwort und merkte selbst, wie dämlich das klang.
Auch das Mädchen gab sich damit nicht zufrieden, sondern forschte weiter nach: „Aus welchem *Jahrhundert* stammst du?"
Endlich glaubte Simon zu verstehen, was sie meinte. „Ich – ich komme aus dem dritten Jahrtausend", gab er zur Antwort und war überrascht, was er mit dieser Aussage auslöste. Alle fünf rückten auf einmal ein Stück von ihm ab. Und ihren Blicken haftete urplötzlich etwas Beängstigendes, beinahe Bedrohliches an.
Simon bemühte sich vergeblich, die ganze Situation zu begreifen.
Wo war er hier nur hineingeraten?
„Ich komme aus dem Beginn des dritten Jahrtausends", fügte er hastig hinzu. „Genauer gesagt aus dem Jahr Zweitausendund…" Simon verstummte.
Das Mädchen mit den kunstvoll hochgesteckten Haaren löste sich aus der Gruppe und kam langsam auf ihn zu. Sie berührte mit ihren Fingerspitzen erst sein Gesicht, dann sein T-Shirt.
„Drittes Jahrtausend", flüsterte sie. „Drittes. Jahrtausend. Drittes …" Murmelnd ging sie um Simon herum.
Unbehaglich sah der zu Boden. Es war ihm äußerst unangenehm, so betrachtet zu werden, und er hätte sich gern dagegen gewehrt. Doch er wollte seine Gegenüber keinesfalls mit einer unbedachten Äußerung verärgern. Diese fünf, so eigenartig sie ihm auch vorkamen, waren vermutlich der Schlüssel zum Geheimnis dieses Schiffes. Nur sie konnten ihm erklären, was hier

vor sich ging. Und so wartete er ungeduldig ab, bis die Orientalin ihre Runden beendet und sich wieder zu der Gruppe gesellt hatte.

Wieder musterten sie sich gegenseitig und nur das Krächzen der Krähen und dieses merkwürdige Vibrieren des Schiffes unterbrachen von Zeit zu Zeit die angespannte Stille.

„Wir sollten es ihm sagen", murmelte auf einmal der Junge mit dem weißen Hemd. Die anderen nickten und der Junge ging einen Schritt auf Simon zu. „Du wirst noch nicht von uns gehört haben", sagte er, dann musterte er Simon noch eingehender: „Oder doch? Kennt man uns im dritten Jahrtausend?" Er deutete auf seine Leute hinter sich. „Wir sind die Zeitenkrieger. Zumindest werden wir so genannt."

„Zeitenkrieger?"

„Du hast also noch nichts von uns gehört?"

„Ich … nein!"

Der Junge trat näher an Simon heran. Sein Gesichtsausdruck veränderte sich auf einmal, bevor er mit ruhiger Stimme erklärte: „Wir reisen durch die Zeit für die Zeit. Wir lassen das Alte hinter uns, um Neues zu schaffen." Er schwieg einen kurzen Moment und fügte dann hinzu: „So wurde es uns gesagt und daran glauben wir."

Simon schüttelte den Kopf. Alles schien nur noch verwirrender zu werden. „Ihr reist durch die *Zeit?"*

Der Junge nickte. „Ich stamme aus einer Epoche, die lange vor der deinen liegt. Sehr lange."

Vorsichtig wagte Simon noch einmal einen Vorstoß: „Bist du Römer?", fragte er leise.

„Was?" Der Junge zuckte zusammen und lief vor Wut rot an: „Römer? Ich?", brüllte er, so laut, dass nun auch die anderen zusammenzuckten: „Du nennst mich einen Römer? Willst du mich beleidigen?“

Hastig trat die Ägypterin zwischen die beiden. „Lass ihn. Er hat es sicher nicht böse gemeint.“

„Natürlich nicht“, fügte Simon eilig hinzu. „Entschuldige! Ich wollte doch nicht … Ich dachte nur, dass du … deine Kleidung …“

Der andere blickte erst an sich herunter, dann wandte er sich erneut Simon zu. „Ich bin kein verfluchter Römer. Ganz gewiss nicht. Ich stamme aus Karthago!“

„Karthago?“ Simon horchte auf. „Das kann nicht sein. Karthago existiert nicht mehr. Es wurde …“

„Halt ein!“, unterbrach ihn der Junge barsch. „Willst du in offenen Wunden bohren? Musst du mich an das Unglück meines Volkes erinnern?“

Wieder bat Simon rasch um Entschuldigung. „Ich wollte dich nicht … ich hatte nicht die Absicht …“ Was für ein seltsames Gespräch führte er hier eigentlich? „Ich dachte einfach nur an … an … na ja, eben an das, was ich aus dem Unterricht von Karthago weiß und …“

„Du denkst zu laut“, wurde er von dem Karthager abermals unterbrochen. „Du sprichst ohnehin zu viel“, fügte er mürrisch hinzu und wandte sich mit gereizter Miene von Simon ab.

„Lass es gut sein, Basrar!“ Die Ägypterin kam auf den Karthager zu und legte ihm eine Hand auf die Schulter. „Er hat dich gewiss nicht verletzen wollen. Sieh doch nur, wie verwirrt er ist.“

Sie drehte sich zu Simon um und sagte: „Mein Name ist Neferti. Ich stamme aus Ägypten, aus dem königlichen Geschlecht des Echnaton.“

„Echnaton? Der Pharao? Ja, aber … das muss doch über dreitausend Jahre her sein, wenn nicht sogar …"

„Ich bin eine seiner vielen Großnichten. Mein Vater war der Verwalter seiner Herden in Amarna."

Ägypten. Karthago. Simon schwirrte der Kopf. „Das kann doch alles nicht wahr sein. Das ist doch verrückt …"

„Es ist so unglaublich wie deine Aussage, dass du aus dem dritten Jahrtausend kommst, nicht wahr?", erwiderte der Indianerjunge.

Auch er trat jetzt näher an Simon heran. „Glaub mir", versuchte er Simon zu beruhigen. „Keiner von uns konnte am Anfang glauben, was mit uns hier auf diesem Schiff geschehen ist. Wir alle standen ebenso ratlos da wie du gerade."

Simon spürte, wie sich bei diesen Worten alles in ihm sträubte. Er wollte nicht glauben, was er hier zu hören bekam! Trotzdem fragte er den Jungen, der ihn vorhin so neugierig angesehen hatte: „Und wer bist du?"

„Ich heiße Salomon", lächelte der und zupfte seine schwarze Weste zurecht. „Und ich bin nach deiner Zeitrechnung 1334 geboren."

„1334!" Ruckartig drehte sich Simon jetzt zu dem Jungen um, den er als Indianer einschätzte. „Und du?"

„Nenn mich einfach Moon. Ich komme vom Stamme der Lakota, aus der Zeit, die du das 19. Jahrhundert nennst."

Schließlich zeigte Simon auf das orientalische Mädchen. „Und du?"

„Nin-Si", war die knappe Antwort. „Ich komme aus einer Zeit, die sehr, sehr lange vor der deinen liegt. Ich stamme aus der ersten Dynastie in Ur." Sie machte eine Pause und fügte langsam hinzu: „Über 4000 Jahre, bevor du geboren wurdest."

„4000 Jahre." Simon blickte fassungslos in die Runde. In die Gesichter dieser Jugendlichen, die so, wie sie da waren, eigentlich gar nicht vor ihm stehen konnten!

„Ich glaube das einfach nicht!", flüsterte er und trat einige Schritte zurück. Dabei stieß er mit dem Fuß gegen den Eisenring der Bodenluke, verlor das Gleichgewicht und fiel rückwärts zu Boden.

Die fünf kamen langsam auf ihn zu.

„Geht weg!", brüllte Simon. „Geht weg. Das alles kann doch gar nicht sein, das ist doch Wahnsinn!"

Neferti, das ägyptische Mädchen, reichte ihm beide Hände. „Komm, steh auf. Es ist so, wie Moon es gesagt hat: Auch wir haben das alles erlebt, was du gerade durchmachst. Lass dir helfen."

Simon sah unsicher zu ihr auf. Konnte er ihr trauen? Konnte er irgendjemandem hier trauen? Oder spielten sie nur ein Spiel mit ihm?

Das Mädchen lächelte ihm zu: „Komm!"

Schließlich gab Simon nach. Was hätte er sonst auch tun sollen? Er griff nach den Händen der Ägypterin und ließ sich auf die Beine helfen. Er hatte keine andere Chance. Er musste sich auf diese Gruppe einlassen und ihnen vertrauen. Erst einmal zumindest …

Seine Finger griffen nach der Krähe auf seiner Schulter.
Er zog sie zu sich herunter und umklammerte den Kopf.
Mit den Handballen drückte er die Flügel fest
gegen den kleinen Vogelkörper.
Die Krähe zuckte. Sie versuchte, sich zu wehren.
Er führte die Krähe nahe an sein Gesicht heran, so nahe,
dass ihre Schnabelspitze beinahe sein Gesicht berührte.
Dann schaute er dem Vogel tief in die Augen
und in diesem Moment gab die Krähe ihren Widerstand auf
und blickte starr in die schwarzen Augen ihres Gegenübers.
Magische Formeln wurden geflüstert.
Wieder und wieder.
Noch einmal wand sich die Krähe in dem engen Griff,
dann durchzuckte es den Menschenkörper plötzlich heftig.
Er richtete sich auf und sackte im nächsten Moment
völlig in sich zusammen.
Die dürren Finger spreizten sich. Die Krähe war frei
und flog davon.
Der Mensch warf sich auf die Erde, er krümmte sich
und stieß Schreie aus.
Spitze Schreie, welche die Stille der Nacht durchschnitten.
Sein Gesicht verformte sich. Die Augen rückten eng zueinander,
Mund und Nase wurden eins, bis sie zusammen
einen spitzen Schnabel bildeten.

Aus dem Körper des Mannes
stachen winzige schwarze Spitzen hervor,
die sich in die Länge zogen und schließlich
zu Federn formten. Mehr und mehr.
Sie überdeckten bald die gesamte Haut.
Arme wurden zu Flügeln, Finger zu Federn,
Zehen zu Krallen.
Noch einmal ein lang gezogener Schrei,
dann saß der Mann als riesige Krähe auf der Erde.
Der Zauber hatte gewirkt.
Wieder einmal.
Nun, als schattenhafter, schwarzer Vogel,
konnte er den Übergang wagen.
Den Übergang von seiner Welt in die andere Welt.
Dorthin, wo alles darauf wartete, seinen Plan
auszuführen.
Dorthin, wo der Ursprung all dessen war,
was er sich erträumte.
Sein Reich: sein Schiff.

Simon saß den Jugendlichen auf dem Schiffsdeck gegenüber und versuchte zu verstehen, was sie ihm zu sagen hatten. Er ließ sie reden, berichten, doch die Worte, die er zu hören bekam, waren so absurd, dass ihm der Kopf schwirrte. Sie erzählten von Besuchen in verschiedenen Epochen, von einer gigantischen Maschine und einem jahrtausendealten Zauber, von Raub und Katastrophen, Kriegen und Krankheiten, von zerstörten Hoffnungen und zerschlagenen Wünschen. Je mehr Simon von den Fremden erfuhr, desto verwirrter war er.

Die einzelnen Worte, die er hörte, waren wie Puzzleteile, die vor ihm ausgeschüttet wurden. Aber sie ließen sich nicht zusammenfügen. Sie ergaben kein Bild. Und vor allem ergaben sie keinen Sinn.

Simon verdrehte die Augen. Er hatte Puzzlespiele noch nie gemocht.

Die Berichte klangen so unglaublich. Doch Simon spürte, dass diese Jugendlichen es ernst meinten. Und allmählich vertraute er ihnen.

Plötzlich horchte er auf: Moon, der Lakota-Indianer, hatte von Gefangenschaft gesprochen.

„Wer?", fragte Simon. „Wer hält euch gefangen?"

Die fünf blickten sich kurz an. Simon bemerkte die Angst, die in ihnen hochkam.

„Wir werden schon lange festgehalten auf diesem Schiff", wich Basrar Simons Frage aus. „Vielleicht schon seit vielen Jahren."

„Oder seit vielen Jahrhunderten", warf Neferti ein. „Wir wissen es nicht genau."

Nin-Si nickte: „Wir wurden aus unserer Zeit gerissen und auf dieses Schiff gebracht, wo wir nun seine Gefangenen sind."

Neferti rutschte nahe an Simon heran und sprach so leise zu ihm, dass Simon sie kaum verstand: „Er ist ein Wesen, das mit keinem anderen vergleichbar ist."

Auch Nin-Si setzte sich näher zu den beiden. „Er ist mächtig", flüsterte sie. „Mächtiger als alles, was dir bisher begegnet sein wird. Selbst im dritten Jahrtausend wird es nichts geben, das es mit ihm aufnehmen kann."

„Seine Kraft ist unendlich", ergänzte Basrar. „Und sein Zauber ist stark. Niemand kann ihm entrinnen. Nicht hier und auch nicht in einer anderen Zeit."

„Er hat uns in seiner Hand", erklärte Moon, und er bemühte sich, ebenso wie die anderen, seine Stimme nicht zu laut werden zu lassen. Sie saßen so eng beieinander, dass Simon den Atem der anderen spüren konnte. Alle hatten die Köpfe vorgeneigt aus Angst, auch nur eines ihrer Worte könnte aus dem Kreis der Gruppe hinaus den Weg finden zu dem, über den flüsternd berichtet wurde.

„Er hat uns in der Hand", wiederholte Moon. „Und er wird uns erst freilassen, wenn er sein Ziel erreicht hat."

Basrar stimmte ihm zu. „Sein Ziel: durch die Zeit für die Zeit. Für eine neue Zeit: seine Zeit."

Simon schüttelte den Kopf. „Ich verstehe das alles nicht", brummte er. „Ich …" Er blickte in die Runde: „Wer ist es? Wer ist er? Wer hält euch gefangen? Sagt mir seinen Namen!"

„Seinen Namen?" Die anderen zogen ihre Köpfe erschrocken zurück.

Nur Basrar kam jetzt noch dichter an Simon heran. So dicht, dass sich die Nasen der beiden Jungs beinahe berührten. Und es schien Simon, als ob er den Karthager eher denken als sagen hörte: „Er ist der Fürst zwischen den Welten."

Seltsam, wieder wirkte Basrars Stimme so fremd und monoton, fand Simon. „Er ist der Herrscher der Zeit und der Wächter der Seelen. Er ist der Albtraum in der Nacht und der Schrecken des Tages. Er ist der Gedanke, der dich aufschrecken lässt."

Kaum hörbar fügte er hinzu: „Du willst seinen Namen wissen? Er wird dir nicht gefallen. Er ist – der Schattengreifer."

In dem Moment bebte das gesamte Schiff erneut und Simon gefror bei diesen Worten das Blut in den Adern. Simon blickte Basrar noch immer fest in die Augen.

Die Worte des Karthagers schienen Simons Innerstes zu durchfluten.

„Schattengreifer?", hörte er sich flüstern.

Basrar nickte. Er rutschte wieder zurück an seinen Platz im Kreis der Gruppe. Der junge Karthager wirkte jetzt lebhafter und sprach nun mit seiner normalen Stimme weiter: „Der Schattengreifer ist ein Reisender durch die Zeit", erklärte er. „Mit diesem Schiff – dem Seelensammler, wie er es nennt – sucht er eine Epoche nach der anderen auf. Mit diesem Schiff und mit seiner Mannschaft. Mit uns – seinen Zeitenkriegern."

Bevor Simon ihm antworten konnte, zeigte Neferti in die Runde. „Das ist der Name, den er uns gegeben hat: seine Zeitenkrieger. Wir leben auf diesem Schiff, weil er es so bestimmt. Wir sind Gefangene in seinem Universum. Und wir reisen mit ihm durch die Zeit, wann immer er es befiehlt."

„Aber was hat er denn mit euch vor?"

Nin-Si warf die Arme in die Luft. „Das ist für uns das Geheimnis. Er spricht nicht darüber. Wir sind Teil eines großen Planes. Seines Traumes."

„Sprecht ihr vom Traum dieses … Schattengreifers?" Wie merkwürdig das alles klang!

Nin-Si blickte zur Seite. „‚Eines Tages werden wir verstehen', sagt er. Dann, wenn alles erreicht ist, werden wir die Ersten sein in der neuen Zeit. In seiner Zeit."

Simon sah sich auf dem Schiff um. Ein ungutes Gefühl beschlich ihn. „Wo – wo befindet er sich denn in diesem Augenblick? Ist er jetzt hier?"

Schnell winkte Neferti ab. „Nein. Hab keine Angst. Auf dem Schiff leben nur wir. Der Schattengreifer betritt es selten."

„Er lebt in seiner eigenen Welt", ergänzte Basrar. „Nur dann, wenn er unsere Hilfe benötigt, kommt er auf das Schiff. Er wandelt zwischen den Welten. Zwischen seiner Welt der Schatten und unserer Welt auf diesem Seelensammler."

„Sobald eine weitere Zeitreise ansteht, erscheint er auf diesem Deck", erklärte Nin-Si. „Eine neue Zeitreise, die ihm helfen soll, seinen großen Plan zu verwirklichen …"

Erschrocken brach sie ab und starrte zu Salomon hinüber: Die ganze Zeit hatte er nur still dagesessen und zugehört, doch auf einmal schlug er so unvermittelt und kräftig mit der Faust auf das Deck, dass sogar eine der Krähen auf dem Mast aufschreckte und schreiend davonflog.

„Der große Plan, der große Plan!", schrie er. „Was soll das schon heißen? Niemand von uns weiß, was er vorhat. Niemand von uns weiß, wohin er verschwindet, wenn er hier gewesen ist. Und das Schlimmste: Wir wissen nicht, was mit uns geschehen soll. Nicht mal, ob wir jemals wieder zurückkönnen. Zu unseren Familien. Und Freunden …" Tränen schossen ihm in die Augen. „Wir werden nur immer mehr und mehr. Und nun bist du also auch einer von uns, Simon, und …"

„Nein!" Neferti sprang auf ihre Füße. „Nein. Das glaube ich nicht!"

Salomon blinzelte und wischte sich rasch übers Gesicht. Auch die anderen sahen Neferti überrascht an.

„Was?“

Sie ging einmal um die ganze Gruppe herum. „Es hat keine Zeitreise gegeben, bevor du kamst“, erklärte sie. Simon verstand wieder einmal kein Wort. Wohl aber die anderen.

„Das stimmt“, erwiderte Nin-Si mit leuchtenden Augen. „Etwas ist anders. Du bist der Erste, der von selbst auf dieses Schiff gekommen ist. Der Schattengreifer hat dich nicht gefangen.“

„Hm … Wir lagen einfach nur vor der Küste …“, grübelte Moon und strich nachdenklich seine langen Haare zurück.

„Genau!“, fiel ihm Basrar ins Wort. „Und dann bist du ganz plötzlich hier aufgetaucht. Neferti hat recht: Es gab keine Zeitreise. Du bist keiner von uns!“

Auch Nin-Si sprang jetzt auf und baute sich vor Simon auf. Wieder musterte sie ihn eingehend. Doch ihr Blick hatte nun alle Wärme verloren und Simon rückte erschrocken von ihr ab. „Du bist anders als wir Zeitenkrieger“, sagte sie. „Basrar hat recht. Vielleicht … vielleicht …“

„… vielleicht ist er ein Spion des Schattengreifers!“ Basrar sah ihn auf einmal feindselig an. „Vielleicht reicht es ihm nicht mehr aus, uns seine Krähen zu schicken. Vielleicht musste es jetzt ein Junge sein? Ein Junge aus dem dritten Jahrtausend?“ Er ballte die Fäuste und es sah so aus, als wollte er sich auf ihn stürzen, doch Neferti griff nach seinem Arm und hielt ihn zurück.

„Nein! Er ist bestimmt kein Spion. Schau ihn dir doch an. Er hat überhaupt noch nicht verstanden, was mit ihm geschieht. Seine Angst ist echt. Und seine Verwirrung auch.“ Sie wandte sich Nin-Si zu: „Seht in seine Augen! Auch ihr hattet diesen

Blick, als ihr dieses Schiff zum ersten Mal betreten habt. Er ist zwar nicht durch die Zeit gereist, aber trotzdem gehört er nun zu uns."

Basrar blickte Simon scharf an, dann entspannten sich seine Gesichtszüge. „Ich will dir glauben, Neferti", gab er zur Antwort. „Erst einmal."

Und zu Simon gerichtet, zischte er: „Doch ich behalte dich im Auge, Simon aus dem dritten Jahrtausend! Keine Spielchen! Ich warne dich …"

„Ich bin kein Spion, glaubt mir", sagte Simon hastig. „Neferti hat recht. Ich verstehe im Moment gar nichts mehr. Ich meine, wieso können wir uns denn überhaupt miteinander verständigen? Ich meine … ihr kommt doch alle aus ganz unterschiedlichen Kulturen … und Zeiten und Ländern. Müsstet ihr nicht völlig verschiedene Sprachen sprechen?"

„Wir leben hier in einer Art Zwischenwelt", erklärte Neferti mit ihrer ruhigen Stimme. „Hier gelten deine Gesetze nicht mehr. Wir sind alle Gefangene dieses Universums, das nur der Schattengreifer beherrschen kann."

Ein erneutes Vibrieren durchzog das Schiff und plötzlich schoss Simon ein erschreckender Gedanke durch den Kopf: Was, wenn er tatsächlich so etwas wie ein Spion war – es aber selbst nicht wusste? Möglicherweise würde er sich selbst ja nicht mehr trauen können? Woher sollte er denn wissen, ob ihn der Schattengreifer nicht längst manipuliert und zu seiner Marionette gemacht hatte?

Entsetzt griff er sich mit beiden Händen an die Stirn. Er hatte das Gefühl, sein Kopf würde gleich zerspringen.

„… geht es dir gut?" Neferti war dicht an ihn herangetreten, ohne dass Simon es bemerkt hatte.

„Ich weiß es nicht", gab er mit unterdrückter Stimme zur Antwort. „Dies alles hier … das Schiff … ihr … dieser – Schattengreifer …"

Sie legte eine Hand auf die seine. „Beruhige dich. Er hat bisher niemandem von uns Schmerzen zugefügt. Er behandelt uns gut und …"

„Abgesehen davon, dass er euch entführt, euch euer Leben gestohlen, euren Familien geraubt und auf diesen Kahn gebracht hat, meinst du?" Simon war fassungslos.

Sie blickte ihn traurig an. „Entschuldige, ich wollte dir nur deine Angst ein wenig nehmen."

Sie wandte sich zum Gehen um, doch schnell ergriff Simon ihre Hand. „Nein. Entschuldige." Er seufzte. „Das war gemein von mir. Tut mir leid, ich …"

Neferti drehte sich zu ihm um. „Ist schon gut!"

Er blickte wieder auf das Meer und Neferti stellte sich an seine Seite. Sie ließ ihren Blick ebenfalls über die Wellenspitzen schweifen. „Ich stehe oft hier an der Bordwand und schaue auf das Meer", sagte sie mit verträumter Stimme. „Und dann frage ich mich, ob es dasselbe Meer ist, auf das auch meine Brüder blicken. Und ich schicke ihnen meine Grüße und meine besten Wünsche. Über diese Wellen, weit über das Meer, bis an den Nil. In mein Land, an meine Ufer, in meine Zeit ..." Das Licht des Mondes spiegelte sich schimmernd in den Tränen, die sich in ihren Augen bildeten. „… zu meiner Familie."

Verlegen sah Simon zur Seite und strich mit einer Hand über die Bordwand.

„Kannst du mir sagen, wie es funktioniert?", fragte er – dieses Mal eher, um Neferti abzulenken und auf andere Gedanken zu bringen. „Wie geht das mit der Zeitreise?"

Sie wischte sich die Tränen aus den Augen und suchte seinen Blick. „Du versuchst noch immer, alles zu verstehen, nicht wahr?"

„Nun ja, ich versuche eben nur …", er brach ab und sah sie hilflos an.

„Er hat eine Maschine", erklärte Neferti und lächelte ihn verständnisvoll an. „Mithilfe eines riesigen Apparates reisen wir gemeinsam mit dem Schattengreifer durch die Zeit."

„Eine Maschine?" Simon wandte sich ruckartig um und blickte auf die Bodenluke im Schiffsdeck.

Neferti lachte laut auf. „Du begreifst schnell. Unter dieser Luke befindet sich seine Maschine. Sie ist ständig in Bewegung. Bestimmt hast du ihr Brummen und Rattern schon gespürt."

Ich hatte also recht, dachte Simon. In diesem Schiff arbeitet wirklich etwas. „Kann ich die Maschine sehen?"

Er wandte sich der Luke zu.

Doch Neferti packte ihn am Arm: „Simon, nein! Das ist uns verboten!"

„Einmal nur. Kurz. Ich möchte nur einen einzigen Blick darauf werfen!"

Neferti schüttelte den Kopf und sah ihn entschuldigend an. „Du musst geduldig sein und warten. Bald schon wird es eine weitere Zeitreise geben. Glaub mir! Dann kannst du die Maschine sehen."

„Aber …"

In diesem Moment gab es einen Ruck, das Schiff schwankte und neigte es sich weit zur Seite. So als hätte eine unsichtbare Hand gegen den Seelensammler gestoßen.

Simon verlor den Halt. Es gelang ihm gerade noch, nach der Bordwand zu greifen und sich daran festzuhalten.

Aber Neferti hatte weniger Glück. Auch sie versuchte, die Bordwand zu packen, doch ihre Hand rutschte ab, und im nächsten Moment schlitterte sie über das Deck.

Reflexartig ließ Simon die Bordwand gleich wieder los und stürzte ihr hinterher. Doch zu spät. Die Ägypterin rutschte über die Planken auf einen der Schiffsmasten zu und schlug mit dem Kopf hart gegen das Holz.

Ein lautes Knacken war zu hören.

Sie hat sich das Genick gebrochen!, durchfuhr es Simon und schon stürzte er zu ihr hinüber. Es waren nur einige Sekunden, die er benötigte, um die Ägypterin zu erreichen, doch es schien ihm viel zu lange, eine halbe Ewigkeit, zu dauern. Er stolperte über das schlingernde Deck und streckte ihr hilflos beide Arme entgegen. In diesen wenigen Sekunden spürte Simon eine enorme Angst um das ägyptische Mädchen. In diesem Bruchteil eines Momentes wurde ihm klar, wie sehr er sie schon in sein Herz geschlossen hatte.

Rasch griff er mit der linken Hand nach einem der Taue, die vom Mast herunterhingen, suchte Halt, während er mit der rechten Nefertis Schulter berührte.

Endlich richtete sich das Schiff wieder auf. Er ließ das Tau los und kniete sich neben das Mädchen: „Neferti!“, rief er ängstlich. Aber es war vergeblich: Sie hatte die Augen geschlossen. Ihr Kopf war verdreht.

Sie hat sich wirklich das Genick gebrochen, dachte Simon noch einmal. Vorsichtig streichelte er ihre Hände.

„Oh, Neferti!“, flüsterte er.

Auch die anderen kamen jetzt herbeigestürzt. Nin-Si ließ sich ebenfalls auf die Knie fallen. In ihren Augen standen Tränen. „Ich habe gesehen, was geschehen ist“, sagte sie leise. Sie beugte sich über die Ägypterin, eine Träne floss über ihre Wange und fiel auf Nefertis Gesicht.

Die Lider der Ägypterin zuckten kurz, dann öffnete sie langsam die Augen.

Simons Herz tat einen Sprung. „Du … du lebst!"

Nin-Si lachte laut auf.

„Sie lebt!", rief sie den anderen zu und die Zeitenkrieger jubelten.

Neferti versuchte, sich aufzurichten. Simon half ihr, damit sie wieder auf die Beine kam.

„Danke", hauchte sie erschöpft. „Danke, Simon, dass du mich retten wolltest. Ich habe gesehen, wie du hinter mir hergestürzt bist. Obwohl es gefährlich war. Du hast großen Mut bewiesen."

„Ich dachte nur … Ich fürchtete doch …"

„… dass ich tot bin?" Lächelnd strich sie sich mit den Händen über das Gesicht. Sie kam erstaunlich schnell wieder zu Kräften.

„Oh nein!", sagte sie beruhigend. „Du musst wissen, ich komme aus Ägypten. Ich stehe unter dem besonderen Schutz unserer Katzengöttin. Und wie jede Katze besitze auch ich sieben Leben."

„Was? Ich …"

Basrar trat von hinten an Simon heran. „Glaub ihr ruhig", lachte er. „Sie hat schon viele solcher Unfälle überlebt. Sie scheint tatsächlich sieben Leben zu haben."

Er knuffte sie in die Seite. „Neferti, unsere Katze."

„Das war jetzt bereits das vierte Mal, dass ich dachte, sie wäre für immer von uns gegangen", antwortete Nin-Si. Auch ihr war die Erleichterung anzusehen. „Doch was auch passiert: Sie steht immer wieder auf."

„Sieben Leben“, flüsterte Simon beeindruckt. Er dachte angestrengt nach.

Nin-Si suchte seinen Blick. „Was beschäftigt dich?“

Simon wusste nicht, wie er es ihr sagen sollte. Wie immer er das ausdrücken würde, es konnte nur verrückt klingen. „Also, ich dachte … Also, nach allem, was ihr mir erzählt habt, dachte ich, ihr seid vielleicht …“

„Geister?“, fiel ihm Nin-Si ins Wort.

„Gespenster?“, hakte Basrar nach.

Simon hob verlegen die Hände und sagte: „Na, immerhin seid ihr doch …“

„Wir sind keine Gespenster“, klärte Nin-Si ihn auf. „Wir sind Menschen aus Fleisch und Blut. Ebenso wie du. Doch wir stecken auf dem Schiff fest. Wir leben wie in einer Blase: Die Zeit, wie du sie kennst, existiert nicht an diesem Ort. Zwar gibt es hier Tage und Nächte, so wie bei dir zu Hause auch. Aber ich habe dir ja schon erzählt, dass dieses Schiff seine eigenen Gesetze hat. Hier gelten die Gesetze des Schattengreifers. Wir werden nicht älter, aber wir können sterben. Wir haben Hunger und Durst und Sehnsucht nach unserem Zuhause, nach unserer Heimat. Warte nur. Bald wirst du verstehen. Wir alle haben so gedacht wie du, als wir dieses Schiff zum ersten Mal betraten. Wir alle konnten …“

„Freunde!“ Moon, der Indianerjunge, machte eine ungeduldige Bewegung. „Ihr solltet nicht so viel Zeit mit nutzlosen Reden verschwenden“, mahnte er. „Wir sollten lieber achtgeben. Noch immer ist dem ersten Schlag gegen den Seelensammler ein zweiter gefolgt.“

„Er hat recht“, antwortete Basrar. „Wir sollten uns vorbereiten! Es kann nicht mehr lange dauern.“

Die Zeitenkrieger griffen nach Seilen und Tauen und hielten sich daran fest.

Auch Simon umklammerte eines der Taue, die an der Bordwand befestigt waren. Sein Blick traf noch einmal den von Neferti. Sie lächelte ihn dankbar an.

„Sieben Leben", kicherte sie und zwinkerte ihm zu.

Dann geschah es: Dem ersten Stoß gegen das Schiff folgte tatsächlich ein zweiter. Wieder wurde der Seelensammler mit Wucht zur Seite geneigt. Während sich Simon und die Zeitenkrieger mit aller Kraft festhielten, wo sie nur konnten, erhoben sich die Krähen schreiend aus den Masten.

„Was ist hier los?", rief Simon Neferti zu, als eine der Krähen von der Mastspitze direkt auf ihn herabgestürzt kam. Er zog den Kopf ein und hielt einen Arm schützend vor sein Gesicht. Die Krähe flog nahe an ihn heran und Simon konnte sie plötzlich mit schriller Stimme schreien hören: „Er kommt! Er kommt!"

Verblüfft sah Simon der Krähe nach, die wieder zur Mastspitze hinaufflog.

„Sie gehören zu ihm!", rief ihm Neferti zu. „Es sind die Krähen des Schattengreifers. Sie sind seine Verbindung zu unserer Welt hier."

„Aber … aber – sie hat … sie hat gesprochen! Die Krähe hat gesprochen!"

Neferti nickte, ging jedoch nicht weiter darauf ein, sondern sah ihn besorgt an: „Wir müssen dich verstecken, und zwar schnell! Der Schattengreifer wird in wenigen Sekunden hier sein!"

Es gab einen erneuten Schlag gegen das Schiff. Die Wellen des Meeres gerieten in Bewegung und ließen den Seelensammler hin und her schwanken. Wind kam auf. Simon spürte, wie nackte Panik ihn ergriff.

„Schnell, komm mit!"

Gemeinsam liefen sie zu den anderen, die sich inzwischen vor der Kajüte zusammengefunden hatten.

Der Wind wurde immer stärker. Er heulte und pfiff ihnen um die Ohren. Rund um das Schiff wurden die Wellen schon meterhoch aufgepeitscht.

„Wir müssen Simon verstecken!", schrie Neferti ihren Freunden durch den Lärm des Sturmes hindurch zu. „Der Schattengreifer darf ihn auf gar keinen Fall entdecken!"

Die anderen sahen sich hektisch um.

„Hier!", brüllte Basrar und zeigte auf eine Holzkiste neben der Eingangstür zur Kajüte. Simon schätzte sie auf etwa einen Meter Höhe und zwei Meter Breite.

Basrar riss den Deckel der Kiste hoch, griff hinein und zog zwei Säcke mit Lebensmitteln heraus. „Mach schon, klettere da rein!"

Die Zeitenkrieger halfen Simon, in die Kiste zu steigen, und verschlossen hastig den Deckel über ihm. Keinen Augenblick zu früh! Das Schiff schwankte nur noch einmal zur Seite, dann legte sich der Wind ganz plötzlich und auch das Meer beruhigte sich. Friedlich lag das Schiff auf dem Meeresspiegel, so als sei nichts geschehen. Dem Tosen des Windes folgte eine merkwürdige Ruhe: eine greifbare, spannungsgeladene Stille.

Simon legte die Stirn gegen die Wand der Kiste und spähte durch die Ritzen zwischen den Brettern auf das Schiffsdeck. Er konnte nicht alles erkennen. Doch er hatte eine gute Sicht auf den größten Teil des Oberdecks, wo die fünf Zeitenkrieger hastig hin und her liefen und sich schließlich auf dem gesamten

Schiff verteilten. Simon begriff, dass sie damit von seinem Versteck ablenken wollten.

Und da sah er ihn!

Er stand am Bug des Schiffes. Dort, wo die Seiten des riesigen hölzernen Krähenkopfes zusammenliefen. Er stand einfach nur da, den Kopf in den Nacken gelegt, die Augen geschlossen – und schien seine Ankunft hier auf dem Schiff zu genießen. Er atmete tief durch, dann senkte er den Kopf, öffnete endlich seine Augen und blickte sich langsam um.

Sein Blick streifte die Kiste.

Instinktiv kauerte Simon sich zusammen. Er hatte das unheimliche Gefühl, als könnten diese schwarzen Augen durch alles hindurchsehen: als bohrten sie sich durch die Bretter hinein in Simons Versteck. Und weiter noch. Bis in Simons Seele. Noch nie in seinem Leben hatte er sich so hilflos gefühlt. Und so machtlos.

Atemlos wartete Simon ab. Zehn Sekunden, zwanzig, dann wagte er es, wieder den Kopf zu heben und durch den Spalt zwischen den Brettern zu schauen.

Inzwischen war der Blick des Schattengreifers weitergeglitten und Simon atmete erleichtert auf. Er drückte die Stirn fest gegen die Bretter und schauderte: Je genauer er diese eigenartige Kreatur betrachtete, desto furchterregender erschien sie ihm: dieser glatte, weiße Schädel, diese tiefen, dunklen Augen und die farblosen, schmalen Lippen. Der kahle Kopf schimmerte im Licht der Nacht.

Der hagere Körper des Wesens war in einen langen, schwarzen Mantel gehüllt, der ihm bis zu den hohen Stiefeln an seinen Füßen reichte.

Doch was war das?

Simon stutzte: Am Hals des Schattengreifers bewegte sich etwas. Oder genauer: Etwas schien in der Haut zu verschwinden. Es hätten Federn sein können oder etwas Vergleichbares, das sich dort unter der Oberfläche verbarg.

Oder täuschte er sich?

Voller Stolz stand der Schattengreifer am Bug und genoss einfach nur seine Anwesenheit. Schließlich trat er auf die Schiffsmitte zu. Er blickte seine Zeitenkrieger an, die ängstlich vor ihm zurückschreckten.

Den Schattengreifer aber schien auch das nicht zu stören und wie zu einem Willkommensgruß beugte er sich leicht nach vorn, hob die Arme und streckte ihnen die Hände entgegen.

Und dies war der Moment, in dem es Simon kaum noch in seiner Kiste aushielt. Blitzartig drückte er sich beide Hände gegen seinen Mund, um nicht laut aufzuschreien. Alles in ihm krampfte sich zusammen. Er hätte sich übergeben wollen. Er hätte davonlaufen wollen. Er hätte …

Mit vor Entsetzen weit aufgerissenen Augen starrte Simon auf die Hände des Schattengreifers. Ihm wurde schwindlig. Alles um ihn herum schien sich zu drehen.

Dann brach er in seinem Versteck in sich zusammen. Und noch während alles um ihn herum schwarz wurde und er endgültig die Besinnung verlor, sah Simon sie vor sich: diese schneeweißen Handflächen der kahlköpfigen Kreatur und die langen, spindeldürren Finger.

Die spindeldürren Finger aus seinem Traum.

Stimmen.

Jemand sprach. Ganz in seiner Nähe.

Erschrocken riss Simon die Augen auf. Lag er etwa in seinem Bett?

Ein kurzes Vibrieren erfasste seinen Körper und in diesem Moment kehrte die Erinnerung schlagartig zurück: Natürlich, er lag in dieser Holzkiste.

Vom Deck drangen jetzt deutlich hörbar Stimmen durch die Bretter der Kiste, oder nein, eigentlich war es nur eine Stimme. Der Schattengreifer sprach zu den Zeitenkriegern.

Simon riss die Augen auf und drehte sich in seinem Versteck so herum, dass er wieder durch die Bretterritzen sehen konnte.

Der Schattengreifer stand wie zuvor in der Mitte des Schiffsdecks und Simon schauderte bei diesem gespenstischen Anblick.

Die Zeitenkrieger standen im Halbkreis um den Schattengreifer und hörten ihm wie gebannt zu, während er unablässig auf sie einsprach …

Wobei …

Simon blinzelte irritiert. Konnte das sein? Zwar hörte er den Schattengreifer ganz eindeutig, aber er sah ihn nicht sprechen. Diese Kreatur stand mit geschlossenem Mund vor den Zeitenkriegern! Und doch war seine unheimliche Stimme zu hören. Wie konnte das sein?

Noch nie hatte Simon eine derartige Stimme vernommen: viel zu hell für eine Männerstimme und irgendwie krächzend, schnarrend.

„Gespenstisch!“, flüsterte Simon in seinem Versteck.

Der Schattengreifer sprach sehr langsam, so als sei ihm jedes einzelne Wort überaus wichtig. Allerdings konnte Simon in seinem Versteck nur einzelne Wortfetzen aufschnappen: „… der große Plan bald vollendet …“, und ein anerkennendes: „… seid mir stets eine große Hilfe gewesen.“

Als er schließlich von „… einer neuen Zeit …“ sprach, die „… bald kommen werde …“, drückte Simon sein Ohr fest gegen die Ritze. War das der Plan, über den die Zeitenkrieger gesprochen hatten? Der große Plan des Schattengreifers, den niemand kannte außer ihm?

Jetzt, mit dem Ohr an der Wand, konnte er die Stimme auch etwas besser verstehen: „… steht uns wieder eine Reise bevor“, ließ sich die schnarrende Gespensterstimme vernehmen. „Doch vertraut mir: Es wird eine unserer letzten Reisen sein. Ihr, meine Zeitenkrieger, seid nun beinahe vollständig. Und somit bin ich meinem Ziel zum Greifen nahe: Eine neue Zeit wird entstehen, eine neue Welt. Wie ich es versprochen habe. Und nun kommt!“

Simon presste das Ohr noch stärker gegen die Wand. Eine neue Zeit? Eine neue Welt? Was hatte das zu bedeuten?

Doch ehe Simon weiter darüber nachdenken konnte, war der Schattengreifer verstummt. Schritte waren zu hören. Schnell drehte Simon den Kopf und starrte wieder durch den Spalt. Sie kamen auf ihn zu! Die Zeitenkrieger liefen voran und dicht hinter ihnen folgte der Schattengreifer.

Würden die Zeitenkrieger ihn etwa verraten und dem Schattengreifer ausliefern?, durchfuhr es Simon. War es bloß ein Trick gewesen, ihn hier zu verstecken?

Da fiel sein Blick auf Neferti. Sie schaute in seine Richtung und machte vorsichtig und vom Schattengreifer unbemerkt eine kaum wahrnehmbare Bewegung: Ganz kurz hob sie beschwichtigend beide Hände und zwinkerte Simon zu.

Nein, sie würden ihn nicht verraten. Im Gegenteil! Er gehörte bereits zu ihnen und sie würden ihn schützen.

Die finsteren Augen des Schattengreifers suchten unablässig das Deck ab. So, als würde er etwas Bestimmtes suchen. So als ob er ahnte, dass hier etwas vor ihm geheim gehalten wurde.

„Basrar!“ Wieder diese helle, unheimliche und befehlende Stimme. „Ans Steuerrad! Bring uns auf Kurs!“

Basrar nickte und rannte schon zum Dach der Kajüte hinauf, wo sich das Steuerrad befand.

„Und ihr anderen, setzt die Segel!“

Während die Zeitenkrieger zu den Masten liefen, wandte sich der Schattengreifer um. Seine Augen ruhten einen Moment auf der Holzkiste, und Simon war es, als ob alles Leben aus ihm schwinden würde. Ein breites Lächeln zog über das Gesicht des Schattengreifers, dann ergriff er die Türklinke und ging schweigend in seine Kajüte.

Simon atmete auf. Es tat gut, diese grausige Gestalt vorerst aus dem Blickfeld zu haben. Einige Sekunden wartete er noch ab und beobachtete das geschäftige Treiben der fünf Zeitenkrieger: Mit schnellen, geübten Griffen bereiteten sie den Seelensammler auf seine bevorstehende Fahrt vor. Die unteren Enden der zerrissenen Segel wurden von Neferti und Nin-Si vertäut, während Moon und Salomon über eine riesige Holzwinde den Anker aufholten.

Alle waren beschäftigt. Und der Schattengreifer war nicht mehr an Deck. Also nahm Simon all seinen Mut zusammen. Er hockte sich vorsichtig in seiner Kiste auf alle viere und hob den Kopf an. Mit seiner Stirn drückte er den Kistendeckel nach oben, sodass er endlich frische Luft atmen und sich umsehen konnte.

Schon spürte er, wie Bewegung in das Schiff kam und dass sich der Seelensammler leicht auf die Seite legte. Es knarrte und ächzte aus allen Ecken des Schiffes. Simon konnte hören, wie Basrar das riesige Steuerrad drehte, um das Schiff auf Kurs zu bringen. Und tatsächlich: Allmählich nahm der Seelensammler mehr und mehr Fahrt auf und gewann schnell an Geschwindigkeit.

Simon drehte seinen Kopf und schaute aus seiner unbequemen Position heraus zum Horizont. Der Tag brach an und mit dem Dunkel der Nacht verzog sich auch allmählich der Nebel. Durch die sich auflösenden Nebelschwaden blickte Simon ein letztes Mal auf die heimatliche Küste zurück, von der er sich nun an Bord des Schiffes schneller und schneller entfernte.

In seiner Kajüte schloss er mit einem genussvollen Seufzer die Augen. Er war wieder auf dem Weg.
Mit seiner ungewöhnlichen Mannschaft war er wieder unterwegs. Seinem Traum entgegen.
Diese eine Fahrt noch. Nur noch diese eine Fahrt, dann war er seinem Ziel so nahe wie nie zuvor.
Er lehnte sich zurück und genoss diesen Augenblick.
Er genoss das gute Gefühl, sie alle überlistet zu haben.
Alle.
Selbst seine Schattenkrieger.
Und auch seinen Verfolger. Seinen Widersacher.
Sie alle würden sich schließlich seiner Macht beugen müssen.
Am Ende aller Reisen.
Am Ende aller Tage.
Auch der Junge, der in seiner Kiste neben der Kajüte gerade seinem Heimatort nachtrauerte.
Er konnte ihn spüren, den Jungen. Deutlich spüren.
Er konnte die Angst und die Sehnsucht des blinden Passagiers so klar erfassen, dass er sie beinahe hätte greifen können.
Er ließ diese Gefühle tief in sich wirken.
Ja, sie beide waren sich näher und ähnlicher, als der Junge es jemals würde erahnen können.

Im Leib des Seelensammlers

Nach einigen Stunden verlangsamte das Schiff seine Fahrt.

Simon hatte sich die ganze Zeit über wie ein Hund auf dem Boden der Kiste zusammengerollt und jetzt spürte er schmerzhaft jeden einzelnen Knochen in seinem Körper.

Bereits kurz nach Beginn der Fahrt war Neferti ängstlich auf ihn zugelaufen gekommen.

„Versteck dich!", hatte sie ihm zugeflüstert, während sie ihn mit einer Hand in die Kiste zurückgedrückt und mit der anderen den Kistendeckel geschlossen hatte. „Bleib in deinem Versteck und halte aus. Was auch immer in den nächsten Stunden geschieht, halte aus!" Dann war sie wieder zu ihrer Arbeit zurückgeeilt.

Seither lag Simon in dieser gekrümmten Haltung am Boden. Lange würde er es so nicht mehr aushalten können!

Um sich abzulenken, hatte er während der ganzen Stunden versucht, sich noch einmal über seine Lage bewusst zu werden. Zu gern wollte er das Geheimnis des Schattengreifers ergründen, wollte all seine Fragen beantwortet wissen.

Was hieß das: eine neue Zeit? … eine neue Welt? Was war der Plan? Und welche Rolle war für ihn, Simon, darin vorgesehen? Was tat er hier?

Stundenlange zermarterte er sich das Hirn. Doch sosehr er sich auch anstrengte, seine Gedanken zu ordnen, noch immer schwirrten die Fragen wie Puzzleteile durch seinen Kopf. Noch immer ergab sich kein Bild, kein Sinn.

Endlich beendete das Schiff seine Fahrt und trieb ruhig auf dem Meer.

Zu gern hätte Simon jetzt sein Versteck verlassen. Doch er traute sich nicht. Der Schattengreifer konnte jeden Augenblick wieder auf dem Deck erscheinen. Also musste er sich wieder mit dem begnügen, was er durch die Spalten zwischen den Kistenbrettern zu sehen bekam.

Und tatsächlich: Die Krähen im Mast ließen ihre markerschütternden Schreie hören und in diesem Moment öffnete sich die Kajütentür und der Schattengreifer betrat das Deck.

Simon erschauerte erneut beim Anblick dieser Gestalt. Selbst jetzt, im grellen Tageslicht, büßte der Schattengreifer nichts von seiner düsteren Wirkung ein. Übergroß und mächtig stand die gespenstische Kreatur auf dem Deck und war sich ihrer Angst einflößenden Wirkung nur allzu deutlich bewusst.

Ein kurzer Wink mit einem dieser schrecklichen Knochenfinger genügte. Schon versammelten sich die Zeitenkrieger um ihn herum.

Dieses Mal waren keine Worte mehr nötig. Der Schattengreifer nickte Basrar nur kurz zu und im nächsten Moment kniete sich der Karthager zusammen mit Moon auf das Schiffsdeck. Sie umfassten mit ihren Händen den Ring der Bodenluke und zogen unter größter Anstrengung den riesigen Lukendeckel nach oben.

Sofort verstärkte sich das Vibrieren im Inneren des Schiffes.

Ein weiteres Kopfnicken des Schattengreifers ließ die fünf Zeitenkrieger zu einem dicken Tau an der Backbordseite eilen. Wie an einem Flaschenzug zog sich das Tau von der Kajütenseite über einen Querbalken am vorderen Mast in den Boden des Schiffsdecks hinein. Auf ein letztes Kopfnicken des Schattengreifers hin begannen die fünf nun, unter größter Kraftanstrengung daran zu ziehen, und sie bewegten das Tau auf diese Weise Stück um Stück. Simon hörte Zahnräder laut krachend ineinandergreifen und das Vibrieren im Schiffsrumpf nahm weiter zu.

Es bestand kein Zweifel: Die Jugendlichen holten die Maschine hervor, die Zeitmaschine des Schattengreifers!

Simon schlug das Herz bis zum Hals. Er presste die Stirn so sehr gegen die Kistenwand, dass es schmerzte. Der Schattengreifer stand mit dem Rücken zu ihm auf dem Deck und beobachtete regungslos das Geschehen.

Simon hielt es jetzt nicht mehr aus. Wenigstens für einen Moment wollte er mehr zu sehen bekommen als nur diesen winzigen Ausschnitt zwischen den Brettern. Er wollte – nein, er *musste* – die Maschine sehen!

Vorsichtig hob er den Deckel an. Ein winziges Stück nur, aber doch so viel, dass er herausschauen konnte. Ihm war bewusst, welches Wagnis er einging. Nur eine kurze Drehung des Schattengreifers und er würde entdeckt sein.

Er zwang sich dazu, nicht weiter darüber nachzudenken. Stattdessen hielt er seinen Blick angestrengt auf die Bodenluke gerichtet, wo nun ein erstes Funkeln und Schimmern zu sehen war.

Das Vibrieren verstärkte sich mehr und mehr. Die Krähen schrien auf. Simon hielt den Blick starr auf die Luke gerichtet – und endlich zeigte sich etwas.

Golden schimmerte es in der Sonne und mit dem nächsten Ruck der Jugendlichen am Tau konnte Simon ein erstes Detail der Maschine erspähen. Ein goldenes, halbrundes Teil von der Größe eines Türbogens. Eines war klar: Diese Maschine musste riesig sein!

Simon streckte sich noch ein Stück in die Höhe und hob so den Deckel der Kiste etwas weiter an – als plötzlich eines der uralten Holzscharniere laut knarrte und der Schattengreifer sich blitzschnell umwandte.

Zu Tode erschrocken duckte sich Simon in seine Kiste und hielt den Atem an. Jetzt! Jetzt würde der Schattengreifer ihn entdecken.

Simon verharrte in dieser zusammengekrümmten Haltung. Doch nichts geschah. Nicht einmal Schritte waren zu hören. Dabei musste ihn der Schattengreifer doch gesehen haben!

Simon kauerte sich noch mehr zusammen und wartete darauf, dass der Deckel angehoben wurde.

Doch in diesem Moment ging etwas mit dem gesamten Schiff vor sich. Erst schwankte es heftig, so als habe abermals ein Stoß den Seelensammler an der Seite getroffen. Aber anders als zuvor brach jetzt unvermittelt ein heftiger Sturm über dem Schiff los. Der Wind heulte ohrenbetäubend um das Schiff und um Simons Versteck. Wasser strömte zu allen Seiten in die Kiste herein.

Das Schiffsdeck musste binnen Sekunden völlig überflutet sein. Das Meer schlug offenbar schon meterhohe Wellen!

Ängstlich verharrte Simon in seiner Kauerstellung. Das kalte Wasser kroch ihm unter die Kleidung, in sein Schuhwerk, unter die Haut …

Das Schiff schwankte heftig von einer Seite zur anderen. Es tanzte auf und nieder. Und das Heulen des Windes ging über in ein brausendes Toben.

Simon schlug die Hände über die Ohren, während er zitternd in seinem Versteck verharrte und immer noch nicht wagte, sich auch nur einen Millimeter zu bewegen.

Was ging hier vor?

Simon wurde in seiner Kiste hin und her geworfen, bis er völlig den Halt verlor. Alles drehte sich. Der Lärm war kaum noch auszuhalten, und mit einem Mal hatte Simon das Gefühl, es würde ihn in Stücke reißen. Ihm war, als zerrte jemand sein Innerstes nach außen. Als würde man seine Eingeweide packen und aus ihm herausreißen.

Simon wollte schreien, doch nicht einmal das war ihm noch möglich.

Und dann war plötzlich alles still.

Völlige Ruhe.

Nicht einmal der Wind war noch zu hören.

Simon japste nach Luft. Ihm war übel und schwindelig. Die Kleidung klebte ihm kalt auf der Haut. Er wagte kaum, sich zu bewegen. Alles in ihm schmerzte. Vorsichtig hob er erst den einen, dann den anderen Arm und schließlich auch die Beine. Gerade so viel, wie die enge Kiste es zuließ. Er atmete erleichtert auf. Er hatte sich eindeutig nichts gebrochen.

Trotzdem konnte er sich immer noch nicht erklären, was geschehen war. Hatte urplötzlich ein Sturm das Schiff erfasst?

Oder … oder … Simon wagte kaum, den Gedanken zu Ende zu bringen. Oder … hatte der Schattengreifer tatsächlich seine Maschine eingesetzt und den Seelensammler samt Mannschaft durch die Zeit geschickt?

Wo waren sie dann gelandet?

Er musste wissen, was all dies zu bedeuten hatte!

Simon ignorierte seine stärker werdende Angst und blinzelte wieder vorsichtig aus seinem Versteck heraus.

Der Schattengreifer stand nach wie vor auf dem Deck. So als sei in den letzten Minuten gar nichts geschehen. Nach und nach kamen auch die Zeitenkrieger hervor. Im Gegensatz zum Schattengreifer sah man ihnen deutlich an, dass ihnen das Erlebnis zugesetzt hatte. Doch der Schattengreifer nahm darauf keinerlei Rücksicht.

„Nun kommt!“, war alles, was er mit seiner schnarrenden Stimme von sich gab. Eilig stieg er über die Bordwand in das Beiboot, das an der Seite des Seelensammlers vertäut war. Die beiden Mädchen und die Jungs folgten ihm, ohne zu zögern, und nahmen auf den Holzbänken Platz.

Simon beobachtete dieses Schauspiel nachdenklich. Die fünf sahen nicht glücklich aus. Keiner von ihnen folgte dem Schattengreifer gern in das Beiboot. Dennoch packte Basrar das Tau, mit dem das Boot an den Seelensammler gebunden war, und löste den Knoten. Hart schlug das Boot auf dem Meer auf, und Simon konnte hören, wie die Ruder ins Wasser gelassen wurden und wie sie mit lautem Klatschen in die Wellen eintauchten.

Erschöpft ließ er sich auf den Boden seines Versteckes sinken. Er war nun allein auf dem Seelensammler. Einige Augenblicke gönnte er sich Ruhe, dann allerdings erwachte wieder sein Tatendrang.

Das ist *die* Gelegenheit, um die Maschine zu untersuchen, dachte er aufgeregt. Er platzte inzwischen schier vor Neugier! Langsam hob er den Deckel der Kiste an. Ganz leise vernahm er die sich entfernenden Stimmen der Zeitenkrieger. Auch die Stimme des Schattengreifers stach kurz hervor. Simon hatte also nichts zu befürchten – so hoffte er zumindest. Schnell kletterte er aus der Kiste heraus. Sein Blick streifte die Maschine, doch dann hielt er inne: Bevor er sie genauer untersuchen konnte, musste er zunächst sichergehen, dass er sich auch ganz gewiss allein auf dem Schiff befand.

In gebückter Haltung schlich er zur Bordwand.

Dort angekommen, richtete er sich auf, lugte vorsichtig über die Reling – und seine Augen weiteten sich vor Staunen: Sie lagen vor einer Bucht. Es konnte eine Insel sein, vielleicht aber auch Festland. Der Anblick war atemberaubend: heller Sandstrand, wohin Simon auch blickte. Dahinter ein dichter Wald, so weit das Auge reichte. Ein wahrer Dschungel!

Das Boot mit dem Schattengreifer und seinen Zeitenkriegern war schon ein gutes Stück vorangekommen. Sie ruderten auf das Ufer zu. Sie würden Simon nicht mehr bemerken, selbst wenn sie sich zum Schiff umdrehen würden.

Also wagte er, sich vorzubeugen und über die Bordwand zu blicken. Die See war spiegelglatt und er konnte bis zum Meeresgrund hinuntersehen: Er entdeckte Korallen, einzelne, kunterbunte Fische – und er staunte nicht schlecht, als eine riesige Schildkröte unter dem Seelensammler durchtauchte.

Zu gern hätte er gewusst, wo er sich befand. An welchem Ort, in welcher Zeit. Und vor allem fragte er sich, was dieser gespenstische Schattengreifer hier wollte.

Simon zog den Kopf wieder zurück. Ein Lächeln breitete sich auf seinem Gesicht aus. Er war allein auf diesem Schiff. Er hatte nun endlich die Gelegenheit, sich die Maschine des Schattengreifers anzuschauen. Es würde bestimmt eine Weile dauern, bis der Schattengreifer mit seinen Zeitenkriegern wieder zurückkommen würde.

Er wandte sich um: Silbern und golden schimmerte es ihm entgegen, und Simon war so fasziniert – er wusste gar nicht, wohin er zuerst sehen sollte. Mittelpunkt des ganzen Apparates war ein goldener Globus, etwa doppelt so groß wie ein Fußball, in den die Kontinente detailgenau eingraviert waren. Simon hatte Schwierigkeiten, die Wörter darauf zu entziffern, weil sich die Sonne so stark darin spiegelte. Die Namen der Kontinente waren in Latein eingraviert, ebenso die Städte und Flüsse. Um den Globus herum verliefen dünne goldene Bahnen, an denen die Modelle der Planeten und auch eines der Sonne langsam um diese Weltkugel kreisten.

Als sein Blick auf den Sockel traf, auf dem der Globus stand, zuckte Simon zusammen. Der Sockel war aus einem hohen, breiten Glas mit einer Sanduhr darin, die ihm sehr vertraut vorkam. Es war die Sanduhr, von der er wieder und wieder geträumt hatte. Und wie in seinen Träumen rieselte dunkelroter Sand darin herab. Das obere Glas der Sanduhr war noch gut gefüllt. Im unteren Teil befanden sich erst wenige Körnchen. Simon vermutete, dass der Schattengreifer diese Sanduhr erst kurz vor Verlassen des Schiffes in Gang gebracht hatte. Doch wessen Stunden wurden hier gezählt? Was würde wohl geschehen, wenn das letzte Sandkorn durchgefallen war?

Ein unheimliches Gefühl überkam Simon: Diese Sanduhr, die Krähenschnäbel, die brennenden Fackeln auf den Masten des Seelensammlers und vor allem diese schreckliche Klaue des Schattengreifers – all das hatte er in seinen Träumen bereits gesehen und vorhergeahnt!

Nur zwei Dinge fehlten noch: das Meer, das in hohen Wellen über ihm zusammenschlug, und die schwarzen Kohlestriche auf einer Felswand.

Simon zwang sich dazu, die trüben Gedanken zu verscheuchen und stattdessen diese geheimnisvolle Maschine weiter zu untersuchen.

Am Fuß des Globus, unterhalb der Sanduhr, war eine weitere Glaskugel angebracht, in der sich etwas bewegte. Simon erkannte nicht sofort, um was es sich handelte. Er beugte sich vor, um die Kugel genauer zu betrachten, und wich entsetzt zurück.

Voller Ekel betrachtete er die gläserne Kugel. Es schüttelte ihn, doch er trat noch einmal nahe an das Glas heran: In dieser Kugel lag ein pochendes Herz! Und es lebte. Simon erkannte, wie es sich bewegte. Kleinste, kaum wahrnehmbare Bewegungen zwar, doch Simon erkannte es eindeutig. Das Herz verformte sich. Es wuchs an. Langsam nur. Simon riss die Augen auf: Jetzt schwoll das Herz weiter an, bis es so groß wie zwei Fäuste war, dann zuckte es kurz, sank in sich zusammen, und im selben Moment ging ein Vibrieren durch das Schiff.

Simon hatte sich also nicht getäuscht! Das Schiff lebte tatsächlich und dieses Vibrieren im Schiffsrumpf und aus ihm heraus, diese vielen kleinen Impulse … waren das Pochen eines Herzens. Diese Maschine hatte ein Eigenleben.

Noch einige Zeit stand Simon vor dem Glas und beobachtete angeekelt und gleichzeitig fasziniert die Bewegungen des Herzens.

Schließlich ließ er seinen Blick weitergleiten: Die gläserne Kugel fußte auf einem steinernen, runden Tisch, der die gesamte Maschinerie trug. In den Tisch eingraviert war das Zifferblatt einer Uhr, doch statt der Zahlen waren Zeichen zu erkennen.

Vermutlich die Symbole der Sternzeichen!, dachte Simon

Die Zeiger der Uhr bestanden aus zwei unterschiedlich langen Schwertklingen, deren Griffe reich mit Edelsteinen verziert waren. Simon streckte vorsichtig eine Hand nach dem längeren Schwert aus und berührte den Griff. Sofort schlug das Herz im Inneren des Glases schneller und Simon zog seine Hand hastig wieder zurück. Dabei bemerkte er zu seinem Erstaunen, dass in die steinerne Platte des Tisches, rund um das Zifferblatt der Uhr, verschiedene Mulden eingelassen waren, die genau dieselbe Größe aufwiesen wie Simons Handfläche. Der Junge zählte die Mulden ab: vierzehn.

Nun trat er einige Schritte zurück, um sich die gesamte Maschine noch einmal aus einigem Abstand und in ihrer vollen Größe anzusehen. Erst jetzt bemerkte er den dünnen, goldenen Ring, der sich wie ein Regenbogen um das gesamte Gebilde wölbte und Globus, Planeten, Uhren und Herz umschloss. Ein dünner Ring, auf dem sich wiederum etwas sacht bewegte.

Simon trat näher darauf zu. Oben, an der höchsten Stelle dieses Ringes befand sich eine Tierkralle. Simon vermutete, dass es eine Tigerkralle war oder die eines ganz ähnlichen Raubtieres. Sie schwang kaum wahrnehmbar hin und her und Simon beobachtete sie gebannt. Diese Bewegung wirkte beruhigend auf ihn, und allmählich wurde Simon klar, dass es sich hierbei um einen Kompass handeln musste. Die Kralle zeigte gewiss nach Norden. Und durch das Schwanken des Schiffes geriet auch die Kralle in Bewegung.

Das also war die Zeitmaschine des Schattengreifers, dachte Simon beeindruckt und fragte sich, ob der Schattengreifer diese Zeitmaschine wohl selbst erbaut hatte. Aber wie konnte er zu dem Wissen gelangt sein, das für den Bau einer solchen Maschine notwendig war? Und wessen Herz schlug dort, in diesem Glas, am Fuße des Globus?

Nachdenklich ging Simon zu seiner Kiste und setzte sich auf den Deckel. Er stützte die Ellenbogen auf die Beine und legte den Kopf in seine Hände. Lange blieb er so sitzen und starrte auf diese rätselhafte Maschine, die ihm anstelle der erhofften Antworten wieder nur weitere Fragen eingebracht hatte.

Lange Zeit saß Simon vor der Maschine und blickte sie wie in Trance an. Er beobachtete das Herz, dessen gelegentliche Schläge auf dem ganzen Schiff spürbar waren. Er sah den Modellplaneten zu, auf ihrer Bahn um den Globus, und er beobachtete die Kompasskralle mit ihren winzigen Bewegungen. Vor allem aber behielt er die Sanduhr im Blick, deren Inhalt unaufhörlich vom oberen in das untere Glas rieselte.

Es befand sich nicht mehr viel Sand im oberen Glas.

Wenn er doch nur erfahren könnte, wessen Zeit hier gemessen wurde. Zu gerne hätte Simon gewusst, was geschehen würde, wenn sich das obere Glas geleert hatte. Was konnte es nur sein, das …

Ein donnerndes Krachen unterbrach seinen Gedankengang und ließ ihn aufspringen. Schon im nächsten Moment hörte er, wie direkt neben dem Seelensammler etwas im Wasser aufschlug. Simon rannte die Treppe zum Dach der Kajüte hinauf, hechtete am Steuerrad des Schiffes vorbei an die hintere Bordwand und blieb wie erstarrt stehen: Einige hundert Meter vom Seelensammler entfernt, direkt in der Einfahrt zur Bucht, lag ein weiteres Segelschiff. Eine Fregatte. Genauer: ein Rahsegler, wie Simon wusste, mit drei Masten und um einiges größer als der Seelensammler. Am hinteren Mast konnte Simon eine Fahne erkennen, eine weiß-rot-blaue Flagge auf rotem Untergrund.

In Simon keimte ein Verdacht auf. Er ahnte, welches Schiff das sein konnte. Das halbrunde Dach der Kapitänskajüte, die am Heck wie abgeschnitten wirkte, kam ihm sehr bekannt vor. Um sicherzugehen, hätte er jedoch mehr sehen müssen. Aber sosehr er auch die Augen zusammenkniff – mehr konnte er einfach nicht erkennen.

Er blickte sich auf dem Kajütdach um und entdeckte rasch, was er benötigte. Neben dem Steuerrad lag ein ausziehbares Fernrohr. Schnell lief Simon darauf zu, schnappte es sich, zog es zu voller Länge auf, blickte hindurch und fand sofort, wonach er suchte: Auf dem anderen Schiff war ganz deutlich das Wort „Sirius" zu lesen.

Simon schrie begeistert auf. Er stand tatsächlich der wahren „HMS Sirius" gegenüber. Wenn sein Vater jetzt nur hier wäre! In dessen Arbeitszimmer gab es ein riesiges Regal voller Modellschiffe. Und gleich neben der „Endeavour", dem Schiff, auf dem Kapitän Cook erstmals Australien bereist hatte, stand die „HMS Sirius", das Flaggschiff der ersten Flotte. Eines der Schiffe, mit dem die ersten Siedler von England aus nach Australien gereist waren.

Simon liebte vor allem diese Bücher seines Vaters, die von den britischen Seefahrern erzählten: von mutigen Männern, die sich und auch ihre Mannschaft abenteuerlichsten Gefahren aussetzten, als sie sich auf den Weg zum australischen Kontinent machten und ihn besiedelten. Dabei hatte es sich anfänglich ja vor allem um Strafgefangene gehandelt! Erst nach und nach war aus der Strafkolonie die Stadt Sydney entstanden … und nun?

Nun blickte Simon ausgerechnet auf diese „HMS Sirius". Sie war direkt vor ihm! Noch einmal suchte er mit dem Fernrohr die Stelle an dem Schiff, an der er den Namenszug entdeckt hatte, und schaute genauer hin. Vielleicht hatte er sich in der Aufregung ja geirrt? Doch jetzt schien es ihm sogar, als könne er noch Reste ihres früheren Namens erkennen: „Berwick". So hatte sie geheißen, bevor ein riesiges Feuer einen Großteil des Schiffes zerstört hatte und sie 1787 nach Australien aufgebrochen war.

1787! Simon schluckte hart und ließ das Fernrohr sinken. 1787 war die „Sirius" mit zehn weiteren Schiffen nach Australien aufgebrochen. 1788 hatte die Flotte den Kontinent erreicht.

Endlich hatte er Gewissheit – und es schnürte ihm die Kehle zu. Er befand sich im Jahre 1788! Er war so überwältigt von dieser Tatsache, dass ihm ganz schwindlig wurde. Mit beiden Händen griff er nach der Bordwand, um nicht umzufallen.

Jetzt erst fiel ihm der weiße Rauch auf, der von der Steuerbordseite der „HMS Sirius" aufstieg.

Mit einem unguten Gefühl griff Simon sich noch einmal das Fernrohr. Und tatsächlich, es war, wie er befürchtet hatte: Aus einer der Kanonen an Bord des Segelschiffes kamen weiße Schwaden heraus. Sie musste gerade erst benutzt worden sein.

Daher also das Krachen: Die „Sirius" hatte auf den Seelensammler geschossen!

Durch das Fernrohr entdeckte Simon zwei Soldaten, die bereits eine weitere Kanone luden. Nicht mehr lange und sie würden den Seelensammler erneut beschießen.

Simon geriet in Panik.

Er war allein auf diesem Schiff und wusste nicht, was er tun sollte. Sein erster Gedanke war: Zurückschießen!

Aber ... er konnte doch nicht auf ein Flaggschiff der britischen Krone schießen. Und vor allem nicht auf die „Sirius" mit ihren 14 Kanonen. Außerdem kannte er sich auf dem Seelensammler noch nicht besonders gut aus: Er wusste ja nicht einmal, ob sich auf diesem Schiff überhaupt Kanonen befanden. Und selbst wenn es welche gab – er würde sie ja vermutlich gar nicht bedienen können!

Es gab nur eine Alternative: Eine weiße Fahne! Er musste sich ergeben. Auf diese Weise könnte er einen weiteren Beschuss verhindern und so das Schiff retten – oder zumindest Zeit gewinnen, bis der Schattengreifer mit den Zeitenkriegern zurückkommen würde. Sie wüssten bestimmt, was zu tun war.

Simon rannte vom Dach der Kajüte auf das Schiffsdeck und sah sich hektisch um.

Eine weiße Fahne! Wo zum Teufel sollte er eine weiße Fahne auftreiben?

In diesem Moment donnerte es erneut hinter ihm und er warf sich instinktiv zu Boden. Eine Kanonenkugel sauste über seinen Kopf hinweg und schlug mit solcher Wucht dicht neben dem Seelensammler im Wasser ein, dass die Wellen das Schiff zum Schwanken brachten.

Schnell sprang Simon wieder auf seine Füße. Er hatte Angst. Der nächste Schuss würde den Seelensammler bestimmt nicht noch einmal verfehlen.

Endlich entdeckte er am Bug ein zusammengelegtes Segeltuch. Es war ebenso alt und zerschlissen wie die Segel selbst, die eingeholt an den Masten hingen. Mit einem Messer, das Simon ebenfalls am Bug fand, schnitt er ein großes Stück aus dem Tuch heraus, schnappte sich einen der Enterhaken, die zu Dutzenden auf dem Deck verstreut lagen, und knotete ein Ende des Stoffes am Stab des Enterhakens fest. Damit rannte er wieder auf das Dach der Kajüte.

Keine Sekunde zu früh. Schon konnte er sehen, wie einer der Soldaten mit einer Fackel die Lunte einer Kanone entzünden wollte. Mit einem Ruck riss er seine weiße Fahne in die Luft und schwenkte sie wild hin und her.

Sofort zog der Brite da drüben die Fackel zurück.

Simon atmete auf.

Nun gab der Kanonier einem anderen Soldaten ein Zeichen und augenblicklich brach ein hektisches Treiben an Bord der britischen Fregatte aus. Mehrere Soldaten in den typischen blau-weißen Uniformen fanden sich auf Deck zusammen und sprangen schließlich in eines der Beiboote der „Sirius". Während die Mannschaft an Deck das Boot zu Wasser ließ, ergriffen einige Soldaten die Ruder und machten sich bereit.

Simon stöhnte auf. Damit hatte er nicht gerechnet. Er hatte doch nur Zeit gewinnen wollen! Nun blickte er auf das Boot, in dem etwa zehn britische Soldaten auf ihn zugerudert kamen.

Simon hatte nur noch einen Gedanken: Verstecken!

Die Soldaten legten sich in die Riemen. Schon hatten sie sich ein gutes Stück von ihrem Schiff entfernt. Nicht mehr lange und sie würden den Seelensammler betreten.

Irgendetwas musste Simon tun. Und zwar *jetzt*. Er konnte doch nicht hier stehen bleiben und zusehen, wie die Briten das Schiff übernehmen würden! Hastig wandte er sich um und rannte auf die Treppe zu, als eine riesige Krähe knapp an seinem Kopf vorbeirauschte.

Simon wich zur Seite. „He!"

Die Krähe umflog den Seelensammler einmal, dann verschwand sie durch eines der Kajütfenster im Inneren des Schiffes.

Was machte sie im *Inneren* des Schiffes?, dachte Simon verwundert und wartete darauf, dass sie die Kajüte gleich wieder durchs Fenster verlassen würde. Diese Krähen waren ihm unheimlich. Er wusste sie nicht einzuschätzen. Simon hätte nicht einmal mehr mit Bestimmtheit sagen können, ob ihn eine dieser Krähen in der Nacht wirklich angesprochen hatte oder ob er sich das vielleicht nur eingebildet hatte.

Doch jetzt war nicht der geeignete Zeitpunkt, über so etwas nachzudenken. Ein Boot voller Soldaten kam auf ihn zu. Jetzt musste erst einmal der Seelensammler in Sicherheit gebracht werden.

In Sicherheit?

Simon blickte zu dem Steuerrad und ging einige Schritte darauf zu. Er legte eine Hand auf die oberste Speiche des riesigen Holzrades. Vielleicht könnte er wirklich versuchen zu flüchten. Oder wenigstens einige Seemeilen zwischen die beiden Schiffe zu bringen.

Doch rasch verwarf er diesen Gedanken wieder. Dafür kannte er sich noch zu wenig aus mit diesem Schiff. Und er war schließlich allein auf Deck. Das Schiff zu steuern, das würde er sich noch zutrauen. Wie aber hätte er allein die Segel setzen und den Anker lichten sollen?

Noch einmal rannte Simon zu der hinteren Bordwand, um einen Blick auf die britische Mannschaft zu werfen. Sie hatten bereits die Hälfte der Strecke zurückgelegt!

Er stutzte. Etwas geschah auf dem Ruderboot der Briten. Die Riemen bewegten sich nicht mehr. Alle Soldaten starrten nach vorn, aufs Wasser.

Jetzt entdeckte Simon es auch: Auf der Wasseroberfläche ging irgend etwas vor sich, dicht vor dem Boot der Briten. Erst waren es nur winzige Bewegungen, die den ruhigen Meeresspiegel durchbrachen, doch schon geriet das Wasser rings um das Boot in Bewegung, Wellen bildeten sich, bis sich eine gigantische Wassersäule aus dem Meer erhob. Keilförmig stieg sie auf, verharrte einige Sekunden in dieser ungewöhnlichen Lage knapp über dem Boot, bis sie unter lautem Brausen in die Tiefe schoss. Sie bildete augenblicklich einen Strudel, einen Trichter, dessen Sog das Boot der Briten erfasste.

Schon kippte die Spitze des Bootes über den Rand des Trichters. Die Männer schrien auf, und einige versuchten noch, sich mit einem Sprung in die Fluten zu retten. Doch es war bereits zu spät: Jeder Einzelne von ihnen wurde in den Strudel gezogen. Es gab für sie keine Rettung.

Boot und Besatzung – alles wurde in die Tiefe gerissen.

„Nein!“, rief Simon völlig außer sich. Es war schrecklich, hilflos mit ansehen zu müssen, wie ein Soldat nach dem anderen im Wasser versank. Erst als es keinen Überlebenden mehr gab, verengte sich der Strudel, das Meer schloss sich über all den ertrunkenen Männern wieder zu einer glatten Fläche und fand zu seiner ursprünglichen Ruhe zurück.

Simon starrte noch immer fassungslos auf das Wasser. Zehn Soldaten. Gestorben. In nur wenigen Sekunden. Und er hatte zusehen müssen. Dabei hätte er nicht einmal erklären können, was überhaupt geschehen war.

Aber keinesfalls, da war er sich sicher, war dies eine gewöhnliche Naturerscheinung gewesen!

Er sackte auf dem Boden zusammen und fiel auf die Knie. Tränen schossen ihm in die Augen und er ließ ihnen freien Lauf. Er trauerte um diese Männer. Er beweinte ihr Schicksal.

Und er verfluchte sich selbst. Er wünschte nur, er hätte dieses Schiff niemals betreten.

Eine der Krähen am Mast schrie laut auf.

Simon blickte zu ihr hoch. Erst jetzt fiel ihm auf, dass der Himmel dämmerte. Es wurde allmählich Abend. Nach dem Tod der Soldaten war er so niedergeschlagen gewesen, dass er den ganzen Tag hier vor der Zeitmaschine gekauert hatte. Er hatte den Blick fest auf die Sanduhr gerichtet und ununterbrochen das Verrinnen der Zeit beobachtet. Im oberen Glas befand sich nun kaum noch etwas von dem roten Sand.

Doch seine Aufmerksamkeit hatte nicht der Sanduhr gegolten. Seine Gedanken hatten sich ausschließlich mit dem beschäftigt, was er erlebt hatte. Immer und immer wieder hatte sich vor seinem geistigen Auge die schreckliche Szene des kenternden Briten-Bootes abgespielt. Und Simon verspürte das unerklärliche Gefühl, dass er schuld sei an dem Tod der vielen Soldaten. Vielleicht hätte er dieses Unglück ja verhindern können. Aber wie?

Die übrigen Soldaten auf der „Sirius" verhielten sich seit dem Vorfall ruhig. Es hatte weder weitere Kanonenschüsse gegeben noch einen erneuten Versuch, auf den Seelensammler zu kommen, um …

Stimmen näherten sich! Sofort kehrte Leben in Simons Körper zurück.

Voller Panik lief er zu seiner Kiste und riss den Deckel in die Höhe. Er war schon mit einem Bein in seinem Versteck, als er unter all den Lauten die markante Stimme von Basrar heraushörte. Die Zeitenkrieger kamen zurück!

Schnell schwang er auch das andere Bein in die Kiste, schloss hastig den Deckel und lugte von innen wieder durch die Bretterritzen. Doch er hätte sich gar nicht so beeilen müssen: Es dauerte noch quälend lange, bis die Zeitenkrieger das Beiboot am Schiff vertäut hatten und die Strickleiter heraufgeklettert kamen.

Die fünf redeten die ganze Zeit über sehr lautstark, aber Simon konnte nicht verstehen, worüber sie so heftig diskutierten. Und noch etwas: Jemand schrie. Eine schrille, angsterfüllte Stimme. Und jeder einzelne Schrei brachte die anderen nur noch mehr auf.

Endlich sah er, wie Neferti als Erste über die Bordwand kletterte. Oben angekommen, drehte sie sich blitzschnell wieder um und bückte sich nach unten, um etwas zu packen.

Es war eine Hand. Eine dunkelhäutige Hand! Also kein Zeitenkrieger, fuhr es Simon durch den Sinn.

Nun kam auch Basrar zum Vorschein. Mit vor Anstrengung verzerrtem Gesicht half er Neferti dabei, einen fremden Jungen über die Bordwand zu hieven. Kurz darauf kletterten auch Moon und Salomon an Bord. Als Letzte erschien Nin-Si an Deck. Simon vermutete, dass sie das Beiboot versorgt hatte.

Erst jetzt fiel Simon auf, dass der Schattengreifer sich offenbar nicht bei den Zeitenkriegern befand. Vielleicht war er noch an Land geblieben?

Der fremde Junge schrie erneut auf. Die Zeitenkrieger hatten alle Mühe, ihn festzuhalten. Simon konnte ihn von seinem Versteck aus genau beobachten.

Der Junge hatte eine tiefdunkle Haut und schwarze, gekräuselte Haare, die eher wie Wolle aussahen. Ockerfarbene Erde hing in seinen Locken. Der Junge war fast nackt. Lediglich eine Art Lendenschurz aus Fell bedeckte seine Hüften.

Kein Zweifel, dieser Junge war ein Aborigine. Simon kannte Fotos dieser Menschen aus den Büchern über Kapitän Cooks Reisen und die ersten Siedler in Australien. Aborigines waren die Ureinwohner des Landes.

Alles passte zusammen! Die „Sirius“, die, wie Simon wusste, mit weiteren zehn Schiffen vor der australischen Küste vor Anker lag … und dieser Junge hier …

Immer noch wand sich der verängstigte Junge im Griff der Zeitenkrieger. Er zappelte und trat um sich. Und dabei gab er Schreie von sich, wie Simon sie noch nie gehört hatte. Seine Augen rollten wild umher. Nackte Angst war von seinem Gesicht abzulesen. Und dann immer wieder diese Schreie! Doch mit einem Mal verstummte er und blickte mit weit aufgerissenen Augen zur Kajüte.

Simon wandte sich zur Kajütentür um, doch er konnte nicht erkennen, was den Jungen so sehr erschreckt haben mochte.

Bis der Schattengreifer einen Schritt auf das Schiffsdeck tat.

Simon durchfuhr es, als hätte ihm jemand einen Schlag in den Magen gegeben. Der Schattengreifer war hier? Wie lange wohl schon? Dann musste er Simon doch vorhin auf Deck gesehen haben! Doch Simon hatte sein Kommen nicht bemerkt. Er hatte …

Die Krähe! Die Krähe, die in der Kajüte verschwunden war, kurz bevor das Unglück mit den Briten passierte. Jetzt wurde Simon alles klar. Die Krähe – das war er gewesen, der Schattengreifer. Und den Tod der zehn Soldaten hatte er auch zu verantworten. Basrar hatte doch von den mächtigen Zauberkräften dieses Wesens berichtet!

Ohne es zu ahnen, war Simon Zeuge jener schwarzen Magie geworden. Simon gefror bei diesem Gedanken das Blut in den Adern.

Als könne der Schattengreifer seine Gedanken spüren, blickte der auf einmal in Richtung Kiste, in der Simon steckte, und verzog sein kahles, weißes Gesicht zu einer grinsenden Fratze.

Das gilt mir! Simon duckte sich instinktiv. Doch er war sich bewusst, dass ihm dies nichts mehr nutzen konnte. Der Schattengreifer wusste von ihm!

Hastig lugte Simon wieder zwischen den Brettern auf das Deck. Der Schattengreifer kümmerte sich nicht weiter um ihn und sein Versteck. Er ging auf den verstörten Jungen zu, der noch immer von Basrar und Neferti am Boden festgehalten wurde. Er beugte sich so tief zu dem Jungen herunter, dass sich sein langer schwarzer Mantel über das Schiffsdeck legte. Seine Augen suchten den Blick des Jungen. Doch der wand sich nur verzweifelt hin und her und wagte nicht, in diese kalten dunklen Augen zu schauen.

Schließlich zog der Schattengreifer seine dürren Hände hervor und legte sie auf den Kopf des Jungen. Er schloss die Augen und murmelte etwas, das Simon nicht verstehen konnte.

Die Zeitenkrieger beobachteten stumm das Geschehen. Der Aborigine versuchte noch ein letztes Mal, sich loszureißen, doch dann wurde er ganz plötzlich ruhiger. Seine Gesichtszüge entspannten sich, sein Körper sackte in sich zusammen und schließlich fielen ihm die Augen zu.

Der Schattengreifer erhob sich zufrieden und baute sich vor den Jugendlichen auf. „Gut!", sagte er. Und ohne eine einzige Bewegung seiner Lippen fügte er hinzu: „Unser Werk ist getan. Lasst uns aufbrechen!"

Sofort kam Bewegung in die Gruppe der Zeitenkrieger. Basrar rannte wieder die Treppe zur Kajüte rauf, während die anderen die Segel setzten. Das Schiff geriet in Bewegung. Wie bereits Stunden zuvor baute sich in wenigen Sekunden ein Sturm auf, der Simon in seiner Kiste von einer Seite zur anderen schleuderte. Zum zweiten Mal musste er die Schmerzen einer Zeitreise erdulden. Wieder war es ihm, als stülpte sich sein Innerstes nach außen. Wieder hatte er das Gefühl, zerrissen zu werden, während alles um ihn herum toste.

Doch dieses Mal dauerte dieser Zustand nicht so lange. Schon bald verloren sich die Schmerzen und auch das Meer beruhigte sich bereits nach kurzer Zeit.

Mühsam quälte sich Simon wieder an seinen Beobachtungsposten: Der Schattengreifer stand auf dem Deck, die Zeitenkrieger hatte er um sich versammelt. Alle, bis auf Nin-Si, die saß an der Seite des Aborigines und hielt ihn fest im Arm.

„Nun kann ich mich zurückziehen", wandte sich der Schattengreifer erneut an seine Mannschaft. „Doch nicht für lange. In wenigen Tagen schon werden wir unser Werk vollenden können."

Während Basrar und Moon nach den Tauen griffen und die riesige Zeitmaschine wieder im Rumpf des Schiffes versenkten, ging der Schattengreifer ohne ein weiteres Wort auf den Bug des Schiffes zu.

Simon konnte nur noch erkennen, wie die Kreatur seinen rechten Arm ausstreckte, bis sich eine der Krähen darauf niederließ. Dann vernahm Simon einen Schrei und ein Poltern – gefolgt von absoluter Stille.

Nun hielt ihn nichts mehr in seinem Versteck. Er stieß den Deckel über seinem Kopf auf, sprang aus der Kiste und lief auf die Zeitenkrieger zu, die gerade dabei waren, den Aborigine auf eine Decke zu legen.

Der Junge hatte noch immer die Augen geschlossen: Er schien fest zu schlafen.

„Lasst ihn los!", brüllte Simon. „Was wollt ihr von ihm?"

Die fünf drehten sich zu ihm um.

„Oh, Simon!" Basrar blickte ihm mit übermüdeten Augen entgegen. „Dich hatte ich schon beinahe vergessen!"

„Was wollt ihr von ihm?", wiederholte Simon.

Neferti erhob sich und kam auf Simon zu. „Das verstehst du nicht. Noch nicht!"

„Dann erklärt es mir!"

„Das wird uns nicht möglich sein“, erwiderte Moon, während er dem Aborigine eine ausgefranste Decke als Kissen unter den Kopf schob. „Wir wissen doch selbst nicht alles.“

Simon zeigte auf den schlafenden Jungen. „Werdet ihr ihm wehtun?“

Nin-Si stand nun ebenfalls auf. Scheinbar war der Junge fürs Erste versorgt. „Warum sollten wir ihm wehtun?“, fragte sie erstaunt. „Er ist doch jetzt einer von uns.“

„Einer von euch?“

Neferti zog Simon zur Seite. „Versteh doch: So sind wir alle auf dieses Schiff gekommen. Wir alle wurden …“

„… beinahe alle“, unterbrach sie Basrar.

„Was?“

„Nicht alle von uns sind auf diese Art und Weise hierhergekommen!“, betonte er noch einmal und sah Simon scharf an. „Einer kam von selbst hierher. Einer ist anders als wir. Seht doch nur selbst.“

Basrar zeigte bei seinen letzten Worten mit dem Finger auf das Schiffsdeck. Die Zeitenkrieger folgten seinem Blick – und wichen vor Simon zurück.

„Es stimmt“, brachte Moon hervor. „Er ist keiner von uns.“

Simon schaute an sich herab und versuchte zu verstehen, was die Zeitenkrieger zurückschrecken ließ. Und plötzlich sah er es ebenfalls: Im Licht des Mondes war es ihm nicht aufgefallen und auch bei Tag, als er in seiner Kiste saß, war es ihm entgangen. Was er nun jedoch wahrnahm, war so gespenstisch, dass er selbst einen Schritt zurückwich.

„Eure Schatten“, stieß er hervor. „Ihr habt keine Schatten!“

Die Schmerzen waren nicht auszuhalten.
Sein Körper schien zu explodieren.
Hart schlug er auf dem Boden auf. Die Krähe, die er noch in der Hand gehalten hatte, flog aufgeschreckt davon.
Nicht mehr lange, dachte er.
Nicht mehr oft, fuhr es ihm in den Sinn.
Bald hätte dies alles sein Ende.
Diese Schmerzen.
Diese Reisen.
Das Ende seiner Qualen würde der Beginn der neuen Zeitrechnung werden.
Seiner Zeitrechnung.
Er mühte sich auf sein Lager, bis er sich endlich kraftlos und erschöpft dem Schlaf hingeben konnte.

Sie saßen am Feuer, das Moon mitten auf dem Schiffsdeck in einer riesigen Silberschale für sie entzündet hatte. Über ihnen glitzerten die Sterne um die Wette.

Basrar hatte trockenes Brot besorgt und Nin-Si war mit einigen Decken gekommen. Auch über den australischen Jungen, der immer noch schlafend auf der ausgefransten Decke lag, breitete sie ein großes Tuch aus.

Wären die Umstände nicht so rätselhaft und die Umgebung nicht so gruselig gewesen, Simon hätte sich richtig wohlfühlen können!

Die Krähen saßen um sie herum auf der Bordwand. So als wollten auch sie hören, was es zu berichten gab. Simon hatte sie inzwischen zählen können: Es waren fünf. Noch immer zweifelte er daran, dass er einen dieser Vögel wirklich sprechen gehört hatte. Vermutlich waren ganz einfach seine Nerven mit ihm durchgegangen, weil ihn das plötzliche Schwanken des Schiffes so erschreckt hatte.

Aber eines wusste er genau: Der Schattengreifer hatte die zehn Soldaten in den Tod geschickt. Er war in Gestalt einer Krähe aufgetaucht. Und genau deshalb machte Simon die Anwesenheit dieser Vögel jetzt Angst. Er wusste nicht, ob er ihnen trauen konnte. Vielleicht war der Schattengreifer vorhin ja gar nicht vom Schiff verschwunden? Vielleicht war eine dieser Krähen der Schattengreifer selbst?

Unbehaglich rutschte Simon hin und her, und wieder war es Neferti, die zuerst die Stille durchbrach und zu ihm sprach: „Simon, ich seh's dir an. Dir gehen wieder tausend Fragen durch den Kopf, oder?"

Simon biss ein Stück von dem Brot ab, das Basrar ihm gereicht hatte, und ließ den Rest in seinen Händen kreisen.

„Ich weiß gar nicht, wo ich anfangen soll", begann er unsicher. „Ich meine … das alles hier. Ihr. Dieses Schiff. Die Maschine. Eure Schatten … All das. Und dann … dann … er …"

„… der Schattengreifer?"

Simon nickte und es platzte aus ihm heraus: „Wer ist er? Wo kommt er her? Und was ist das für ein Plan, von dem er immer spricht?"

Basrar lachte laut auf. „Nun, das sind ja nur wenige Fragen, die du da hast!", spottete er, doch Neferti warf ihm einen tadelnden Blick zu und brachte ihn damit zum Schweigen.

Es war Moon, der zu einer Erklärung ansetzte: „Wir wissen auch nicht, wer er ist. Uns allen ist er ein großes Rätsel."

„Er hat jeden von uns auf dieses Schiff gebracht", ergänzte Nin-Si, doch auf Basrars lautes Räuspern hin wandte sie schnell ein: „Fast jeden. Wir alle stammen aus einer anderen Zeit. Aus einer anderen Kultur. Er sammelt uns und …"

„Er sammelt euch?" Simon blickte erstaunt zu ihr hinüber.

In ihren großen Augen ließen die Flammen des Lagerfeuers verspielt ihr Licht tanzen. „Möglicherweise ist das sogar sein eigentliches Ziel", antwortete sie nachdenklich. „Vielleicht ist er einfach nur ein Menschensammler. Ein Seelensammler eben. Und deshalb hat er auch dieses Schiff so genannt."

„Das glaube ich nicht", warf Neferti ein. „Hinter all dem steckt ein größerer Plan. Das sagt er uns immer wieder. Er hat noch etwas vor mit uns. Doch keiner von uns kann sich vorstellen, was das sein könnte."

„So!" Basrar erhob sich und baute sich vor Simon auf. „Das waren viele Fragen und viele Antworten. Nun bist du an der Reihe. Bevor wir dir mehr von uns verraten, würden wir ganz gern etwas mehr über dich erfahren."

Moon gab ihm recht: „Ich denke, du hast uns auch einiges zu erzählen, oder?“

Simon zog die Schultern in die Höhe. „Mir geht es wie euch. Ich habe im Moment noch mehr Fragen in mir als Antworten. Ich …“

Er bemerkte, dass nun alle Augen auf ihn gerichtet waren. Zum ersten Mal hörten sie ihm richtig und in aller Ruhe zu.

Also erzählte er ihnen, warum er in dieser Nacht auf das Schiff geklettert war.

„… Es waren meine Träume, die mich zu euch geführt haben“, beendete Simon seinen Bericht. „Vielleicht war das alles ein riesengroßer Fehler gewesen. Ändern kann ich es nun nicht mehr. Ihr könnt mir das alles glauben oder nicht. Aber ich bin nun einmal hier.“

Die anderen sahen ihn eine Weile schweigend an, bis Neferti schließlich sagte: „Wir glauben dir.“

Moon und Nin-Si nickten zustimmend.

„Es klingt zwar unvorstellbar, was du sagst“, fuhr Neferti fort. „Doch alles hier ist unvorstellbar. Deshalb glauben wir dir. Deshalb, und weil du einen ehrlichen Eindruck machst …“

„… und weil es keinen Grund gibt, warum du uns anlügen solltest“, ergänzte Moon.

„Moment mal!“ Basrar baute sich vor Simon auf und wies mit dem Finger auf ihn: „Es sei denn, er ist doch ein Spion! Ich warne euch: Ihr solltet ihm nicht zu schnell euer Vertrauen schenken. *Er* hat seinen Schatten noch!“

Neferti sprang auf und gab Basrar einen Klaps auf den Finger, worauf dieser beleidigt seine Hand zurückzog.

„Er hat uns seine Geschichte erzählt, nun sollten wir ihm von uns erzählen.“

Dankbar nickte Simon ihr zu. Würde er nun endlich, endlich Antworten erhalten?

„Vielleicht sollten wir ganz vorn anfangen“, schlug er vor. „Wer von euch ist zuerst auf dieses Schiff gekommen?“

Basrar hob eine Hand. „Ich“, erwiderte er knapp.

„Und wie? Kannst du dich noch daran erinnern?“

„Natürlich kann ich das“, erwiderte Basrar scharf. „Ich kann mich noch an jeden einzelnen Moment genau erinnern. Doch wie lange das Ganze zurückliegt, das kann man ja auf diesem verflixten Kahn nicht einschätzen!“

„Erzähl uns alles“, bat Simon und so erzählte ihnen Basrar seine Geschichte.

„Ich lebte mit meiner Familie auf dem Byrsa-Hügel in Karthago“, begann er, „wenige Straßen von der Tempelanlage des Eschmun entfernt. Es ging uns nicht gut. Wie alle Menschen in unserer Stadt litten wir seit drei Jahren unter der Belagerung durch die Römer. Es fehlte uns an allem. An allem, außer dem Willen durchzuhalten gegen diese feindliche Macht. Drei Jahre haben wir ihnen die Stirn geboten, doch dann kam Tag, der niemals enden sollte.“

Er schwieg einen Moment und schaute mit düsterer Miene ins Feuer. Dann wandte er sich wieder Simon zu.

„Du würdest sagen, es war im Jahr 146 vor Christus. Ich weiß von eurer Zeitrechnung. Moon hat es mir beigebracht. An einem Tag dieses Jahres war es den römischen Truppen schließlich doch gelungen, in unsere Stadt einzudringen. Mehr noch. Es gelang ihnen, unsere Stadt vollständig einzunehmen. Von allen Seiten kamen sie. Sie brannten ganze Stadtteile nieder und gingen so brutal vor, dass sie auch bald das Zentrum erreichten. Uns wurde schnell klar, dass die Stadt nicht mehr zu retten war. Also sind wir geflüchtet. Wir packten zusammen, was wir tragen konnten, und rannten auf die Straße, durch die Gassen Karthagos, als …“ Basrar schnaufte. „… als er plötzlich vor uns stand.“

„Der Schattengreifer?“, flüsterte Nin-Si und Basrar nickte kurz.

Sie haben seine Geschichte auch noch nie gehört!, dachte Simon und sah Basrar verwundert an. Vielleicht hatten sie sich vorher noch nie über diese Dinge ausgetauscht.

„Da stand er“, wiederholte Basrar. „In seinem schwarzen Mantel. Mitten auf dem Weg. Um ihn herum schreiende, flüchtende, verängstigte Menschen. Doch er stand nur dort. Stand dort und wartete auf meine Familie.“

„Warum gerade auf euch?“, unterbrach ihn Simon.

Doch Basrar verzog nur das Gesicht. „Ich kann es dir nicht sagen. Vielleicht ein Zufall. Vielleicht auch nicht. Er stand dort und erwartete uns. Und dann fing er mit meiner Mutter ein langes Gespräch an. Immer wieder zeigte er auf mich, den ältesten Sohn der Familie. Meine Mutter schüttelte den Kopf. Immer wieder. Tränen schossen ihr in die Augen. Doch der Schattengreifer redete auf sie ein. Er zeigte auf das Unglück um uns herum. Auf all die hilflosen Menschen. Und dann sah ich, wie meine Mutter nickte. Zögerlich zwar. Doch sie stimmte zu.

Sie nahm mich an der Hand, drückte mich fest an sich und gab mir einen Kuss. Tränen flossen ihr in Strömen über das Gesicht. Dann gab sie mich frei. ‚Geh mit ihm‘, sagte sie noch. ‚Er wird dich retten und fortführen.‘ Ich schrie und bettelte. Ich wollte nicht von meiner Familie getrennt werden! Und vor allem wollte ich nicht mit diesem Mann, mit dieser Kreatur fortziehen müssen. Doch sie legte meine Hand in die kalte Klaue des Schattengreifers. Dann rannte sie davon. Mit meinen jüngeren Geschwistern. Ich habe sie alle an diesem Tag zum letzten Mal gesehen."

Basrar atmete schwer. Die Erinnerung an all das hatte ihn sehr mitgenommen. Er wischte sich mit dem Ärmel seines Hemdes über das Gesicht. „Das ist meine Geschichte", sagte er zu Simon. „So bin ich auf den Seelensammler gelangt."

Der Karthager war so aufgewühlt, dass er am ganzen Körper zitterte. Dennoch wagte Simon noch eine letzte Frage: „Dein Schatten", sagte er beinahe flüsternd. „Wie …"

„Ja, mein Schatten …" Basrar nickte traurig und nahm seine Erzählung wieder auf: „Wir waren kaum aus der Stadt heraus, als der Schattengreifer stehen blieb. Er sah mich an. Lange sah er mich an, während rund um uns der Kampf einer untergehenden Stadt tobte. Plötzlich begann er etwas zu murmeln. Bis zu diesem Moment hatte er nur mit meiner Mutter gesprochen, zu mir jedoch keinen Ton gesagt. Doch diese Stimme, mit der er *mich* nun ansprach, war nicht mehr mit seiner vorherigen zu vergleichen. Diese Stimme war eine andere. Du wirst sie gehört haben, als er heute auf dem Schiff war. Leise sprach er nun auf mich ein. Beschwörend. Und schließlich streckte er seine Hand aus. Seine weiße Klaue. Er griff an mir vorbei, packte zu, und mir war, als ob er mir all meinen Lebensmut, all mein Glück und all meine Kraft raubte. Er nahm mir meinen Schatten."

Simon hörte Basrar atemlos zu. Auch die anderen Zeitenkrieger lauschten wie gebannt.

„In dem Moment, als mein Zuhause unterging, hat er mir mein Leben gestohlen. Seither gehöre ich ihm. Und nicht nur ich." Er blickte in die Runde. „Sie alle hier sind auf diese Weise zu ihm gekommen. Ich habe es ja mit ansehen müssen. Bei jedem von euch war ich dabei. Immer war ich anwesend in dem Moment, in dem der Schattengreifer sich eure Leben genommen hat. Und eure Schatten. Ich war da, als er aus euch Zeitenkrieger gemacht hat."

Er wandte sich wieder Simon zu: „Er greift sich deinen Schatten – dann, wenn die Not am größten ist", sagte er mit bebender Stimme und Simon lief es bei diesen Worten eiskalt den Rücken hinunter. „Er greift sich deinen Schatten und zerrt dich hinaus aus deiner Welt. Hinaus aus deiner Zeit. Auf dieses Schiff – den Seelensammler. Und niemand kann dich retten. Niemand weiß von dir. Niemand weiß von diesem Seelensammler. Niemand weiß von *uns*."

Basrar verstummte und eine bedrückende Stille entstand. Nur das gelegentliche Knacken des Feuers war zu hören und aus dem Rumpf des Schiffes heraus kam das gewohnte Vibrieren, das deutlich zu spüren war. Schweigend blickten sie in die Flammen und dachten über das nach, was sie zu hören bekommen hatten. Keiner von ihnen verspürte den Wunsch zu sprechen.

Die Krähen, die sich rund um die Zeitenkrieger und um Simon auf der Bordwand versammelt hatten, verließen nach und nach den Schauplatz. Sie flogen zu den Mastkörben, zu ihren Schlafplätzen.

Nur eine Krähe blieb auf der Bordwand sitzen. Sie war die kleinste der fünf Krähen. Simon schaute sie über die Flammen des Lagerfeuers hinweg an. Sie faszinierte ihn. Ihr Kopf ruhte auf eine ganz eigenartige Weise zwischen den Flügeln. Simon schien es beinahe, als wäre sie traurig. Starr saß sie auf der Bordwand und ihre schwarzen Augen blickten unverwandt auf Basrar. Gerade so, als habe dessen ergreifende Erzählung auch ihr Herz berührt.

„Bei mir war es ganz ähnlich", hauchte Neferti, und in Simon verstärkte sich der Eindruck, dass sich die fünf vorher noch nie über ihre Schicksale ausgetauscht hatten. Zumindest noch nie so ausführlich.

„Auch mich hat der Schattengreifer gerettet, als ich mich in höchster Not befand." Den Blick weiterhin starr auf das Feuer gerichtet, begann sie ihre Erzählung: „Vielleicht habt ihr ja schon von dem Pharao Echnaton und seiner Gemahlin, der schönen Königin Nofretete, gehört? Ich bin die Tochter des obersten Verwalters seiner Herdentiere. Mein Name *Neferti* ist übrigens von dem Namen der Königin abgeleitet. Meine Eltern verehrten diese Frau sehr und ich trage diesen Namen mit Stolz.

Wir lebten in Amarna, der Stadt der Sonne. Echnaton hatte sie aus dem Nichts aufbauen lassen. Mitten in der Wüste. Hier wollte er seine neue Religion gründen. Mit seinem Volk. Mit uns. Er hatte der Vielgötterei abgeschworen und glaubte nur noch an einen einzigen Gott: Aton. Doch die früheren Hohepriester aus Theben waren dagegen. Sie versuchten, Echnaton davon abzubringen, aber er ließ sich in seinem festen Glauben nicht beirren.

Eines Tages schließlich planten zwei der Hohepriester einen Anschlag auf den Pharao. Mein Vater hatte davon erfahren und er hatte dieses Attentat verhindern können. Doch damit zog er sich den Hass der beiden Hohepriester zu. Sie wollten seine gesamte Familie für den Frevel bestrafen ..."

Neferti wandte sich Basrar zu.

„Der Rest meiner Geschichte entspricht dem, was du berichtet hast", sagte sie betrübt. „Plötzlich stand er da, der Schattengreifer. Vor meinen Eltern. Er warnte uns vor den herannahenden Hohepriestern und ihren Wachen und sprach ebenfalls ununterbrochen auf meine Mutter ein. So lange, bis sie bereit war, mich ihm mitzugeben. Ich weinte und schrie. Auf keinen Fall wollte ich von meiner Familie getrennt werden! Lieber wollte ich mit ihnen in den Tod gehen, als auch nur für einen Augenblick von ihrer Seite zu weichen. Doch meine Mutter nahm mich fest in den Arm und vertraute dann mein Leben dem Schattengreifer an. Und eben wie bei dir, Basrar, hatte er auch mich vor die Stadttore gebracht und mich dort meines Schattens beraubt."

Heiße Tränen rannen ihr über das Gesicht, und Simon hätte sich gern neben sie gesetzt, um ihr tröstend einen Arm um die Schultern zu legen. Er zögerte jedoch noch und wusste nicht, ob er es wagen konnte.

Da begann Salomon mit leiser Stimme, seine Geschichte zu erzählen: „Vor dem Stadttor – dort nahm er sich auch meinen Schatten und mein Leben", sagte der bisher so schweigsame Junge. „Es war zur Zeit der großen Pest in Europa", fügte er hinzu und Simon zuckte zusammen. Es war befremdlich, jemandem gegenüberzusitzen, der diese schreckliche Zeit selbst miterlebt hatte. Simon fürchtete sich ein wenig vor dem, was er nun vermutlich zu hören bekommen würde.

„Überall im Land fand das große Sterben statt", setzte Salomon seine Erzählung fort. „Wir nannten es den Schwarzen Tod, weil sich die Stellen am Körper der Menschen schwarz verfärbten, an denen die Pest ihre Haut faulen ließ.

Er machte vor niemandem halt, der Schwarze Tod. Er war unbarmherzig und gnadenlos. Niemand war vor ihm sicher. Kinder nicht und auch keine Erwachsenen. Es war gleich, von welchem Stand du warst oder welcher Gesinnung. Die Pest nahm fast jeden mit sich, dem sie sich näherte. Bettler ebenso wie Edelleute, Diebe ebenso wie Wachposten. Der Schwarze

Tod nahm sich Ritter und fahrendes Volk, Herren und Diener, Bauern und Kaufleute. Alle, alle wurden hingerafft von dieser heimtückischen Krankheit."

Salomon saß im Schneidersitz vor dem Feuer und redete und redete. So schrecklich das war, was er zu erzählen hatte: Es schien ihm doch gutzutun, all die Bilder in seinem Kopf endlich einmal mit anderen teilen zu können.

„Es gab kein Entrinnen", fuhr er mit seiner monotonen Stimme fort. „Es war gleich, ob du in der Stadt lebtest oder auf dem Land, in einer Burg oder in einem Haus. Der Schwarze Tod fand dich an jedem Ort.

Es begann mit den Ratten. Sie brachten die Krankheit in die Städte. Erst starben die Tiere, dann die Menschen. Die Ärzte waren machtlos und die Leute wurden panisch. Das Ende der Welt schien nahe. Und es brauchte jemanden, der an alledem schuld war."

„Daran schuld war?", fragte Neferti verwundert. „Wie meinst du das?"

„Die Menschen brauchten einen Sündenbock. Jemanden, den sie dafür verantwortlich machen konnten, was mit ihnen geschah."

„Das ist absurd."

„Ja, Neferti. Absurd. Aber leider auch menschlich."

„Fand man denn einen Sündenbock?", fragte Nin-Si und sah ihn an. Sie schien zu ahnen, was nun folgen würde.

Salomon blickte in die Flammen. „Oh ja, den fand man. Und es war nicht allzu schwierig, glaubt mir. Man nahm einfach den, der schon seit Jahrhunderten immer wieder für alles verantwortlich gemacht wurde, wenn in der Welt etwas aus den Angeln geriet. Die Menschen lenkten ihren Hass auf jene, die schon seit ewigen Zeiten ihren Kopf hinhalten mussten: die Juden."

„Was? Du meinst …"

„Genau. Schon immer wurde mein Volk für Dinge zur Verantwortung gezogen, für die es nichts konnte. Schon immer war man dem Volk der Juden gegenüber misstrauisch. Dabei sollen doch wir das erwählte Volk sein." Er seufzte. „Bald schon machte man Jagd auf uns. Mit der Ausrottung der Juden sollte auch die Pest ausgerottet werden. Es gab eine regelrechte Hatz auf uns. Kein Jude war mehr sicher. Nicht vor der Pest und nicht vor dem Mob.

Der Schattengreifer erschien, als es für meine Familie gefährlich wurde. Er versprach meinen Eltern, mich zu retten und mit sich zu nehmen. Und nun bin ich hier, auf dem Seelensammler. Das ist meine Geschichte."

„Schrecklich!" Neferti schüttelte sich.

„Und wie sich unsere Geschichten gleichen …", gab Basrar zu bedenken.

Die beiden wandten sich Moon zu, der mit dieser Reaktion schon gerechnet hatte: „Nun wollt ihr gewiss auch von meinem Schicksal hören, nicht wahr?", fragte der Indianer, doch Simon unterbrach ihn: „Erlaubst du mir zuvor nur eine Frage?"

„Gern."

„Nach allem, was ich von Indianern weiß, ist Moon ein sehr ungewöhnlicher Name für einen Indianerjungen. Ist das wirklich dein richtiger Name?

Der Indianer lachte laut auf. „Du hast einen wachen Geist, Simon, und bist sehr aufmerksam. Du hast recht, ich trage eigentlich einen anderen Namen. Doch meine Lakota-Sprache unterscheidet sich zu sehr von der deinen. Eure Zungen können diese Wörter kaum formen. Nicht einmal hier, auf dem Seelensammler." Er zeigte in die Runde. „Alle hier sind bisher an dem Versuch gescheitert, meinen Namen richtig auszusprechen. Deshalb sagen alle Moon zu mir. Die Bedeutung meines Namens in meiner Sprache lautet übersetzt: *Der das Licht bringt und den Mond schlafen schickt.* Denn ich wurde früh an einem Vollmondmorgen geboren und gab meinen ersten Schrei von mir, als gerade die Sonne über unserem Lager aufging."

„Verrat mir doch bitte deinen vollen Namen", bat Simon und der Indianer nickte. Er setzte sich aufrecht hin und sprach einige Worte, die für Simon wie ein einziges Gedicht, wie eine kurze Melodie klangen. Wunderschön. Doch Moon hatte recht: Simon hätte diesen Namen niemals wiederholen können.

Der Indianer lachte wieder. „Sag einfach Moon zu mir. Einverstanden?"

„Ja, einverstanden ... Und, Moon?" Simon sah den Indianer auf einmal ernst an. „Ähnelt dein Schicksal auch denen der anderen hier?"

„Ja. Auch ich wurde vertrieben. Mitsamt meiner Familie. Bei uns war es der weiße Mann, der uns Land und Ehre stahl. Am Ufer des *Wounded Knee* wurden wir zusammengetrieben. Man hatte uns neues Land versprochen, wo wir in Ruhe weiterleben könnten. Zuvor jedoch mussten alle Indianer am *Wounded Knee* ihre Waffen abgeben. Alle meine Stammesbrüder wurden entwaffnet. Doch plötzlich fiel versehentlich ein Schuss und in diesem Moment eröffneten die Weißen das Feuer. Es begann ein einziges Sterben. Rund um mich und meine Familie. Sogar unseren Häuptling *Spotted Elk* haben sie getötet. Und wir hatten keine Möglichkeit, uns zu wehren.

Dann stand auf einmal dieser Mann vor uns. Mitten im Kriegsgeschrei. Er kam aus dem Nichts, und er bot meiner Familie an, mich zu retten. Nun, ihr könnt euch denken, was danach geschah."

Neferti liefen Tränen über die Wangen. Sie war gerührt und aufgewühlt zugleich. „Noch nie haben wir uns gegenseitig unsere Vergangenheit erzählt", sagte sie. „Ich wusste gar nicht, welche schrecklichen Schicksale ihr erlitten habt. Ich dachte immer, ich sei die Einzige, die …"

Sie brach ab und sah die anderen hilflos an.

„Ich weiß", sagte Basrar mit ungewohnt sanfter Stimme. „Das Gleiche dachte ich auch immer. Ich war dabei, als der Schattengreifer jeden von euch zu sich genommen hat. Doch ich war stets nur in diesem einen Moment dabei. Ich wusste gar nicht, was ihr für schreckliche Dinge erlebt habt. Danke, Simon, das haben wir dir und deinen tausend Fragen zu verdanken!"

„Aber wir haben ja noch gar nicht Nin-Sis Geschichte gehört", warf Moon ein. Er legte eine Hand auf die Schulter des Mädchens. „Erzähl du uns auch, was dir passiert ist!"

Nin-Si senkte schnell den Kopf. Sie schwieg.

Basrar setzte sich zu Nin-Si und fragte: „Möchtest du es uns erzählen?"

Schnell schüttelte Nin-Si den Kopf.

„Aber …"

„Lass sie", fuhr Moon dazwischen. „Wenn sie es nicht erzählen möchte, sollten wir ihren Wunsch respektieren."

Basrar jedoch gab noch immer nicht nach. „Es tut gut zu sprechen, Nin-Si."

Aber als das Mädchen weiter nur schweigend den Kopf schüttelte, ließ Basrar endlich von ihr ab.

„Später vielleicht“ versuchte er, Nin-Si zu trösten, doch wieder schüttelte sie nur verneinend den Kopf.

Simon blickte sprachlos in die Runde.

Seine Gedanken überschlugen sich.

Katastrophen, dachte er. Allen Entführungen waren Katastrophen vorausgegangen! Das konnte doch kein Zufall sein.

Er blickte sich bei den Gefährten um. Diese Jungen und Mädchen hier waren alle an einem Unglückstag durch den Schattengreifer gerettet und auf dieses Schiff gebracht worden. Ganz sicher auch Nin-Si.

Simon hatte keinen Zweifel daran, dass es ihr sehr ähnlich ergangen war.

Sein Blick fiel auf den fremden Jungen, der schlafend beim Feuer lag. Was auch immer mit ihm passiert sein mochte – Simon hätte darauf gewettet, dass auch dieser Junge dem Schattengreifer in einem Moment größter Not begegnet war.

Es ergab sich ein Muster.

Endlich, endlich hatte Simon das Gefühl, dem Geheimnis des unheimlichen Schattengreifers wenigstens einen winzigen Schritt näher zu kommen.

Zum ersten Mal hatte er den Eindruck, dass sich einzelne Puzzleteile ineinanderfügten, wenn auch alle diese Teile noch immer kein vollständiges Bild ergaben.

Er lächelte. Vielleicht fing er tatsächlich noch an, Puzzlespiele zu mögen.

„Worüber denkst du nach?“ Neferti waren Simons Grübeleien aufgefallen.

„Ich fange allmählich an zu verstehen“, war seine Antwort und sofort wandten sich ihm die anderen zu.

„*Was* verstehst du?“, fragte Basrar aufgeregt.

„Nun ja …“ Simon grübelte sogar beim Sprechen, er kam aus dem Nachdenken nicht heraus. Ein erstes Muster …

„Jetzt verrate uns schon deine Gedanken“, forderte Basrar, dem die Ungeduld deutlich anzumerken war.

„Es ist erst einmal nur ein Gedanke“, gab Simon zurück. „Vielleicht ist es ja möglich, euch wieder von diesem Zauber zu befreien!“

Seine Worte verfehlten ihre Wirkung nicht. Die Zeitenkrieger schraken sichtlich zusammen und sogar Nin-Si mischte sich wieder in das Gespräch ein: „Du meinst, wir könnten zurück in unsere Zeit?“

„Vielleicht“, antwortete Simon hastig. Er war überrascht, welche großen Hoffnungen seine Worte in ihnen weckten. „Lasst mich erst darüber nachdenken“, bat er. „Ihr müsst ein wenig Geduld haben.“

„Geduld!“, rief Basrar aus. „Wir haben schon jahrhundertelang Geduld bewiesen.“

„Das glaube ich nicht“, erwiderte Simon.

Basrar sprang auf seine Füße und blickte ihn scharf an. „Wie meinst du das?“

Simon beobachtete die kleine Krähe, die als Einzige noch auf der Bordwand saß und ihnen scheinbar lauschte.

Er war sich nicht sicher, ob er in ihrer Anwesenheit frei sprechen konnte. Doch auf Basrars Drängen hin ließ Simon seine Bedenken fallen und begann.

„Du sagst es selbst, ihr sitzt seit ewigen Zeiten auf diesem Schiff fest. Und dennoch habt ihr heute zum ersten Mal darüber gesprochen, was euch passiert ist. Ich habe euch den ganzen Tag beobachtet. Ich glaube, ihr seid nicht mehr ihr selbst. Ihr seid nur noch die Mannschaft des Schattengreifers, seid seine willenlosen Gehilfen. Ihr wartet, bis sich das Schiff in Bewegung setzt oder bis euer Herrscher erscheint. Ihr …"

„Was sollen wir denn sonst tun?", ereiferte sich Neferti. „Ich weiß wirklich nicht, worauf du hinauswillst!"

Simon stand von seinem Platz auf und ging auf Basrar zu. „Lasst es mich so erklären: Basrar, wenn dich in Karthago jemand eingesperrt hätte, was hättest du getan?"

„Ich hätte versucht zu fliehen."

„Und du, Moon, wenn dir jemand unrecht getan hätte. Wie hättest du reagiert?"

„Ich hätte mich gewehrt. Mit aller Kraft."

„Und du, Salomon?"

Der Junge aus dem Mittelalter zog grübelnd die Stirn in Falten. „Ich verstehe langsam, was du uns sagen willst", gab er zur Antwort. „Der Schattengreifer hat uns nicht nur unserer Familien, unserer Zeit und unserer Schatten beraubt, nicht wahr?"

„Genau", bestätigte Simon. „Mit euren Schatten hat er euch auch euren Lebensmut entzogen und euren Willen, eure Kampfeslust. Er hat euch zu seinen Spielfiguren gemacht – in einem Spiel, dessen Regeln nur er allein bestimmt."

Die Reaktion der Zeitenkrieger auf diese Worte war erstaunlich: In ihren Augen konnte Simon auf einmal ein Funkeln erkennen, das vorher nicht da gewesen war. Er spürte, dass seine Worte der Gruppe wieder Leben einzuhauchen schienen. Er gab ihnen wieder Hoffnung und weckte in ihnen den Tatendrang, den sie vor ewigen Zeiten verloren hatten.

Alle Blicke ruhten jetzt auf ihm.

Simon hatte das sichere Gefühl, dass es richtig gewesen war, dieses Schiff zu besteigen. Er würde ihnen allen helfen, ihr Leben wiederzugewinnen!

„Du glaubst also wirklich, dass du uns in unsere Zeit zurückbringen kannst?“ Nefertis Augen strahlten vor Zuversicht.

„Ich hoffe es. Vielleicht. Aber ihr müsst mir etwas Zeit geben. Lasst mich darüber nachdenken. Ich …“

Basrar erhob sich und legte Simon beide Hände auf die Schultern. „Wenn wir hier auf diesem verfluchten Schiff etwas in Fülle besitzen“, sagte er mit rauer Stimme und sah Simon bedeutungsvoll an, „dann ist es Zeit.“

Simon richtete sich seinen Schlafplatz diesmal vor der Holzkiste ein. Jetzt, da der Schattengreifer eindeutig von seiner Existenz wusste, würde Simon dieses Versteck wohl nicht mehr benötigen. Doch die Kiste war ihm inzwischen so vertraut, dass ihre Nähe ihm ein Stück Geborgenheit vermittelte.

Das Segeltuch, aus dem er vor der australischen Küste die weiße Fahne angefertigt hatte, diente ihm nun als Schlafdecke. Er legte sich auf die Seite und dachte über all das nach, was er vorhin zu hören bekommen hatte. Endlich gab es Antworten auf einige seiner Fragen. Einen ersten Zusammenhang. Und vor allem hatte er den Zeitenkriegern das geben können, was sie am meisten benötigten: Hoffnung.

Die wichtigste aller Fragen jedoch, die einzige, die er bisher für sich behalten hatte, blieb weiterhin unbeantwortet: Würde er selbst wohl jemals wieder nach Hause können?

Langsam beruhigte sich sein Innerstes und Erschöpfung machte sich in ihm breit. Er gab diesem Gefühl nach und ließ die Augenlider sinken. Ganz gewiss werde ich keine Ruhe finden können nach all der Aufregung, dachte er noch, dann sank er in einen tiefen Schlaf.

Doch nicht für lange. Stimmen weckten ihn.

Simon hielt die Augen noch einen Moment geschlossen, aber er spitzte die Ohren. Diese Stimmen waren ihm völlig fremd. Keiner der Zeitenkrieger sprach so … so krächzend. Waren sie etwa nicht mehr allein auf dem Schiff?

Simon öffnete die Augen und sah sich vorsichtig um. Das Lagerfeuer war inzwischen erloschen. Im fahlen Licht der Nacht erkannte er die Konturen der fünf anderen auf dem Schiffsdeck. Auch der australische Junge lag noch unter dem Tuch, das Nin-Si vorhin über ihm ausgebreitet hatte.

Die Stimmen wurden lauter: „Wenn ich es dir doch sage!"

„Und da bist du dir sicher?"

Simon schälte sich vorsichtig aus seinem Nachtlager heraus. Auf nackten Füßen schlich er über das Deck.

„Ganz sicher."

„Ich weiß nicht. Ich traue diesem Neuen nicht. Diesem …"

„… Simon?"

Der Junge zuckte zusammen. Woher kannten sie seinen Namen? Wer waren sie?

Noch immer konnte er niemanden entdecken.

„Genau. Simon heißt er. Der scheint mir sehr sonderbar."

Endlich verstand Simon, wo die Stimmen herkamen, und legte den Kopf in den Nacken: Die Stimmen kamen von oben, aus den Spitzen der Masten. Das Licht der ewig brennenden Fackeln blendete ihn, und er kniff die Augen zusammen, um etwas erkennen zu können. Erst als er eine Hand schützend gegen das Licht hielt, erkannte er auch die Konturen der beiden: Sie saßen auf dem Rand eines Mastkorbes.

Zwei Krähen.

Simon erkannte beide sofort. Die erste, die kleinere der beiden Krähen, war diejenige, die den ganzen Abend bei ihnen am Feuer gesessen und ihren Erzählungen gelauscht hatte. Die andere Krähe war ein gutes Stück größer. Ihr langer, grauer Schnabel war gebogen: Die Spitze krümmte sich weit nach vorn. Simon erkannte sie als diejenige, die ihn in der vorherigen Nacht angeschrien hatte, kurz bevor der Schattengreifer erschienen war.

Sie sprach aufgeregt auf die kleinere Krähe ein: „Er gefällt mir nicht, der Neue. Er ist so … so …“

„… lebendig?“

„Genau. So lebendig. Auf ihn müssen wir ein besonderes Auge haben. Er könnte uns gefährlich werden. Seit er hier ist, bin ich auf der Hut. Und deshalb musst du mir genau sagen, worüber am Feuer gesprochen wurde. Hörst du?“

Simon erschrak.

Die kleine Krähe hatte also doch als Spionin an ihrer Seite gesessen. Nun würde sie alles verraten. Nun würde sie davon berichten, dass Simon den Zeitenkriegern Hoffnungen gemacht hatte und dass er dabei war, sich einen Plan auszudenken. Einen Plan, der hier schon sein Ende finden würde, bevor er überhaupt richtig Gestalt angenommen hatte. Zerstört von einer geschwätzigen Krähe. Simon hätte sich ohrfeigen können, dass er nicht vorsichtiger gewesen war.

„Aber wenn ich es dir doch sage“, das war wieder die Stimme der kleinen Krähe. „Da war nichts Verdächtiges gewesen. Sie haben geplaudert. Einfach nur geplaudert und sich ausgetauscht.“

„Und worüber?“

„Das hab ich dir doch erzählt“, krächzte die Kleine ungeduldig. „Alte Geschichten von früher. Erinnerungen. Nichts weiter.“

Simon fiel ein Stein vom Herzen. Sie verriet ihn nicht, die kleine Krähe. Sie gab nichts von dem preis, was wirklich geschehen war.

Aber warum? War sie etwa doch keine Spionin?

Die größere Krähe gab sich zum Glück endlich damit zufrieden. „Nun gut. Alte Geschichten am Lagerfeuer. Das hatten wir auch noch nicht. Dieser neue, dieser ..."

„... Simon!"

„Genau. Er gefällt mir trotzdem nicht. Er gefällt mir ganz und gar nicht." Und damit gab sich die Krähe einen Ruck und flog in den Korb des zweiten Mastes. Ein knurrig gekrächztes „Gefällt mir gar nicht" war das Letzte, was von ihr zu hören war. Dann wurde es wieder still.

Simon beobachtete noch, wie die kleinere Krähe sich ebenfalls zurückzog, dann schlich er zu seinem Schlafplatz zurück und kroch unter sein Segeltuch.

Doch diesmal fiel es ihm schwerer, sich zu entspannen. Das Gespräch der Krähen und der harte Boden des Schiffsdecks unter seinem Körper ließen ihn nicht zur Ruhe kommen. Er schloss die Augen und versuchte, an etwas anderes zu denken. Er dachte an zu Hause, an seine Freunde und an seine Eltern. Und das half. Schon fühlte er sich schwer und müde, als ihn wieder etwas aufschrecken ließ.

„Pst!"

Jemand zog an seinem Shirt. „Schläfst du?"

Er schlug die Augen wieder auf. Nin-Si saß an seiner Seite. „Hab ich dich geweckt?"

Simon setzte sich verwundert auf. „Ist schon in Ordnung. Was gibt es?"

„Ich möchte mit dir reden. Bist du einverstanden?"

Simon seufzte. Diese Nacht schien kein Ende nehmen zu wollen! Verschlafen wischte er sich mit den Händen über die müden Augen. „Natürlich. Was ist los?"

Nin-Si setzte sich dicht an seine Seite. „Du hast uns allen ein gutes Gefühl gegeben heute Nacht", sagte sie. „So erleichtert und hoffnungsvoll habe ich die anderen noch nie erlebt. Ich wollte dir nur sagen, dass …"

„Ja?"

„… dass – es gut ist, dass du hier bist."

„Danke, Nin-Si!"

„Und ich, ich wollte …" Die folgenden Worte kamen ihr nicht leicht über die Lippen: „Ich wollte dich um Verzeihung bitten für mein Schweigen. Ich bin die Einzige, die nicht ihre Geschichte erzählt hat."

Simon winkte ab. „Das ist schon in Ordnung. Du musst ja nicht, wenn …"

„Ich kann es nicht", fiel sie ihm ins Wort. „Du sollst wissen, dass meine Geschichte anders verlaufen ist als die der anderen."

Simon stutzte und war auf einmal wieder hellwach. „Wie meinst du das?"

„Die anderen wurden ihren Familien entrissen, aber gleichzeitig vor einer tödlichen Bedrohung gerettet. Bei mir war es anders. Mich hat der Schattengreifer vor meiner Familie gerettet."

„Du meinst …"

„Ich kann dir das nicht weiter erklären."

„Aber wenn es doch …"

Sie legte einen Finger auf seine Lippen. „Scht! Ich darf dir dazu nichts sagen. Meine Erziehung verbietet es mir, schlecht über meine Familie zu sprechen. Ich bin nur zu dir gekommen, um mich dafür zu entschuldigen."

Simon gab sofort nach. „Also gut, Nin-Si. Wenn du meinst, dass du nicht darüber sprechen kannst, dann solltest du es auch nicht tun."

„Du verzeihst mir also?"

„Natürlich. Auch wenn es nichts zu verzeihen gibt."

„Danke!"

Sie ließ sich neben ihm auf den Boden fallen, und Simon spürte, wie Nin-Si sich an seiner Seite entspannte ... als wäre ihr nach diesem kurzen Gespräch eine Riesenlast von den Schultern genommen. Zu gerne hätte er zwar ihre Geschichte gehört und mehr über Nin-Si erfahren. Doch er musste sich wohl gedulden. Wieder einmal.

Die beiden lagen noch eine Weile schweigend Seite an Seite auf Simons Segeltuch und genossen die Nähe. Aber schon bald hatte der Schlaf sich ihrer bemächtigt.

Das Erste, was Simon zu sehen bekam, als er am Morgen die Augen öffnete, war Neferti, die ihn streng musterte. Die Ägypterin stand auf dem Deck und war dabei, einige Segeltücher zu ordnen.

Simon wunderte sich über ihre verärgerten Blicke, bis er den Kopf auf seiner Schulter bemerkte. Nin-Si lag an ihn gelehnt und schlief ganz fest neben ihm.

Simon lief rot an. Er fühlte sich ertappt, obwohl er doch gar nichts Falsches getan hatte.

Langsam, ohne Nin-Si aufzuwecken, rutschte er zur Seite und stand auf. Nin-Si seufzte kurz, rutschte näher an die Holzkiste heran und schlief weiter.

Mit schnellen Schritten ging Simon zu Neferti hinüber. „Na, gut geschlafen?", fragte er und kam sich fürchterlich unbeholfen vor.

Sie blickte nicht einmal von ihrer Arbeit auf.

„Ja", war die knappe Antwort.

„Wir – wir haben noch geredet", versuchte Simon zu erklären. „Gestern Abend, und …"

„Bist du hungrig?", ignorierte sie seine Erklärungen. „Vorn, am Bug, findest du Obst und Brot. Und bevor du fragst: Der Schattengreifer sorgt für unsere Vorräte. Ich weiß nicht wie, aber er kümmert sich darum, dass wir stets genug zu essen und zu trinken haben."

Das war tatsächlich die Frage gewesen, die Simon auf den Lippen gelegen hatte. „Danke. Ich werde dann mal …" Er wandte sich ab und ging vor zum Bug, wo er auf Basrar traf, der, einen Apfel in der Hand, auf das offene Meer starrte.

„Gut geschlafen?"

Simon suchte sich aus einem Korb mit Äpfeln einen besonders dicken, roten heraus. „Ja, danke. Und du?"

Basrar blickte ihn über die Schulter hinweg an. „Hast du nachgedacht? Hast du inzwischen einen Plan?"

„Vielleicht. Möglicherweise eine erste Idee."

„Das ist gut." Basrar musterte Simon vom Kopf bis zum Fuß, ähnlich wie Nin-Si den Neuankömmling begutachtet hatte, als sie sich alle zum ersten Mal begegnet waren. „Ich denke, ich habe dich falsch eingeschätzt", murmelte Basrar. „Ich dachte nicht, dass du so viel Mut hast. Und so viel Köpfchen."

„Na ja, das mit dem Köpfchen muss ich wohl erst noch beweisen, oder?"

Basrar lachte kurz. „Ja, beweise es."

Simon wurde schnell wieder ernst. „Hast du je darüber nachgedacht, warum du der Erste auf diesem Schiff warst?"

„Nicht bis gestern. Doch nach unserem Gespräch hat mich letzte Nacht genau dieser Gedanke um den Schlaf gebracht."

„Und? Hast du eine Vermutung?"

„Ich denke schon." Basrar biss genüsslich von seinem Apfel ab.

Anscheinend wollte der Karthager die Spannung ein wenig steigern, dachte Simon grinsend, und er ließ ihm seinen Spaß.

„Du musst wissen", erklärte Basrar, „wir Karthager gelten als die geschicktesten Seefahrer überhaupt. Zumindest in meiner Zeit war das so. Karthago ist …", er stockte und korrigierte sich hastig, „… oder *war* zumindest eine reiche Stadt, und der Hauptgrund dafür war, dass wir sehr erfolgreich Handel über die Meere hinweg betrieben. Wir hatten riesige Schiffe, manchmal mit bis zu hundert Ruderern an Bord. Unsere Schiffe waren schnell und wendig, und wir Karthager sind ziemlich gut darin, ein Schiff zu navigieren, wenn ich das mal so sagen darf."

„Und deshalb …"

„… und deshalb war ich vielleicht der Erste auf dem Seelensammler. Der Schattengreifer brauchte jemanden, der sich auskannte. Jemanden, der sich traute, dieses Schiff zu steuern. Und deshalb suchte er sich einen Karthager."

„Das klingt überzeugend", stimmte Simon ihm zu.

„Ich bin mir sicher, dass es so ist. Es ist die einzige Erklärung, die mir einfällt." Basrar warf den Rest seines Apfels über Bord. „Und – hast du nun einen Plan?"

Simon nickte. „Ja, schon. Aber es könnte gefährlich werden. Und ich weiß auch nicht, ob es uns gelingen wird, euch zu befreien. Trotzdem, wir sollten den Kampf aufnehmen."

Basrar ballte seine Hände zu Fäusten. „Kampf? Das klingt gut."

„Das bedeutet aber, dass wir gegen den Schattengreifer antreten müssen!" Simon sah Basrar fragend an.

Doch der war sofort einverstanden: „Lieber jetzt als irgendwann."

„Dann lass uns die anderen zusammenrufen. Ich erkläre euch meinen Plan."

Basrar war jetzt nicht mehr zu halten. Er rannte zu den Zeitenkriegern und bat sie alle zur Mitte des Schiffs. Alle, bis auf den australischen Jungen, der selbst jetzt noch schlafend auf seiner Decke lag.

„Dieser Schlaf kann Tage dauern", erklärte Nin-Si, als Simon sich mit fragender Miene näherte. „Wir nennen es die Anpassungsphase. Jeder von uns hat diese Phase durchlaufen. Oh ..." Sie blickte an Simon herab. „Fast jeder von uns."

Im Halbkreis setzten sie sich auf das Deck, und Simon erläuterte ihnen seinen Plan, den er erst vor wenigen Augenblicken erdacht hatte. Natürlich war ihm bewusst, in welch gefährliche Lage er sich und die Zeitenkrieger bringen würde. Vielleicht war es sogar lebensgefährlich – für sie alle. Doch was hatte seine Anwesenheit hier auf dem Schiff sonst für einen Sinn!

Er vergewisserte sich, dass sich die Krähen alle außer Hörweite befanden, und begann, mit leiser Stimme seine Idee zu erläutern: „Wir kennen den Plan des Schattengreifers nicht", sagte er. „Doch jemand, der Menschen entführt, kann nichts Gutes im Schilde führen."

Die Zeitenkrieger nickten heftig.

„Wir müssen also seine Pläne vereiteln. Und das geschieht am besten dadurch, dass wir euch von Bord bekommen. Denn was immer er auch plant, ihr seid der Schlüssel zu seinem großen Vorhaben. Sollte es uns also gelingen, dass ihr das Schiff verlassen könnt, dann schlagen wir gleich zwei Fliegen mit einer Klappe: Wir durchkreuzen seine Pläne und wahrscheinlich kommt ihr sogar zu euren Familien zurück."

„Das – das wird ihm nicht gefallen", widersprach Nin-Si und sah die anderen besorgt an. „Der Schattengreifer wird das nicht zulassen."

„Ich weiß. Es ist riskant", erwiderte Simon beinahe entschuldigend. „Die Entscheidung liegt bei euch: Wollt ihr weiter willenlos abwarten, was passiert, oder wollt ihr handeln und in eure Zeit zurückkehren?"

Basrar brauchte nicht lange nachzudenken. „Was sollen wir sonst tun?", stieß er hervor. „Natürlich nehmen wir den Kampf auf, oder?"

„Jawohl, Kampf!", brüllten die anderen mit entschlossenen Gesichtern.

Nur Nin-Si reagierte anders, sie vergrub ihr Gesicht hinter ihren Händen und sagte: „Er wird uns seinen Zorn spüren lassen. Ihr wisst, wie mächtig er ist. Er verfügt über Zauberkräfte, gegen die wir nichts ausrichten können. Es wäre ein ungleicher Kampf."

„Hast du jemals von Hannibal gehört?", warf Basrar ein. „Er kam aus meinem Land, aus meiner Stadt. Er hat es geschafft, die Übermacht der Römer zu bezwingen. Er hat sie das Fürchten gelehrt." Basra holte tief Luft und rief dann: „Lasst uns Hannibal nacheifern!"

„Genau!", rief Salomon begeistert. „Wie bei David und Goliath. Auch David hatte nicht gezögert."

Nin-Si schüttelte den Kopf. „Ich weiß nicht ..."

„Genug geredet!“, fuhr Basrar dazwischen. „Fünf von uns sind für Kampf und nur eine ist dagegen. Also, sag uns endlich, wie dein Plan aussieht, Simon!“

Und so erläuterte Simon mit einem letzten entschuldigenden Blick auf die eingeschüchterte Nin-Si den übrigen Zeitenkriegern sein Vorhaben.

Er war bereit. Bereit, gemeinsam mit den Zeitenkriegern den Kampf gegen den mächtigen Schattengreifer aufzunehmen.

Schon kurz darauf begann auf dem Schiff ein hektisches Treiben. Neferti und Salomon kletterten die Wanten zu den Schiffsmasten hinauf, um die Segel zu setzen, während Simon Basrar und Moon half, die Zeitmaschine wieder aus der Luke heraufzuholen.

Die Krähen an den Mastspitzen umflogen neugierig ihre Köpfe. Alle, bis auf die kleinere Krähe. Sie saß auf der Spitze des hinteren Mastes und beobachtete von dort das Geschehen.

Simon versuchte, die Vögel zu ignorieren.

Auch Basrar konzentrierte sich auf das, was seine Hände taten, und zwang sich, nicht nach oben zu sehen. „Wir müssen uns beeilen“, sagte er leise. „Wenn sie verstehen, was wir hier tun, werden sie ihn benachrichtigen.“

Schon war die Kompasskralle der Zeitmaschine zu sehen. Das Schiff vibrierte. Die Stöße, die von dem Herz ausgingen, wurden heftiger, die Abstände zwischen den Schlägen kürzer. Die Maschine machte sich bereit.

Endlich klickte das letzte Zahnrad ein und die Maschine stand in ihrer ganzen Pracht vor ihnen.

Simon vertäute das Seil. „Weißt du, wie die Maschine genau funktioniert?“, fragte er.

Neferti stellte sich an seine Seite. „Der Schattengreifer hat es mir einmal erklärt", sagte sie. „Aber ich habe es nicht verstanden. Was er sagte, war, dass alle Zeiten und Epochen ineinandermünden. Er meinte, ich solle mir das wie eine große Spirale vorstellen, die keinen Anfang und kein Ende hat. Die besondere Kunst ist es, sich in dieser Spirale vor- und zurückzubewegen." Sie verzog das Gesicht. „Das war etwa das, was er mir gesagt hatte. Aber das wird dir nicht weiterhelfen, oder doch?"

Simon versuchte, sich diese Spirale bildhaft vorzustellen. Kein Anfang und kein Ende. Ein anderes Bild kam ihm in den Sinn. Eine Illustration, die er zu Hause jeden Morgen beim Frühstück sah. Auf der Tube mit der Frühstücksschokolade, die er so liebte, hielt ein Junge diese Schokoladentube in der Hand. Und auf dessen Tube war wiederum das Bild, wie er die Tube in der Hand hält, und darauf das Bild, wie er die Schokoladentube hält, auf der das Bild ist, wie er … Kein Ende.

Unendlichkeit.

Bilder, die ineinandergreifen. Zeiten, die ineinander übergehen.

Und der Trick war anscheinend, sich darin zu bewegen.

„Doch, Neferti", sagte Simon. „Ich glaube, ich verstehe."

Die Ägypterin sah ihn erstaunt an. „Wirklich? Du hast etwas von dem verstanden?"

Simon lächelte ihr zu. „Man muss es nur mit Schokolade vergleichen", kicherte er und genoss Nefertis völlig verwirrten Blick.

Simon stellte sich wieder an die Maschine. „Basrar, zeigst du mir, wie sie bedient wird?"

Basrar trat nun ebenfalls an den Tisch. Auch ihm war anzusehen, wie sehr ihn die Zeitmaschine faszinierte. Er zeigte auf die Mulden, die rund um die Glaskugel mit dem pochenden Herz in den Tisch eingelassen waren.

„Wir legen unsere Hände in diese Mulden“, erklärte der Karthager. „Was immer um uns herum geschieht, können wir zwar beobachten, doch es ist kein Teil von uns.“

„Gilt das auch für den Sturm?“, fragte Simon schnell. Die Schrecksekunden in der Kiste, als er so unbarmherzig durchgeschüttelt worden war, würde er nicht so schnell wieder vergessen. Einige blaue Stellen an seinem Körper konnte er jetzt noch spüren.

„Genau dieser Sturm kommt bei jeder unserer Reisen auf. Aber er kann dir nichts anhaben, solange deine Hände in der Mulde sind.“

Moon, Salomon und Neferti kamen jetzt ebenfalls zum Tisch gelaufen. Sie nickten sich noch einmal kurz zu, dann legten sie ihre Hände in die Mulden.

Das Herz in der Glaskugel schlug schneller.

„Nein!“ Nin-Si stürzte auf sie zu. Sie hatte den noch immer schlafenden Aborigine gegen das gesichert, was ihnen nun bevorstand. Sie hatte ihn gegen den vorderen Mast gelehnt und mit einem Seil festgebunden. „Lasst es uns nicht tun“, flehte sie noch einmal. „Wir wissen nicht, worauf wir uns einlassen. Wir können diese Maschine nicht allein bedienen. Der Schattengreifer …“

Simon fasste nach ihrer Hand. „Bitte, Nin-Si, lass es uns versuchen! Nur dieses eine Mal. Lass uns sehen, was passiert.“

„Aber …“

„Bitte!“

„Nun gut“, sagte sie und gab sich geschlagen. „Ich halte es dennoch nicht für sinnvoll“, murmelte sie dabei, dann legte auch sie ihre Hände in die beiden passenden Mulden.

Die kleinen Modellplaneten der Zeitmaschine begannen jetzt, in ihren Bahnen zu rasen. Die Kompasskralle zuckte aufgeregt hin und her.

Das Meer geriet in Bewegung. Wind kam auf.

Basrar rannte die Treppe zum Kajütdach hinauf und ergriff das Steuer.

„Wir müssen das Schiff in Richtung Norden lenken", rief er.

Simon beobachtete die Kompasskralle. Sie schwankte. Basrar drehte das Steuerrad hart backbord und die Kralle bewegte sich auf die Mitte des Kompasses zu.

„Stopp!", schrie Simon, als die Kralle den obersten Punkt erreicht hatte. „Es ist so weit!"

Der Wind verstärkte sich. Das Meer begann zu tosen. Der Seelensammler schwankte von einer Seite auf die andere.

Basrar vertäute das Steuerrad, dann sprang er die Stufen der Treppe herunter, rannte zur Zeitmaschine und legte seine Hände in die Mulden, die für ihn bestimmt waren.

„Nein!", schrie Simon. Sie hatten etwas ganz Entscheidendes vergessen!

Er raste auf den Karthager zu, fasste dessen Hände und riss sie in die Höhe.

„Überleg doch!", rief er ihm durch das Getöse des aufkommenden Sturmes zu. „Wir wollen in deine Zeit reisen, nach Karthago. Doch die Maschine wählt diesen Weg bestimmt nur dann, wenn du sie nicht berührst!"

Basrar verstand sofort: „Du meinst, das Schiff wird in die Zeit geführt, in der ich jetzt noch fehle?"

„Genau! Und du warst der Erste, der gewaltsam aus seiner Zeit gerissen wurde. Dein Platz muss zuerst wieder besetzt werden. Das ist unsere einzige Möglichkeit, die Maschine zu benutzen. Der Schattengreifer kann womöglich alle Epochen ansteuern, die er möchte. Vielleicht mit seinen Gedanken, vielleicht mit Zauberformeln. Aber ich bin mir sicher, dass wir die Zeiten anfahren können, die der Seelensammler bereits kennt."

Basrar nickte. „Ich verstehe", sagte er und fügte schnell hinzu: „Aber dann sollten wir beide uns jetzt gut festhalten. Für uns wird es ungemütlich werden."

Sie rannten über das inzwischen heftig schwankende Deck zu den Tauen an der Bordwand. Basrar band sich seines um den Bauch, während Simon seines am linken Arm verknotete.

Gerade noch rechtzeitig. Denn schon setzte sich die Maschine in Bewegung. Schon spielte die Natur verrückt: Rings um das Schiff erhoben sich riesige Wellen. Es war, als würde eine mammutgroße Hand Wände aus Wasser vor und hinter dem Seelensammler errichten. Haushoch bauten sie sich an Bug und Heck auf. Der Seelensammler spiegelte sich darin sogar.

Simon konnte das Schiff in den hoch aufgetürmten Fluten ganz klar erkennen. Doch der Seelensammler spiegelte sich nicht nur einmal wider. Das Bild des Schiffes wurde von der vorderen Wand zur hinteren gespiegelt und zurück. Der Seelensammler und seine Mannschaft waren nun vielfach zu sehen und Simon fühlte sich in seiner Überlegung von vorhin, als er an das Bild im Bild gedacht hatte, bestätigt. Dies musste der Kern dessen sein, was nach den Worten des Schattengreifers die Zeitmaschine ausmachte. Nun brauchten sie sich nur noch in dieser Spirale der Zeit zu bewegen!

Das Schiff schaukelte inzwischen so heftig hin und her, dass es Basrar und Simon schwerfiel, sich zu halten – trotz ihrer zur Sicherung angelegten Taue. Mit beiden Händen umklammerten sie zusätzlich die Bordwand.

Die Zeitenkrieger waren von dem Sturm und den sich aufbäumenden Wassermassen nicht betroffen. Sie standen mit geschlossenen Augen an der Maschine und hielten ihre Hände fest auf die Mulden im Tisch gepresst. Sie waren hoch konzentriert und nahmen sonst kaum etwas von dem wahr, was um sie herum geschah.

Simon starrte noch einmal auf die Spiegelbilder in den Wasserwänden. Vier Spiegelungen konnte er zählen, da begann sich das Schiff zu erheben und einmal um die eigene Achse zu drehen.

Die Zeitreise begann.

Und in diesem Moment erwachte der Aborigine.

Ein Schmerz fuhr ihm durch alle Glieder.
Etwas in seinem Inneren schien sich aufzublähen.
Es schien ihn zerreißen zu wollen.
Er schrie auf, wollte den Druck, der sich in ihm staute,
herausbrüllen. Ihn loswerden.
Doch das Gegenteil geschah. Ein Gefühl des Zerrissenwerdens
durchströmte ihn. Es begann in seiner Brust
und nistete sich in seinen ganzen Körper ein.
Alles in ihm schien nur noch gegen diesen Druck zu kämpfen
und er wünschte sich beinahe, es möge aufhören
und ihn zerreißen.
Es möge ihn zerreißen und in Stücken
durch die Halle schleudern.
Es war ihm gleich.
Es war ihm recht.
Wenn nur dieses Gefühl nachlassen würde.
Noch einmal schrie er durch die Nacht.
Er konnte nicht anders.
Unter Schmerzen zuckte er auf, wand sich, kreischte.
Und endlich ließ es nach, dieses Gefühl.
Er fiel in sich zusammen, spürte, wie die Qual
sich langsam verflüchtigte.
Bis er nur noch eine Leere in sich spürte.
Etwas war geschehen.

Etwas hatte ihm diesen unglaublichen Schmerz verursacht.
Etwas, das er nicht kannte.
Er setzte sich auf. Sein Körper rebellierte.
Er musste wissen, was los war.
Da vernahm er ein Geräusch in seiner Halle. Flügelschlagen.
Aus dem Dunkel der Nacht kam eine Krähe auf ihn zugeflogen.
Eine Krähe mit einem langen, krummen Schnabel.
Sie hatte eine Nachricht für ihn.
Sie brachte ihm die Lösung des Rätsels.
Gespannt streckte er ihr seinen Arm entgegen
und hieß sie willkommen.

Sein erster Blick fiel auf die Mauer aus Wasser, die sich vor dem Schiff aufgebaut hatte, und er schrie. Gellend. Kreischend.

Sein Schrei ließ die anderen aufhorchen. Die Zeitenkrieger wurden aus ihrer Konzentration gerissen und blickten sich nach dem australischen Jungen um. Schon senkten sich die Wassermassen, die den Seelensammler umgaben. Schon sackte das Schiff ab.

„Nein! Achtet nicht auf ihn", brüllte Simon den Zeitenkriegern zu. „Last euch jetzt nicht ablenken!"

Es fiel den vier Jugendlichen nicht leicht, sich auf die Zeitmaschine zu konzentrieren. Sie mussten sich mit Gewalt von dem Anblick des panisch schreienden Jungen losreißen, um ihre Blicke und Kräfte an der Maschine zu bündeln. Doch es gelang ihnen. Schon bauten sich die Wasserwände wieder auf und das Schiff erhob sich erneut.

Hastig band Simon seinen linken Arm los und lief auf den Aborigine zu. Ein besonders heftiges Schwanken des Schiffes ließ ihn taumeln. Simon verlor das Gleichgewicht und wurde gegen den hinteren Mast geschleudert.

„Simon!" Basrar nestelte an seinem Tau, um sich loszumachen und Simon zu Hilfe zu eilen.

Die Zeitenkrieger hatten alle Mühe, weiterhin ihre Konzentration aufrechtzuhalten.

Simon rappelte sich hoch und rannte weiter zum völlig verstörten Aborigine. Kurz bevor das Schiff sich zur anderen Seite neigte, sprang Simon auf den vorderen Mast zu und klammerte sich mit beiden Händen an das Holz.

Das Schreien verebbte. Der Aborigine hatte Simon entdeckt. Mit einer Mischung aus Angst und Hoffnung blickte er ihm entgegen.

Simon lockerte das Seil, mit dem der Junge an den Mast gebunden war.

Vielleicht, dachte Simon, fürchtet sich der Junge ja weniger, wenn ich mich mit ihm an den Mast binde und ihm während der Zeitreise ein Gefühl von Sicherheit vermitteln kann.

Doch er hatte nicht mit der blitzschnellen Reaktion des Aborigine gerechnet. Mit einem Satz war der Junge auf den Beinen und rannte los. Simon versuchte noch, ihn zu packen, doch der Junge war zu schnell für ihn.

Er wird in die Fluten stürzen!, dachte Simon, als das Schiff knarrend auf die andere Seite gezogen wurde.

Aber plötzlich kam Basrar angestürzt und warf sich auf den Aborigine. Der Aborigine wehrte sich mit aller Kraft, doch Basrar hatte das Kämpfen schon früh gelernt. Ein paar gezielte Griffe und Bewegungen und er hatte den australischen Jungen so gepackt, dass er ihm nicht mehr davonlaufen konnte.

Schon neigte sich das Schiff wieder weit zur Seite.

Simon warf Basrar das Seil zu, das er dem Aborigine abgenommen hatte, während er selbst den Mast umklammert hielt. Basrar griff nach dem Seil, und als sich das Schiff für einen kurzen Moment wieder aufrichtete, zog er sich selbst und den Jungen an den Mast heran.

Simon drückte den inzwischen völlig erschöpften Jungen gegen den Mast und hielt ihn fest, während Basrar ein Tau nahm, es um alle drei herumschwang und schließlich am Mast befestigte. So waren sie für die Zeitreise gesichert.

Das Schiff drehte inzwischen wahre Pirouetten, der Sturm peitschte die Wasserwände weiter zu unglaublicher Höhe auf, bis sie plötzlich ihren Halt aufgaben, zu Brechern wurden und über dem Schiff in sich zusammenfielen.

Der Seelensammler tauchte unter, die Jugendlichen schluckten Wasser.

Simons Körper durchzog wieder das Gefühl, als wölbte sich sein Innerstes nach außen. Basrar erging es wohl ebenso. Gegen die Schmerzen ankämpfend, verharrten sie an dem Schiffsmast, bis sich das Wasser zurückzog und die Natur sich beruhigte. Das Schwanken wurde weniger, schließlich ebbte es ganz ab und auch die Krämpfe in ihren Körpern ließen nach.

Sie waren angekommen.

Die sterbende Stadt

Die Faust flog ihm mit solcher Wucht ins Gesicht, dass es Simon für kurze Zeit schwarz vor Augen wurde. Der australische Junge versuchte mit allen Kräften, sich freizukämpfen, und schlug mit einer Hand wild um sich.

Simon zog den Kopf ein. Er hatte sein Bewusstsein noch nicht ganz wiedererlangt, die Situation noch nicht erfasst.

Da traf ihn ein zweiter Schlag ins Gesicht.

„Basrar!" Simon wand sich in dem Tau, mit dem er sich an den Mast gebunden hatte. „Basrar!"

Ein dritter Schlag verfehlte knapp sein Kinn.

„Hilf mir doch, Basrar!"

Er sah sich um. Nur mühsam kam er zu sich. Er atmete tief durch, zuckte jedoch im gleichen Augenblick zusammen. Beißender Gestank stach ihm in die Nase.

Endlich spürte er Kraft und Leben in sich. Er strampelte sich frei und wunderte sich, warum das Tau nicht enger um seinen Körper gebunden war. In dem Moment jedoch, in dem Simon seine Fessel ablegte, war auch der Aborigine frei: Er rannte, so schnell er konnte, davon, zum Bug – der Stelle also, die dem vorderen Schiffsmast am entferntesten war – und ging dort in die Hocke. Regungslos verharrte er in dieser Haltung, während sein Blick ängstlich über das Deck huschte.

Simon sah ihm besorgt hinterher, dann wandte er sich wieder dem Vordermast zu, an dem sie sich zu dritt angebunden hatten: Das Tau lag jetzt schlaff auf dem Deck. Von Basrar keine Spur.

Simon schaute zu den Jugendlichen an der Zeitmaschine hinter sich. Sie schienen unversehrt zu sein. Nin-Si zog eilig die Hände von der Mulde. Moon, Salomon und Neferti sahen sich unsicher um. Ihnen hatte der Zeitensprung nicht so zugesetzt wie Simon. Es war, wie Basrar gesagt hatte: Die Maschine bot den Zeitenkriegern Schutz.

„Wo ist Basrar?" Moon schaute an Simon vorbei zum Schiffsmast. „Ihr seid doch vorhin dort …"

Auch die anderen blickten sich suchend nach Basrar um.

„Ich weiß es nicht." Simon konnte seine Verwirrung nicht verbergen. „Ich …"

Plötzlich sprachen alle aufgeregt durcheinander.

„Ich habe doch gesehen, wie ihr zusammen diesen Jungen …"

„… wie ihr euch zu dritt an den Mast …"

„… gemeinsam mit dem Tau …"

Doch schlagartig verstummten alle. Sie hatten begriffen: Basrar war nicht mehr an Bord! Er konnte sich gar nicht mehr auf dem Seelensammler befinden. Er war in diesem Moment in seiner Heimatstadt: in Karthago. Sie mussten es tatsächlich geschafft haben. Sie hatten seine Epoche erreicht – jedoch zu einem Zeitpunkt, bevor Basrar dem Schattengreifer begegnet war.

Basrar war nicht an Bord, er war an Land. Der Seelensammler musste vor Karthago liegen.

Sie rannten zur Bordwand. Und wirklich: Direkt vor ihnen, einige hundert Meter entfernt, lag Karthago. Doch das Bild, das sich ihnen bot, war schrecklicher, als sie es sich nach Basrars Erzählung vorgestellt hatten: Die gesamte Stadt stand in Flammen. Von dem riesigen Hafengelände über das Stadtinnere bis hinauf zu dem Hügel brannte die Stadt lichterloh. Stechender Brandgeruch lag über dem ganzen Geschehen.

Wohin sie ihre Blicke auch wandten, überall bot sich Simon und den Zeitenkriegern ein einziges Bild des Grauens. An allen Orten wurde gekämpft. Römische Soldaten stürmten über lange Leitern die Stadtmauer hinauf, während Karthager sie daran zu hindern versuchten. Speere schwirrten zu Hunderten durch die Luft. Mit Rammböcken stießen römische Truppen gegen das Stadttor.

Vor der Stadtmauer lieferten sich Römer und Karthager Gefechte mit Schwertern, Speeren oder bloßen Fäusten. Das Klirren von Stahl auf Stahl legte sich über das lärmende Knistern und Fauchen der sich tiefer in die Stadt fressenden Flammen und über die Schreie der verletzten Männer, Frauen und Kinder.

Soldaten versuchten, sich mit ihren Schilden zu schützen. Doch wehrte einer einen Angriff von vorn ab, so wurde er oftmals genauso schnell von hinten mit dem Schwert eines anderen durchstoßen oder von Speeren getroffen.

Reiter gingen aufeinander los. In ihrer Wut und Siegesgier ritten sie blindlings über den Kampfplatz. Alles trampelten sie nieder, was sich ihnen in den Weg stellte: Kämpfende, Verletzte, Sterbende, bis sie aufeinandertrafen und sich und ihre Tiere der Sache opferten, für die sie eintraten.

Selbst auf dem Meer wurde gekämpft. Römische und karthagische Kriegsschiffe versuchten, sich gegenseitig zu rammen und zu entern. Auch hier beherrschten züngelnde Flammen und surrende Speere das Geschehen.

Überall nur Tote und Verletzte. Niemand konnte sich der Opfer annehmen, sie versorgen oder vom Kriegsplatz tragen. Jeder Mann, jeder Jugendliche, war in die Kämpfe verwickelt.

Das Meer hatte sich bereits rot gefärbt. Unzählige Tote lagen schon am Ufer.

Karthago war ein einziges Sterben.

Entsetzt betrachteten die fünf von ihrem Schiff aus das Kriegsgeschehen. Mit solcher Hölle hatte keiner von ihnen gerechnet.

„Wie sollen wir Basrar dort jemals finden?" Neferti sprach damit die Frage aus, die sich alle stellten.

Es waren weitaus mehr von den rot-silbernen Uniformen der Römer zu sehen als von den schwarzen Monturen der Karthager. Die Römer waren den Karthagern in ihrer Zahl weit überlegen.

Es gab überhaupt keinen Zweifel: Die Stadt war nicht mehr lange zu halten.

Der Seelensammler hatte Karthago wenige Stunden vor dem Augenblick erreicht, in dem die Stadt fallen würde. Wenige Stunden nur, bevor der Schattengreifer in Basrars Leben eintreten sollte.

Simon riss die anderen aus ihrer Erstarrung: „Wir müssen ihn finden", rief er. „Wir müssen ihn retten. Dafür sind wir doch hierhergekommen!"

Nin-Si zeigte auf die brennende Stadt. „Du willst wirklich dort hinein?"

„Ich sehe keine andere Möglichkeit. Wir müssen Basrar unbedingt finden, bevor der Schattengreifer ihm begegnet."

Moon wandte sich Nin-Si zu. „Bleib du auf dem Schiff. Jemand muss auf den Aborigine achten. Wir können ihn hier nicht alleine lassen."

„Moon hat recht: Er steht sicher Furchtbares durch", gab Neferti zu bedenken. „Vielleicht gelingt es dir, etwas Vertrauen in ihm zu wecken. Sprich mit ihm. Versuche, ihm zu erklären, was …" Neferti verstummte. Sie merkte selbst, wie verrückt ihre Worte klangen. Nin-Si sollte dem Jungen helfen, Vertrauen zu fassen, während rund um sie herum das Sterben weiterging. „Versuch es einfach", wiederholte sie.

Nin-Si suchte den Blick des australischen Jungen und nickte.

Simon ergriff wieder die Initiative. „Dann lasst uns sofort aufbrechen. Je eher wir Basrar suchen, desto größer ist die Chance, ihn zu finden und vielleicht zu retten."

Simon stürmte auf das Dach der Kajüte, ergriff das Steuerrad und riss es ruckartig herum. Der Seelensammler reagierte erst träge. Doch dann fuhr der Wind endlich in die noch gehissten Segel und sie gewannen schnell an Fahrt.

„Ich versuche, den Hafen zu erreichen", erklärte Simon lautstark und setzte flüsternd hinzu: „Wenn man uns lässt."

Die Schreie und das Kampfgetümmel um sie herum machten ihm Angst. Doch noch größere Angst verspürte er um seinen Freund: Basrar. Sie mussten ihn finden, bevor es zu spät war! Sie mussten!

Simon hoffte, dass weder Karthager noch Römer sich an dem Schiff vergreifen würden. Es befanden sich ja keinerlei Waffen an Bord des Seelensammlers. Auch ein Rammbock war nicht vorhanden. Und mit der Krähe als Galionsfigur erweckten sie gewiss nicht den Anschein eines Kriegsschiffes. Vielleicht hielt man sie für ein Handelsschiff. Für ein Handelsschiff, das Proviant brachte. Es gab nur diese zwei Möglichkeiten: Entweder man ließ sie durch oder sie waren dem Untergang geweiht. So wie alles hier um sie herum.

Inzwischen hatten Moon, Salomon, Neferti und Nin-Si die Segel eingeholt. Der Seelensammler kam näher und näher an das Kriegsgeschehen heran. Der Lärm der sich bekämpfenden Massen und der unerbittlich züngelnden Flammen nahm zu.

Von dem prachtvollen Hafen der Karthager hatte Simon schon sein Vater erzählt. Doch jetzt, da er ihn sah und sich ihm Stück für Stück näherte, raubte ihm der Anblick schier den Atem. In der Antike galt der Hafen von Karthago als eines der Weltwunder. Und Simon verstand nun, warum das so war: Es war ein kolossales Bauwerk. Meterhohe Mauern erhoben sich aus dem Meer. Nur eine winzige Öffnung darin, schmal wie eine Gasse, diente den Schiffen als Einfahrt. Durch diese Öffnung hindurch konnte Simon schon von hier aus die Getreidespeicher erkennen und die Häuser, die zur Hafenanlage gehörten.

Von ihrer einstmals herrlichen Pracht war allerdings kaum noch etwas erhalten. Alles war bereits den Flammen zum Opfer gefallen. Eine früher wunderschöne Speicherstadt, mit Häusern, Lagerhallen und Straßen, war zu einer grauenvollen Ruine zusammengeschmolzen und zusammengestürzt.

Simon steuerte den Seelensammler direkt auf die enge Hafeneinfahrt zu. Ein römisches Kriegsschiff bewachte die Zufahrt zur Stadt und setzte sich auch schon in Bewegung, dem Seelensammler entgegenkommend.

Simons Hände krampften sich um das Steuerrad. Er musste jetzt Ruhe bewahren. Hoffentlich hielt man sie für ein gewöhnliches Handelsschiff!

Das römische Schiff kam stetig näher.

Simon kannte diesen Typ aus den Büchern seines Vaters. Es war eine Quinquereme der gleichen Art wie die karthagischen Truppen sie gerade auf diesem Kriegsschauplatz einsetzten: mit zahlreichen Rudern, die aus beiden Seiten des Schiffsrumpfes heraushingen. Meistens wurde jedes einzelne dieser Ruder von zwei Männern gleichzeitig bewegt. So konnte das Holzschiff zu einer pfeilschnellen Kriegswaffe werden.

Auch jetzt schlugen die Ruder der Quinquereme hart auf dem Meer auf. Das Segel war eingeholt.

Das Schiff war stark bewaffnet: Eine Hundertschaft römischer Legionäre säumte das gesamte Deck und jeder Einzelne von ihnen war ausgestattet mit Speeren, Schwertern und Schilden. Ihre Helme und Schutzpanzer schimmerten wie die Waffen in der Sonne.

Simon konnte geradewegs in ihre Gesichter blicken. Die Soldaten sahen erstaunt zum Seelensammler hinüber: Vermutlich wunderten sie sich über seine außergewöhnliche Form. Doch sie wirkten auch äußerst angespannt, und Simon hatte das ungute Gefühl, dass diese Soldaten notfalls zu allem bereit wären.

Die Zeitenkrieger standen die ganze Zeit mit vor Schrecken weit aufgerissenen Augen auf dem Deck und sahen dem römischen Schiff entgegen.

„Moon! Salomon!“, rief Simon ihnen zu. „Schnell, versteckt die Zeitmaschine!“

Er wies mit dem Finger auf den Apparat und zuckte zusammen, als er entdeckte, dass das obere Glas der Sanduhr wieder gefüllt war. Als dünner Strom rieselte der rote Sand durch die Verengung. Ein erster, winziger Hügel hatte sich im unteren Glas bereits gebildet. Simon starrte auf die Uhr der Maschine und hatte das bedrückende Gefühl, dass dieses Mal auch ihm die Zeit galt, die hier verrann.

Moon und Salomon waren sichtlich dankbar, endlich etwas tun zu können. Sie stürzten zur Zeitmaschine und versenkten sie, so schnell es ihnen möglich war, mithilfe der Taue im Rumpf des Schiffes.

Simon ergriff wieder das Steuerrad. Sein Plan schien aufzugehen. Das römische Schiff verringerte seine Fahrt, sodass Simon den Seelensammler an ihnen vorbeisteuern konnte. Der riesige Krähenkopf am Bug schien seine Wirkung nicht zu verfehlen. Beinahe ehrfürchtig blickte die römische Mannschaft rüber zum Seelensammler.

Simon nickte der Besatzung freundlich zu und hoffte gleichzeitig, dass ihm seine Angst nicht anzusehen war.

Schon hatten sie das Schiff zur Hälfte passiert, als etwas an Simons Kopf vorbeischwirrte und am hinteren Mast des Seelensammlers stecken blieb: ein Pilum, ein römischer Wurfspeer. Simon und seine Freunde zogen die Köpfe ein.

„Haltet ein!", schrie ein Soldat ihnen von der römischen Quinquereme zu.

Wenigstens kann ich ihn verstehen, dachte Simon. Die Gesetze des Schattengreifers gelten also auch hier!

„Was liegt an?", rief Simon über die Bordwand zurück, wobei er versuchte, sich seine aufkommende Panik nicht anmerken zu lassen.

Einer der Soldaten beriet sich mit seinem Vorgesetzten – einem Zenturio, so schien es. Schließlich gab der Zenturio einen Befehl und das römische Schiff steuerte den Seelensammler backbords an.

Vom Bug aus wurde eine breite Holzplanke als Landungsbrücke auf die Bordwand des Seelensammlers gelegt, an deren Ende spitze Haken in das Holz des Schiffes griffen.

Eine Gesandtschaft von zehn bewaffneten Soldaten betrat gemeinsam mit dem Zenturio das Schiff. Misstrauisch blickten sie sich um. Es war ihnen anzusehen, dass sie so etwas wie den Seelensammler noch nie zu Gesicht bekommen hatten.

Jeweils zwei der römischen Soldaten postierten sich nun rechts und links von Simon und den Zeitenkriegern. In der rechten Hand den Wurfspeer, in der linken den Schutzschild, ließen sie Neferti, Moon, Salomon und Nin-Si nicht mehr aus den Augen. Einzig dem zitternden Aborigine schenkten sie kaum Beachtung.

Der Zenturio kam mit zwei Wachen auf Simon zu. Da er das Schiff gesteuert hatte, wurde er wohl als Anführer der Gruppe angesehen.

Mit finsterem Blick baute sich der Zenturio vor Simon auf. Sein fettes Gesicht schien von den Wangenklappen an seinem Helm beinahe eingedrückt zu werden. Dennoch bot er ein Respekt einflößendes Bild, das durch den dichten, halbrunden, roten Federbusch auf seinem Helm noch verstärkt wurde: dem auffälligsten Zeichen seiner Macht.

Die beiden Soldaten traten jetzt so dicht an ihn heran, dass Simon ihren Schweiß riechen konnte. Keine Frage: Sie wollten ihn einschüchtern. Und das gelang ihnen auch!

„Wer seid ihr und woher kommt ihr?" Der Zenturio spuckte Simon die Fragen geradezu entgegen.

In Simons Hirn überschlugen sich die Gedanken. Alles hing nun davon ab, wie er reagierte: Er würde den Römern eine ordentliche Lüge auftischen müssen. Doch wenn sie ihnen nicht einigermaßen glaubhaft erschien, wären sie verloren!

„Wir sind bloß Handelsleute", gab er vorsichtig zur Antwort. „Wir ..."

„Handelsleute? Ihr?", schoss es Simon wieder bellend entgegen. „Wo ist der Befehlshaber dieses Schiffes?"

„Gestorben", platzte Simon heraus, doch er verbesserte sich hastig: „Getötet worden."

„Was? Getötet? Wer hat ihn getötet?"

„Es waren ... Er ... Wir ..."

Simon sah sich schon von Speeren durchstoßen. Das konnte nicht gut gehen. Tut mir leid, Basrar, dachte er nur noch, da forschte der Zenturio auch schon weiter nach: „Nun? Was ist geschehen?" Er zeigte auf den australischen Jungen. „Waren es

Wilde? So einen wie den da habe ich ja noch nie zu Gesicht bekommen."

„Ja", gab Simon hastig zur Antwort. Er war dem Zenturio dankbar für diese Vorlage. Denn jetzt sprudelten die Lügen nur so aus ihm heraus und er wunderte sich über seinen eigenen Ideenreichtum.

„Es waren Wilde", begann er und sah den Zenturio mitleidheischend an. „Eine ganze *Horde* Wilder. Wir steuerten gerade eine Insel an. Nach Hunderten von Tagen auf dem Meer brauchten wir Proviant und die Insel schien unbewohnt. Wir warfen also Anker, ruderten mit unserem Boot zum Ufer und machten uns auf die Suche nach Obst oder nach Tieren, die wir hätten jagen können, als plötzlich ein ganzer Stamm dieser Ureinwohner über uns herfiel. Es kam zum Kampf, doch die anderen waren in der Übermacht. Wir verloren beinahe die gesamte Schiffsmannschaft. Nur wir fünf hier überlebten. Vielleicht sahen die Wilden in uns keine Gefahr, weil wir so … äh … jung sind."

Schweiß rann Simon über das Gesicht und mit angehaltenem Atem wartete er die Reaktion des Zenturios ab.

Der verzog erst einmal keine Miene, doch schließlich sagte er ruhig: „Das ist ja eine unfassbare Geschichte."

Er hatte die Stimme gesenkt, hielt den Kopf ein wenig nach unten und spuckte endlich nicht mehr bei jedem Wort. „Ich weiß nur nicht, ob ich sie dir glauben soll."

Er blickte sich auf dem Schiffsdeck um. „Was macht die Ägypterin hier?" Neferti zuckte zusammen. „Das ist doch eine Ägypterin, oder?"

„Gewiss, eine Ägypterin. Sie … Ihre Eltern …"

„Ja?"

„Unser Befehlshaber hat sie auf einer seiner Fahrten – nun, gekauft. Er …“

Der Zenturio zeigte auf Nin-Si, Moon und Salomon. „Und diese da? So etwas wie die habe ich auch noch nie gesehen.“

„Europa und auch Asien“, antwortete Simon. Die Unwahrheiten flossen mittlerweile nur so aus ihm heraus. Seine Fantasie schlug regelrecht Purzelbäume. „Alle eingekauft. Billige Arbeitskräfte, sagte unser Anführer immer. Jung und kräftig, aber billig!“ Und wieder wunderte er sich über sich selbst. Wie kam er denn nur auf solche Dinge?

Der Zenturio rieb sich nachdenklich mit einer Hand über das Kinn.

„Aha, eingekauft. Jung und billig“, murmelte er, und Simon spürte, dass dem Römer noch etwas ganz anderes auf der Seele brannte. „Jung und billig, sagst du.“ Er ließ seinen Blick über das Deck und die Kajüte schweifen, über die Masten und den Bug. Und endlich rückte er mit der Frage heraus, die ihm gewiss schon auf der Zunge lag, seit er den Seelensammler zum ersten Mal gesehen hatte: „Was ist das für ein Schiff?“

„Beeindruckend, nicht wahr!“, sagte Simon ausweichend.

„Ich kenne nichts Vergleichbares.“

„Gibt es auch nicht“, antwortete Simon schnell. Zum ersten Mal musste er nicht lügen. Etwas wie den Seelensammler gab es kein zweites Mal. Nirgendwo auf der Welt, zu keiner Zeit.

Plötzlich wurde das Schiff von einem Vibrieren erfasst. Der Zenturio erschrak. Seine Soldaten zückten die Speere und blickten sich um, bereit, sich allem Feindlichen entgegenzustellen, das sich auf diesem Schiff zeigen mochte. Doch als dem ersten Rumoren kein zweites mehr folgte, gab der Zenturio ein Zeichen, und die Soldaten senkten ihre Speere wieder.

„Nun, was für eine Art Schiff ist das?", hakte der dicke Zenturio mit wachsendem Interesse nach.

Lügen, fuhr es Simon durch den Kopf. Ich muss weiterlügen! Er konnte dem Zenturio nicht ansehen, ob er ihm bisher auch nur ein einziges Wort geglaubt hatte. Doch er hatte nicht die geringste Wahl.

„Gewonnen!", stieß er hervor. „Unser Befehlshaber hat es gewonnen. In einem Gasthaus an der afrikanischen Küste. Das war in … in … ach, gleich fällt es mir wieder ein. Wir wissen selbst nicht, wo es eigentlich herstammt. Durch ein Kampftrinken hat er dieses Schiff gewonnen. Der frühere Besitzer hatte ihn herausgefordert. Doch er konnte ja nicht wissen, wie trinkfest unser Anführer war. Der konnte Wein wie Wasser in sich hineinschütten und dann immer noch ein Schiff durch die engste Wasserstraße lenken und …" Oh Gott, dachte Simon nur. Was mache ich hier bloß? Das alles ist doch reinster Unsinn.

Die Augen des Zenturio verengten sich. In seinem Kopf arbeitete es. Er zog die Augenbrauen zusammen und trat nun so dicht an Simon heran, dass kaum eine Speerspitze zwischen die beiden gepasst hätte. Und plötzlich stieß er Simon so heftig in die Rippen, dass der Junge rücklings zu Boden fiel, und dabei lachte er laut auf. „Ha, du gefällst mir, Bürschchen!", brüllte er begeistert und schleuderte seine Spucke wieder über das ganze Schiff. „Dein Schiff gefällt mir. Ihr habt wohl schon einiges erlebt, was? Euer Befehlshaber scheint ja mächtig herumgekommen zu sein in der Welt. Schade, dass ich ihm nicht mehr begegnen konnte. So was wie ihn hätte ich gern kennengelernt. Stellt sich eine Mannschaft mit jüngsten Rekruten aus Asien, Europa und Afrika zusammen, die gerade mal so groß sind, dass sie über die Bordwand schauen können. Er erspielt sich ein solches

Schiff und dann zieht er sich auch noch einen solchen Knaben wie dich heran. Wirklich nicht schlecht."

Er hielt Simon eine Hand hin und half ihm wieder auf die Beine. Simon atmete erleichtert auf. Es war unfassbar, doch dieser Römer schien ihm all seine Hirngespinste abzunehmen. Dieser Mann war offenkundig so fasziniert von dem, was er zu hören bekommen hatte, dass er das Kampfgetümmel um sich herum völlig vergessen zu haben schien.

Simon hingegen hatte nicht vergessen, weshalb sie hier waren. Die Sanduhr kam ihm wieder in den Sinn, und er hoffte inständig, dass dieser Römer ihn und die Zeitenkrieger jetzt nicht weiter aufhalten würden.

Doch der Zenturio schien zunehmend Gefallen an der Sache gefunden zu haben. „Du bist deines alten Kapitäns gewiss würdig", lachte er. „Steuerst dieses Schiff, als ob es eine Schaluppe wäre, und fängst dir einen Wilden ein, dessen Stamm euch angegriffen hat. Wunderbar."

Er zeigte erneut auf den australischen Jungen. „Ich habe von solchen Völkern gehört", sagte er. „Unsere Truppen berichten immer wieder von Angriffen aus den Wäldern, wenn sie in Afrika einmarschieren oder auch in Asien. Und du nimmst dir einfach einen von denen als Andenken mit. Herrlich!"

Simon blickte kurz zu den Zeitenkriegern, und es tat ihm gut zu sehen, wie sich auch ihre Gesichtszüge entspannten. Salomon zwinkerte ihm sogar verschmitzt zu.

„So. Nun haben wir aber genug Zeit verschwendet. Wir werden euch und euer Schiff in den Hafen geleiten. Scipio wird begeistert sein. Ihr müsst wissen, dass Konsul Scipio gerade dabei ist, Karthago dem Erdboden gleichzumachen. Euch wird nicht entgangen sein, wie es um diese Stadt steht, oder?" Er lachte wieder, diesmal hatte sein Lachen jedoch einen harten Beiklang. „Glaubt mir, nur noch wenige Tage, vielleicht nur noch diesen einzigen Tag, dann werden wir Roms Befehl erfüllt haben. Senator Catos Wunsch ist es, Karthago von der Landkarte zu löschen. Kein Stein soll mehr auf dem anderen bleiben. Es wird sein, als habe es diese Stadt nie gegeben. Ganz nach Senator Catos Vorstellungen und denen unseres prächtigen Konsuls Scipio. Wir – nun, wir wissen nur noch nicht, was wir mit den Besiegten machen sollen. Für das Getreide und für das Vieh haben wir ja Verwendung. Aber diese Karthager …"

Sein Blick verfinsterte sich von einer Sekunde auf die andere und Simon wich einen Schritt vor ihm zurück.

„Sie sind nicht einmal würdig, uns als Sklaven zu dienen. Ich hoffe, dass Konsul Scipio den Befehl gibt, sie einfach alle zu töten. Wir werden es ja erleben. Wer es bis heute Nacht nicht aus der Stadt schafft, der wird die Faust des römischen Imperiums zu spüren bekommen. Und es wird das Letzte sein, was er zu spüren bekommt!"

Simon dachte an Basrar und dessen Familie, und er wusste, dass ihnen keine Zeit mehr blieb!

Der Zenturio fasste sich jedoch schnell wieder und seine gute Laune kehrte zurück: „Nun denn, das muss euch ja alles nicht interessieren. Ihr werdet mein Geschenk an Scipio sein, wenn er hier seine Arbeit beendet hat."

Er lachte wieder auf. „Und das wird, wie gesagt, wohl sehr bald soweit sein!"

Endlich ließ er von Simon ab und wandte sich seinen Soldaten zu: „Bringt dieses Schiff in das, was von Karthagos Hafen noch übrig ist. Und diese junge Mannschaft hier versorgt mir gut. Sie sind meine Gäste. Meine und die von Konsul Scipio. Ich kann mir vorstellen, dass er uns reich belohnen wird für diesen ungewöhnlichen Fang.“

Bei diesen Worten fingen die Gesichter der Römer an zu strahlen. Der Zenturio verließ derweil ohne ein weiteres Wort über die Holzbrücke den Seelensammler, suchte sich seinen Platz an Bord seines Schiffes und überließ alles Weitere seinen Legionären.

Die Quinquereme wendete und steuerte vor den Bug des Seelensammlers. Ein kräftiges Tau wurde gespannt und an beiden Schiffen vertäut: am Bug des Seelensammlers und am Heck der Quinquereme. So konnten die Römer den Seelensammler sicher in den Hafen ziehen.

Merkwürdig, dachte Simon. Hier finden kaum noch Kämpfe statt. Dabei liegt der Hafen doch direkt an der Stadt. Anscheinend mussten die Karthager das Hafengebiet bereits aufgegeben haben!

Das römische Schiff zog den Seelensammler durch die enge Durchfahrt zwischen den hohen Hafenmauern hindurch.

Simon sah sich bedrückt um. Kaum noch etwas erinnerte an den einst sagenhaften Glanz des Hafens. Alles glich einer einzigen Ruine. Die Häuser und Speicher aus Lehmziegeln waren zerstört. Nur noch Überreste ließen erahnen, wie wunderschön diese Anlage einmal gewesen sein musste.

Am Ende des rechtwinkligen Handelshafens befand sich eine zweite Passage, ebenfalls so eng wie die, durch die sie gerade gezogen worden waren. Simon konnte selbst von seinem erhöhten Platz aus, vom Dach der Kajüte, nicht erkennen, was sich in der neuen Durchfahrt befand. Einzig eine weitere hohe Mauer, die meterhoch aus dem Wasser ragte, war zu sehen. Sie war von Säulen und Bögen umsäumt.

Die Römer zogen den Seelensammler nun auch in diesen Seitenarm hinein.

Simon sah seinen Freunden auf Deck an, dass sie ebenso gespannt waren wie er und sich fragten, was sie dort erwarten würde. Je näher sie der Mauer kamen, desto majestätischer wirkte ihr Anblick, und desto mehr Einzelheiten offenbarten sich ihnen. Die Mauer war perfekt gefertigt. Allerdings war sie nicht schnurgerade, wie es zunächst den Anschein gehabt hatte, sondern wölbte sich nach außen. Zu ihren Seiten befand sich jeweils eine Wasserstraße. Gerade so breit, dass Simon den Seelensammler nur unter größter Konzentration hinter dem Römerschiff hindurchlenken konnte. Wenn er an der Bordwand gestanden und seine Hand ausgestreckt hätte, wäre es ihm möglich gewesen, mit seinen Fingerspitzen die riesige Mauer zu berühren.

Die Quinquereme zog den Seelensammler rechts von der Mauer entlang. Sie umrundeten einen Teil dieses Bauwerks und schließlich eröffnete sich Simon und den Zeitenkriegern ein erster Blick auf die karthagische Anlage. Sie waren in einem weiteren Hafen angekommen. Doch dieser hier diente keinesfalls dem Handel. Dies war eindeutig ein militärischer Hafen.

Er war kreisrund angelegt, und Simon erkannte nun, dass hier nicht zwei Wasserstraßen existierten, sondern dass vielmehr ein einziger Kanal wie ein Ring um das Zentrum des gesamten Hafens verlief. Die hohe Mauer, mit ihren vorgelagerten Säulen, erhob sich wie ein riesiger Berg aus dem runden Kanal. Sicherlich hatten von der Spitze aus die Befehlshaber der karthagischen Flotte das Geschehen im Hafen bewacht.

Außen, um die Wasserstraße herum, umspannte ein gigantisches Bauwerk den Ring aus Wasser: eine Anlage aus riesigen

Schuppen, die einer nach dem anderen aneinandergereiht waren und die einigen Hundert Kriegsschiffen der Karthager als Stellplätze dienten.

Doch all das war in dem Moment, als der Seelensammler in den Hafen gezogen wurde, nur noch zu erahnen. Wie zuvor der Handelshafen, so war auch dieser Kriegshafen bereits Opfer blinder römischer Zerstörungswut geworden. Dieses einst so wundervolle kolossale Bauwerk lag in Schutt und Asche. Schwarzer Rauch stieg auch aus diesen Trümmern hervor.

Überall lagen zerstörte Kriegsschiffe der Karthager in den Ruinen der Schuppen. Bugspitzen ragten wie abgeschlagene Köpfe zwischen den Wracks hervor. Die für diese Schiffe so typischen aufgemalten Augen schienen Simon mit leerem Blick anzustarren.

Simon war so entsetzt, dass ihm heiße Tränen in die Augen stiegen. Es hatte gewiss Jahrzehnte gebraucht, um all dies zu erbauen und nun war es in kürzester Zeit zerstört worden. Der Fleiß und die hohe Kunstfertigkeit Tausender und Abertausender Menschen – vernichtet und zertreten!

In Simon flammte auf einmal eine unbändige Wut auf. Wie konnten sich Menschen nur so etwas gegenseitig antun? Doch er riss sich zusammen. Er musste sich auf das konzentrieren, was nun vor ihnen lag: Basrars Rettung. Dafür waren sie hier.

Simon wandte mühsam den Blick von den Ruinen ab und blickte nach vorn zur Quinquereme: Die Römer zogen den Seelensammler jetzt bis zu einer Stelle, wo sich die Überreste einiger Schiffsschuppen befanden. Dort vertäuten sie ihn an einer Kaimauer.

Wieder wurde die Holzplanke von der Quinquereme zum Seelensammler gelegt und einer der Legionäre kam an Bord. Ohne die anderen Jugendlichen zu beachten, kam er sofort auf Simon zu. Es war einer der Soldaten, die vorhin Neferti bewacht hatten.

„Richtet euch hier ein", befahl er unumwunden. „In den nächsten Tagen wird dieser Hafen euer Quartier sein. Bleibt auf diesem Schiff, es wird euch an nichts mangeln."

„Können wir von Bord?", erkundigte sich Simon. „In die Stadt?"

Der Römer winkte schnell ab. „Wollt ihr sterben? Die Stadt ist ein einziges Gemetzel. Ihr würdet zwischen die Fronten geraten und von Speeren aufgespießt werden, noch bevor ihr die erste Straßenecke passiert habt. Nein, bleibt an Bord dieses Schiffes, verhaltet euch ruhig, dann werdet ihr bald vielleicht sogar Konsul Scipio persönlich kennenlernen. Ich denke, ihr werdet ihm gefallen."

Simon nickte, ohne eine Miene zu verziehen.

Doch irgendetwas in Simons Blick erschien dem Soldaten wohl plötzlich verdächtig, denn er befahl mit lauter Stimme: „Zur Sicherheit werde ich fünfzig Legionäre auf diesem Schiff postieren." Simon fragte sich, wessen Sicherheit er damit wohl meinte. Er traute ihm nicht.

„Fünfzig Legionäre und keinen Mann weniger", setzte der Soldat nach. „Dem Zenturio liegt ja wohl eine ganze Menge an diesem Schiff." Er besah sich alles mit fachmännischer Miene. „Nun, ich schätze mal, so ein Handelsschiff könnte den ganzen Aufwand wert sein. Vermutlich wird es wohl noch einiges an Reichtümern bergen."

Mit einem letzten prüfenden Blick auf Simon machte der Soldat kehrt und ging von Bord. Simon konnte endlich seinen Platz am Steuerrad aufgeben und zu seinen Freunden eilen. Neferti fiel ihm um den Hals.

„Das war beeindruckend", sagte sie, strahlend vor Begeisterung. „Du warst so mutig."

„Und diese Lügengeschichten, die du erzählt hast", kicherte Salomon. „Das war ja unglaublich, wir sind aus dem Staunen nicht mehr herausgekommen. Wo hast du das alles her?"

„Na ja, ich …" Simon zuckte mit den Schultern.

„Sehr gute Arbeit!", lobte Salomon mit Nachdruck und Moon und Neferti nickten eifrig.

Jetzt wandte sich Simon mit besorgter Miene Nin-Si und dem Australier zu. „Wie geht es ihm?"

Nin-Si setzte gerade zu einer Antwort an, als der Junge aufschreckte und sich mit ängstlichem Blick weiter in die Bugspitze verzog.

„So geht es ihm", antwortete Nin-Si. „Ich habe das Gefühl, dass er mir allmählich vertraut. Aber vor allem hat er furchtbare Angst."

„Das kann ich verstehen", gab Simon zurück. „Alles hier muss erschreckend für ihn sein! Allein dieses riesige Schiff! Er wurde ja in eine Welt gestoßen, über die er gar nichts wusste und in der er nichts Vertrautes erkennen kann … Am besten, wir bleiben bei unserem ursprünglichen Plan: Nin-Si, du versuchst weiter, sein Vertrauen zu gewinnen. Sprich mit ihm. Nach den Gesetzen des Schattengreifers müsste er dich eigentlich verstehen können."

Er wandte sich Neferti, Salomon und Moon zu: „Und wir sollten uns schleunigst auf die Suche nach Basrar machen. Lasst uns in die Stadt rennen und ihn …"

Nin-Si sprang auf. „Was? Das willst du immer noch tun?", fragte sie. „Du willst wirklich in diese Stadt, in der dieser üble Krieg herrscht? Hast du nicht gehört, was der Römer gesagt hat?"

„Aber wir können doch nicht zulassen, dass Basrar dem Schattengreifer ein weiteres Mal in die Arme läuft. Wir haben es ihm versprochen!“

„Ja, aber …“

„Wer kommt mit?“, wandte sich Simon an die anderen.

Neferti, Moon und Salomon hoben blitzschnell ihre Hände.

„Dann lasst uns bald aufbrechen“, schlug Simon vor. „Wir wissen nicht, wie viel Zeit …“

Plötzlich fiel ihm die Sanduhr wieder ein. „Was geschieht, wenn der rote Sand durch die Uhr gerieselt ist?“, fragte er schnell.

„Dann tritt der Seelensammler seine Rückreise an“, gab ihm Neferti zur Antwort. „Du hast auch gesehen, dass der Sand bereits wieder rieselt, nicht wahr? Wenn das letzte Körnchen gefallen ist, müssen wir zurück auf diesem Schiff sein. Sonst bleiben wir für immer in dieser Epoche gefangen.“

Wieder so ein Gesetz des Schattengreifers, dachte Simon und fragte laut: „Wie lange dauert es gewöhnlich, bis der Sand durch die Uhr gelaufen ist?“

„Etwa 12 Stunden“, antwortete Salomon.

„Dann sollten wir wirklich rasch …“

Sie hörten Schritte und unterbrachen ihr Gespräch.

Die fünfzig Legionäre, die der römische Soldat angekündigt hatte, betraten über die Holzplanke das Schiff.

Jeweils zwanzig postierten sich rechts und links des Deckes an der Bordwand, während die übrigen zehn sich an Bug und Heck verteilten. Die Speere in der einen Hand, mit der anderen, wie auch die römischen Soldaten zuvor, den Schutzschild haltend, säumten sie Schulter an Schulter das Deck und blickten starr geradeaus.

In Simon erstarb alle Hoffnung. Wie sollten sie jetzt noch in die Stadt gelangen? An diesen Wachen würden sie keinesfalls vorbeikommen.

Sie waren zwar Gäste des römischen Konsuls, aber gleichzeitig waren sie auch seine Gefangenen.

Oh Basrar, dachte Simon nur. Es tut mir so leid.

Es gelang ihm nicht.
Das Schiff befand sich außerhalb seines Zaubers.
Auf diese Situation war er nicht vorbereitet gewesen.
Für diesen Zustand gab es keine magischen Formeln.
Wütend schritt er die langen Hallen seines Schlosses entlang.
Die Krähen, die in den Spalten und Fugen
der hohen Säulen nisteten, und die Fledermäuse,
die kopfüber an den Decken hingen,
waren die einzigen Zeugen seiner Niederlage.
Seiner zweiten Niederlage bisher.
Nur zweimal war dies bisher geschehen, nur zweimal
hatte etwas seine Pläne durchkreuzt.
Und beide Male war er nicht darauf gefasst gewesen.
Heute nicht.
Und damals auch nicht.
Damals.
Zu Beginn.
Bei der allerersten Reise des Seelensammlers.
Seines Seelensammlers.

Simon hätte schreien können vor Wut. Er sah einfach keine Möglichkeit, sich an Scipios Legionären vorbeizuschleichen. Ungeduldig schritt er auf dem Deck hin und her, immer an den Bewachern entlang, die wie eine undurchdringliche Wand das Schiffsdeck umrahmten.

Die Zeit lief ihnen davon. Die wenigen Stunden, die ihnen zur Rettung Basrars blieben, verliefen buchstäblich im Sande. Im roten Sand der Uhr, tief im Rumpf des Schiffes.

Simon konnte diese Anspannung nicht mehr aushalten!

Plötzlich stand Moon vor ihm. Er tat sehr geheimnisvoll und flüsterte: „Wir sollten langsam aufbrechen!"

„Was? Wie denn?", entgegnete Simon entnervt. „Ist dir unser Besuch entgangen, der sich so freundlich auf dem Schiff verteilt hat?"

„Sprich leiser", mahnte Moon, und Simon ahnte, dass der Indianer etwas geplant hatte. Seine Ahnung wurde zur Gewissheit, als sich ein verschmitztes Grinsen über Moons Gesicht zog: „Du hast recht", flüsterte er. „Unser Besuch steht auf dem Schiff."

„Ich … ich verstehe nicht …"

Moons Grinsen wurde zu einem breiten Lächeln. „Pass gut auf."

Er stellte sich aufrecht auf das Deck, reckte die Arme in die Luft und ließ ein lautes Gähnen vernehmen.

„Dann sollten wir uns vielleicht einfach hinlegen!", sagte er laut und mit besonderer Betonung zu Simon.

Der spielte sofort mit – auch wenn er noch nicht begriffen hatte, wohin das Ganze führen sollte: „Einverstanden", erwiderte er ebenso laut. „Wir sollten ausgeruht sein, wenn Konsul Scipio hier erscheint."

Moon trat an einen der Legionäre heran. Er schien die Befehlsgewalt zu haben, wenn der Zenturio nicht anwesend war. Zumindest hatte sich dieser Legionär bisher entsprechend aufgeführt.

Simon stellte überrascht fest, dass dem Legionär die linke Augenbraue fehlte. Stattdessen zog sich eine tiefe Narbe über seine eine Gesichtshälfte.

„Ihr seid doch sicher einverstanden, wenn wir uns unter Deck begeben und uns ein wenig hinlegen", sprach Moon den Legionär an. „Dort sind unsere Schlafplätze. Wir möchten die nächsten Stunden nutzen, um uns auszuruhen."

Der Römer verzog keine Miene. Er achtete gar nicht auf die beiden.

„Das heißt wohl ‚Ja'", entschied Moon. Er führte Simon zum Bug des Seelensammlers, wo Neferti und Salomon bereits auf sie warteten.

Nin-Si saß neben dem australischen Jungen, der sich noch immer an die hinterste Ecke drückte, als ob er dort Halt und etwas von der Geborgenheit finden könnte, die ihm so plötzlich genommen worden war.

Wie gerne hätte Simon dem Jungen zu verstehen gegeben, dass er nichts zu befürchten hatte. Mehr noch: Er hätte ihn wissen lassen, dass er auf dem Schiff willkommen war. Doch jetzt galt Simons Sorge seinem Freund Basrar.

Salomon nickte Simon noch einmal kurz zu – zum Zeichen, dass Neferti und er in Moons Plan eingeweiht waren. Dann bückte er sich und ergriff einen Eisenring, der in das Deck eingelassen war. Erst jetzt bemerkte Simon diese zweite Luke des Schiffes. Sie war wesentlich kleiner als die vor der Kajüttür, unter der die Zeitmaschine ruhte. Salomon öffnete die kleine Luke, und Simon konnte eine Holztreppe sehen, die in den Schiffsrumpf führte.

„Mir nach!" Salomon schritt als Erster voraus, dicht gefolgt von Moon, Neferti und schließlich Simon.

Es war erstaunlich kühl und dunkel im Inneren des Schiffes! Simon brauchte eine Weile, bis sich seine Augen nach dem hellen Sonnenlicht auf Deck an das schummrige Dunkel hier unten gewöhnten.

Das Erste, was er erkennen konnte, war der Fuß des vorderen Mastes, der hier – auf dem Kiel, am Boden des Rumpfes – fest verankert war. Den Fuß des zweiten Schiffsmastes sah Simon nicht. Schon wenige Meter vor ihm war der Schiffsbauch mit einer Wand geteilt.

„Dahinter steht die Zeitmaschine", erklärte Neferti, die Simons Blicke beobachtet hatte. „Niemand von uns ist je dort gewesen, aber es gibt ein kleines Loch in der Wand, durch das man die Maschine sehen kann."

Wie zum Gruß ließ der Apparat sein vibrierendes Raunen vernehmen.

Auf den Holzbohlen des Fußbodens waren die Schlafplätze der Zeitenkrieger: alte Decken, die zum Teil über Stroh ausgebreitet waren, sodass die Schlafenden nicht auf dem harten Boden liegen mussten. Lediglich eine Decke lag direkt auf den Holzbohlen. Simon vermutete, dass dies Moons Schlafplatz war.

Ansonsten war der Raum beinahe leer. Lediglich unter der Treppe, die hierher führte, standen zwei meterhohe Kisten mit Äpfeln, Apfelsinen, Kartoffeln und Brot.

„Das hätte ich mir gemütlicher vorgestellt", entfuhr es Simon enttäuscht.

„Uns reicht es aus", entgegnete Moon. „Es ist alles da, was wir benötigen."

Simon wollte noch etwas fragen, als Salomon sie wieder zur Eile antrieb: „Kommt. Die Zeit rennt uns davon!"

Er kniete sich auf die Erde, zog eine der Decken zur Seite und fegte mit der flachen Hand das darunterliegende Stroh fort. Es war wieder eine Holzluke, aber diese war in den Boden des Schiffsrumpfes eingelassen. Salomon kniete sich daneben, fasste nach dem Eisenring und lächelte Simon zu: „Überraschung!", sagte er leise und zog die Luke auf.

Simon beugte sich über die Luke und blickte erschrocken direkt ins Wasser.

„Das ist unser Geheimgang, wenn du so willst", flüsterte ihm Salomon zu.

Und tatsächlich, was sich da vor Simons Augen auftat, glich einem Gang … einem sehr kurzen Gang allerdings, der schon nach einem knappen halben Meter direkt ins Meer führte.

An allen vier Seiten waren Holzbohlen angebracht, die mit Teer so verdichtet worden waren, dass durch diesen Ausstieg kein Wasser in das Schiff gelangen konnte. Und auch die Luke war geschickt angebracht: Sie schaute einige Zentimeter über dem eigentlichen Schiffsboden heraus, sodass auch durch sie nichts in den Rumpf eindringen konnte. Allerdings war dies alles viel gröber gearbeitet worden als der Rest des Schiffes. Dieser enge Gang war nachträglich eingebaut worden, das war Simon schnell klar. Die Zeitenkrieger mussten ihn geschaffen haben. Heimlich. Vielleicht wusste nicht einmal der Schattengreifer selbst von der Existenz dieses geheimen Ausstiegs.

„Du hast doch wohl nicht wirklich geglaubt, dass wir zum Schlafen hier runtergegangen sind, oder?", kicherte Moon und strahlte ihn so zufrieden an, dass Simon sofort wusste, wessen Idee dieser geheime Ausstieg gewesen sein musste.

„Nein“, entgegnete Simon. „Aber lass uns hoffen, dass die Römer uns das geglaubt haben.“

Er ließ sich als Erster durch die Luke hinabgleiten, bis seine Füße das Wasser berührten. Dann schloss er die Augen, ließ los und tauchte.

Das kühle Wasser war erstaunlich erfrischend. Es tat gut, einige Züge zu schwimmen. Simon öffnete die Augen und blickte sich um. In dem von Sonnenstrahlen durchfluteten Wasser sah er bereits Moon auf sich zukommen und dahinter Neferti. Auch Salomons Schuhe schauten schon aus dem Geheimgang heraus.

Plötzlich gab Moon einen seltsamen Laut von sich und starrte zum Meeresboden.

Simon folgte dem bestürzten Blick seines Freundes und war entsetzt. Was war das?

Der gesamte Meeresboden war übersät mit Schiffswracks einst prächtiger karthagischer und römischer Quinqueremen und mit zahllosen Trümmern der Hafenanlage.

Und dazwischen: Tote.

Wohin Simon auch blickte, der gesamte Meeresboden war übersät mit erschlagenen und ertrunkenen Menschen. Viele steckten noch in ihren Rüstungen, aus manchen ragten noch die Waffen heraus, die ihnen ihr Leben genommen hatten. Und ihnen allen war eines gemeinsam, egal ob Römer oder Karthager, Mann oder Frau: Allen standen Furcht und Entsetzen ins Gesicht geschrieben.

Mit kräftigen Zügen tauchten sie über dieses verborgene Feld des Grauens.

Durch die Meeresoberfläche fielen die hellen Sonnenstrahlen ins Wasser. Sie wirkten wie leuchtende Nebelschwaden und versetzten die gesamte Szenerie in ein wahrhaft gespenstisches grünes Licht.

Der Arm eines Soldaten bewegte sich in der Meeresströmung, und es schien, als winke der Tote den über ihn hinwegschwimmenden Freunden zu.

Simon wäre am liebsten so rasch wie möglich aufgetaucht, an Land geschwommen und davongelaufen. Doch das Meer bot ihnen einen gewissen Schutz und sie mussten schnell den größtmöglichen Abstand zwischen sich und den Seelensammler bringen.

Allmählich schwanden seine Kräfte. Zu seiner Erleichterung konnte er nun in einigen Metern Entfernung zwei Schiffwracks ausmachen, deren zerschlagene Rümpfe nah am Uferrand lagen.

Er schwamm mit kräftigen Zügen darauf zu und zwang sich, nicht mehr nach unten zu schauen. Stattdessen wagte er einen Blick zurück. Seine Freunde waren dicht hinter ihm. Auch ihnen war der Schrecken anzusehen. Neferti schwamm in kurzen, hastigen Zügen und ihre Augen waren weit aufgerissen. Simon wies auf das rettende Ufer, das nun nur noch wenige Meter entfernt war, und das schien die Ägypterin ein wenig zu beruhigen.

Schnell tauchte Simon auf die beiden Schiffwracks zu. Vorsichtig streckte er den Kopf aus dem Wasser und schnappte erschöpft nach Luft.

Die beiden Wracks boten ihnen erst einmal Sicherheit. Hier, zwischen den hohen Schiffswänden, waren sie unsichtbar für jeden an Land.

Hinter ihm tauchten nun auch Moon, Neferti und Salomon auf. Neferti atmete hektisch ein und aus. Noch immer stand ihr das Grauen ins Gesicht geschrieben.

„Diese … diese Menschen“, stieß sie hervor. „All diese Menschen!“

„Du darfst nicht daran denken“, versuchte Simon sie zu beruhigen. „Denk lieber an das, was vor uns liegt. Denk an Basrar.“

Neferti nickte. Sie wischte sich über das Gesicht und begann, langsamer durchzuatmen.

„Sehr gut“, flüsterte Simon ihr zu. Sie konnten nicht sicher sein, ob Soldaten sich in der Nähe befanden. „Komm!“

Im Schutz der beiden Schiffswracks schlich er in geduckter Haltung voran. Seine Füße berührten trockenen Boden.

Sie befanden sich in Karthago.

Den Weg aus der Hafenanlage zu finden war nicht allzu schwierig gewesen. Sie waren dem Geruch des Feuerqualms gefolgt, dem Wehklagen und den Schreien, die aus der Stadt zu hören waren. Im Hafen selbst waren die Kämpfe inzwischen beendet. Simons erster Eindruck beim Eintreffen in den Hafen bestätigte sich nun: Die Schlacht um diese Anlage war bereits entschieden worden.

Dafür tobten die Kämpfe in den Straßen Karthagos umso heftiger. Soweit Simon das durch die dunklen Rauchschwaden der brennenden Häuser erkennen konnte, wurde an jeder Ecke gekämpft. Mit Schwertern, Speeren, Dolchen, Knüppeln, Stöcken, Steinen oder sogar mit bloßen Fäusten gingen die Menschen aufeinander los.

Hassverzerrte Gesichter, wohin Simon auch blickte.

An einer Hausecke, hinter dem Kadaver eines toten Pferdes, suchten sie Schutz.

„Wie sollen wir Basrar hier jemals finden?" Neferti hielt krampfhaft Simons Arm umklammert, während ihre Blicke mit einem Ausdruck der Panik umherirrten.

In Simon keimte die Vermutung auf, dass Neferti so oder so ähnlich ihre letzten Stunden erlebt hatte – damals in ihrer Heimat, kurz vor dem Erscheinen des Schattengreifers.

„Erinnert euch an das, was Basrar uns am gestrigen Abend erzählt hatte", wandte sich Moon an seine Freunde. „Sagte er nicht etwas von einem Hügel?"

Salomons Gesicht wurde freundlicher. „Doch. Und von einer Tempelanlage, in deren Nähe er wohnte."

Moon reckte sich, um über den Pferdekörper zu blicken, und deutete mit der Hand über die flachen Dächern der Häuser hinweg. Seine Freunde mussten sich anstrengen, etwas durch den Feuerrauch zu erkennen, doch schließlich konnten sie einen Hügel ausmachen, an dessen Hängen ebenfalls viele dieser Häuser aus Lehmziegeln standen.

„Ihr glaubt, dort könnte Basrar sein?", fragte Neferti.

„Dort oder auch ganz woanders", Simon zuckte mit den Schultern. „Aber irgendwo müssen wir ja schließlich beginnen. Und der Hügel ist der einzige Anhaltspunkt, den wir haben."

Die Angst in den Augen seiner Freunde spiegelte das wider, was in Simon vor sich ging. Doch sie konnten Basrar nicht im Stich lassen!

Simon blickte nach links, wo sich gerade zwei römische Soldaten den Weg gegen zwei Karthager freikämpften. Daraufhin blickte er nach rechts: in eine Straße, in deren Mitte ein Karthager in blinder Wut auf einen längst toten Römer einschlug.

„Los, hier lang!“

Simon gab sein Versteck auf und rannte seinen Freunden voraus, an dem brüllenden Karthager vorbei. Seine Freunde blieben dicht hinter ihm.

Der Karthager war so tief in seine Hasshandlung versunken, dass er nichts um sich herum bemerkte. Simon und die Zeitenkrieger kamen problemlos an ihm vorbei.

An der nächsten Ecke erwartete sie der gleiche Anblick wie schon zuvor: kämpfende Menschen in den Straßen, eingestürzte Häuser, meterhohe Flammen und der Boden: blutdurchtränkt.

Simon schlich, dicht an eine Hausmauer gedrängt, seinen Freunden wieder voraus.

„Das ist doch Wahnsinn!“, schrie Salomon, als sie sich hinter einer weiteren Hauswand verstecken konnten. „Wir rennen hier durch eine Stadt im Krieg, ohne Waffen oder Schutz. So finden wir Basrar nie!“

„Was sollten uns die Waffen denn nützen?“, erwiderte Neferti. „Willst du etwa bei diesem Gemetzel mitmachen? Könntest du ein Schwert in den Körper eines Römers oder eines Karthagers rammen? Könntest du das?“

Salomon blickte sie verärgert an, sagte aber nichts.

„Hört auf“, versuchte Simon zu vermitteln. „Es bringt nichts, wenn wir uns auch noch streiten. Wir müssen weiter.“

Moon blickte sich nachdenklich um. „Wo Hass und Streit gesät werden, da können auch nur Hass und Streit geerntet werden“, sagte er. „Das hat mein Vater immer gesagt. Passt auf, meine Freunde, dass sich der Hass in diesen Straßen nicht in eure Geister frisst. Lasst euch nicht vergiften von der Wut um uns herum.“

Simon zog an seinem T-Shirt. „So wie wir hier herumlaufen, fallen wir bestimmt nur auf. Wir brauchen andere Kleidung."

„Wo sollen wir die denn herbekommen?" Salomon verlor allmählich die Geduld. „Nin-Si hatte recht! Wir hätten uns nicht hierauf einlassen sollen. Immer noch besser, auf dem Seelensammler zu verharren und auf den Schattengreifer zu warten, als in diesen Straßen herumzulaufen und sich aufschlitzen zu lassen."

„Das ist nicht dein Ernst", stieß Neferti hervor und Salomon schüttelte den Kopf. „Ich weiß nicht mehr, was ich denken soll."

„Dann denk an Basrar!"

Auf einmal wies Neferti auf ein Haus in der Mitte der nächsten Straße. Dünne, graue Rauchschwaden stiegen zwar daraus empor, doch das rechteckige Gebäude war im Vergleich zu den Ruinen, die es umgaben, beinahe unbeschadet.

„Bestimmt ist es verlassen", überlegte sie. „Und vielleicht finden wir darin die Kleidung, die wir benötigen."

„Gute Idee", rief Simon und fasste sofort neuen Mut. „Lasst es uns versuchen!"

Wieder blickte er sich nach allen Seiten um, bevor er schnell vorauslief. Kurz vor dem Haus blieb er stehen. Die Flammen züngelten aus einer Fensteröffnung, die links des Eingangs in die Wand eingelassen war. Aber die gesamte rechte Seite des Hauses wirkte unversehrt.

Simon zögerte noch. Es war ein gefährliches Unterfangen, sich in ein halb zerstörtes Haus zu begeben. Doch sie mussten sich tarnen! Sie mussten es einfach versuchen. Nein – *er* musste es versuchen. Schließlich hatte er die Zeitenkrieger zu dieser Zeitreise nach Karthago überredet.

Gerade wollte er in das Haus laufen, als Neferti ihm zuvorkam: „Ich gehe rein“, sagte sie nur knapp, und schon war sie durch den Eingang gehuscht, noch bevor Simon etwas erwidern konnte.

Simon lief zu Moon und Salomon, die sich gegen die Wand des gegenüberliegenden Hauses drückten. Keinesfalls wollten sie hier mitten auf der Straße und inmitten der Kämpfe verharren. Aufgeregt und besorgt blickten sie hinüber zu dem Haus, in dem Neferti verschwunden war. Weder an den glaslosen Fensteröffnungen noch an dem Eingang dieses Hauses waren Tücher oder Decken angebracht: So sahen die drei Jungen schon im nächsten Moment, wie Neferti an einem der Fenster vorbeilief.

Das Haus, an dessen Wand sie Halt und Schutz suchten, war im Gegensatz zu dem Gebäude, in dem sich Neferti befand, völlig ausgebrannt, und ein fürchterlicher Gestank ging davon aus. Doch Simon wollte lieber nicht nach der Ursache dieses Geruches forschen. Er hatte schon viel zu viel gesehen, was er am liebsten augenblicklich wieder vergessen hätte.

Dies alles war wie ein einziger Albtraum.

Wieder erschien Neferti an dem Fenster rechts des Eingangs. Mit strahlendem Gesicht zeigte sie ihren Freunden einige Gewänder, die sie tatsächlich in dem Haus gefunden hatte.

Simons Plan war aufgegangen! Jetzt konnten sie …

Ein entsetzliches Krachen ließ den Boden erzittern. Flammen stoben aus dem Dach gegenüber. Simon sah noch, wie Neferti entsetzt aufschrie und nach oben blickte. Ohne auch nur einen Moment zu zögern, rasten die drei Jungs über die Straße. Doch es war bereits zu spät: Im gleichen Moment stürzte das gesamte Dach über Neferti ein.

Simon rannte wie besessen weiter. Er hatte den Eingang beinahe erreicht, als ein zweites Krachen ertönte und das gesamte Haus erzitterte. Mit weit aufgerissenen Augen hielten Simon und seine Freunde mitten in der Bewegung inne: Die vordere Hauswand bog sich nach hinten und sackte schließlich in sich zusammen. Mit ihr verloren auch die anderen Wände ihren Halt. Das ganze Gebäude fiel innerhalb nur weniger Sekunden völlig in sich zusammen und begrub Neferti unter sich.

Simon erwachte aus seiner Erstarrung und stürzte nach vorne. Staub stob ihm ins Gesicht, in Mund und Nase. Er konnte kaum noch atmen, doch all das war ihm egal.

„Neferti!", brüllte er und nun eilten ihm auch Moon und Salomon zu Hilfe.

Mit vereinten Kräften rissen sie einzelne Gesteinsbrocken aus dem Schutthaufen, der vor wenigen Augenblicken noch ein Haus gewesen war und unter dessen Trümmern Neferti begraben lag.

Nin-Si saß derweil auf dem Deck neben dem australischen Ureinwohner und sprach weiter auf ihn ein. Sie versuchte, ihn abzulenken von alledem, was ihm auf diesem Schiff solche Angst einjagte. Also erzählte sie von ihrem Zuhause, von der Stadt Ur, in der sie groß geworden war. Sie beschrieb ihm die Häuser und die Tempel, die es dort gegeben hatte, und erklärte ihm die täglichen Riten und Gebräuche. Sachte tat sie das. Simons Worte hatten sich in ihr Gedächtnis gebrannt: Er wurde ja in eine Welt gestoßen, über die er gar nichts wusste und in der er nichts Vertrautes erkennen konnte …

Also versuchte Nin-Si, ihm diese Welt ein wenig vertrauter zu machen. Sie wollte ihn über den Verlust hinwegtrösten, den man ihm zugefügt hatte. Und so begann sie von ihrem eigenen Verlust zu erzählen, vom Verlust ihrer Heimat.

Der Junge saß die ganze Zeit über still da und schien ihren Worten zu lauschen. Nin-Si hätte es nicht mit Gewissheit sagen können, doch sie hatte das Gefühl, dass er sie verstand. Und vor allem, dass er es genoss, ihre ruhige Stimme zu hören.

Plötzlich ließ die beiden ein lautes Scharren zusammenschrecken. Die fünfzig Legionäre hatten auf einen Befehl hin ihre Schutzschilde erhoben und präsentierten ihre Speere mit ausgestrecktem Arm. Den Befehl dazu hatten sie von dem Zenturio erhalten, der sie vor einigen Stunden auf dieses Schiff befehligt hatte und der in diesem Augenblick gerade wieder das Deck betrat.

Mit hektischen Augen blickte er sich um: „Optio, wo ist die junge Schiffsmannschaft?“, brüllte er lauthals.

Einer der Legionäre, der mit der fehlenden Augenbraue, trat einen Schritt vor. „Sie ruhen sich aus, mein Zenturio. Unter Deck!“

„Aha. Dann holt sie rauf auf das Deck. Ich möchte sie sehen und mit ihnen reden.“

Der angesprochene Optio trat auf den Bug zu, den Blick fest auf die geschlossene Luke gerichtet, in der Simon mit den vier Zeitenkriegern verschwunden war.

Nin-Si stockte der Atem. Dieser Römer durfte nicht unter Deck. Es war nicht auszudenken, was mit ihr und ihren Freunden geschehen würde, wenn er den leeren Schlafraum sah.

Schon kam der Legionär näher.

Blitzschnell fasste Nin-Si einen Entschluss.

„Bitte verzeih mir, was ich jetzt tun werde!“, bat sie den Jungen an ihrer Seite und zum Zeichen ihres Vertrauens in ihn legte sie eine ihrer Hände auf seine. Zum ersten Mal zuckte der Junge nicht bei einer Berührung zusammen. Er hob den Kopf und blickte Nin-Si fest in die Augen.

Nin-Si lächelte ihn an. „Ist das deine Art, mir zuzustimmen?“, fragte sie. „Dann danke ich dir.“

Sie drehte sich herum, hielt ihren rechten Handrücken vor den Mund und schloss die Augen, bevor sie sich mit aller Kraft in die Hand biss. Dann sprang sie von ihrem Platz auf, hechtete auf den Legionär zu und begann, wie wild zu schreien. Sie hoffte inständig, dass ihr verängstigter Freund ihre Geste richtig verstanden hatte und nun die Nerven behielt.

Simon kniete vor den Trümmern des Wohnhauses. Er hatte alles um sich herum vergessen. Die Kämpfe, die Flammen, die Schreie, all das existierte für ihn nicht mehr.

„Neferti!“

Wie von Sinnen grub er seine inzwischen rissigen und blutigen Hände in den Schutt und schaufelte Stein um Stein hervor. Den Schmerz in seinen Händen spürte er nicht. Die Schmerzen in seinem Herzen waren um ein Vielfaches größer.

„Simon …“

Tränen rannen ihm heiß die Wangen hinunter und tropften auf die Stelle, an der die Ägypterin in das Haus gegangen war. Seine Gedanken kreisten nur noch um sie: Neferti.

„Simon!“

Weder die Rufe seiner Freunde noch Salomons Hand auf seiner Schulter nahm er wahr. Simon grub und schaufelte, bis Salomon seinen Druck auf Simons Schulter verstärkte und ihn zur Seite zog. Erst jetzt wurde sich Simon seiner Lage wieder bewusst. Er blickte in die Gesichter seiner Freunde und erkannte darin eben denselben Schmerz, den er in seinem Inneren fühlte.

„Es ist zu spät." Salomon kamen die Worte kaum über die Lippen. „Du bräuchtest Tage, um diesen Berg an Schutt abzutragen. Tage!"

Moon nickte und seine Augen waren voller Trauer: „Wir können nichts mehr für sie … Neferti – sie ist …"

Schnell hob Simon eine Hand.

„Nein! Sag es nicht!", brüllte er – so laut, dass Moon vor ihm zurückwich. Simon fürchtete sich davor, das Wort zu hören. Wenn es erst einmal ausgesprochen war, dann würde auch alle Hoffnung in ihm sterben. So als könne allein der Klang dieses gefürchteten Wortes Nefertis Schicksal endgültig besiegeln.

Doch Simon wollte dieses kleine bisschen Hoffnung, das noch in ihm war, nicht verlieren. Er wollte nicht – nein, er konnte Neferti nicht aufgeben!

Noch nicht …

Mit einem Ruck entzog er sich Salomons freundschaftlichem Griff. Seine Hände fassten erneut und wie mechanisch Steine in dem Schutt. Dieses Mal jedoch war er sich der Schmerzen bewusst, die ihm von seinen verwundeten Händen aus bis tief ins Knochenmark fuhren.

Moon und Salomon ließen sich an seiner Seite nieder und packten wieder mit an.

„Wir werden sie finden", stieß Simon hervor. Doch das Schweigen seiner Freunde war deutlich genug: Sie konnten seine Hoffnungen nicht mehr teilen.

„Gebissen!", schrie Nin-Si so hysterisch, dass die Legionäre auf dem Schiff sich nach ihr umwandten.

Der Optio, der auf die Luke zuging, blieb abrupt stehen.

„Er hat mich gebissen!“, wiederholte Nin-Si in ihrer gespielten Hysterie, dann rannte sie auf den Optio zu und fiel ihm in die Arme. „In die Hand hat er mich gebissen!“ Sie brüllte wie eine Furie. „Dabei weiß man doch nie, welche Krankheiten diese Wilden in sich tragen!“

Diese letzten Worte ließen die Römer auf dem Schiff aufhorchen. Der Legionär, in dessen Arme sich Nin-Si geworfen hatte, stieß sie von sich und machte einen Schritt zurück.

„Krankheiten?“, brüllte der Zenturio vom Heck her.

Seinem Gesicht konnte Nin-Si ansehen, dass sie mit ihrer Lüge genau den wunden Punkt der Römer erwischt hatte. Sie fürchteten sich offenkundig ebenso heftig vor tückischen Krankheiten und Epidemien, wie es Nin-Sis Familie einige Tausend Jahre zuvor getan hatte.

Manche Dinge ändern sich wohl nie, dachte Nin-Si, bevor sie ihre Hysterie noch steigerte. Sie rannte jetzt kreuz und quer über das Deck und berührte in geheuchelter Hilflosigkeit die Legionäre an den Armen oder an den Händen.

„Oh, ihr müsst mir beistehen! Ich brauche Hilfe.“

Sie zog einen Legionär am Arm: „Bitte, könnt ihr mir nicht helfen?“

Doch der Legionär stieß sie nur panisch von sich.

Also rannte Nin-Si auf die andere Seite des Schiffsdecks, auf den nächsten Römer zu: „Ihr könnt mir aber doch bestimmt helfen, oder?“

Unruhe breitete sich jetzt unter den Legionären aus. Unsicher blickten sie sich um. Noch immer hatten sie auf Befehl ihres Zenturios die Stellung zu halten. Doch keinesfalls wollten sie mit diesem Mädchen in Berührung kommen und sich von ihren möglichen Krankheiten anstecken lassen: Sie war ja ohnehin schon kränklich und bleich!

Nin-Si jubelte innerlich: Ihr Plan ging auf! Die Luke und Nin-Sis Freunde waren erst einmal vergessen! Doch da ließ sie ein Ruf des Zenturios aufhorchen: „Schluss jetzt“, donnerte es über das Deck. „Legionäre: Sichern!“

Nin-Si blieb erschrocken stehen. Die Legionäre traten einen Schritt auf sie zu und hielten die Spitzen ihrer Speere nach vorn auf sie gerichtet.

Der Zenturio trat mit zufriedenem Gesicht auf sie zu.

„Nun wollen wir dem Ganzen doch endlich ein Ende setzen“, sagte er. Nin-Sis ängstlichen Blick schien er regelrecht zu genießen. Dann nickte er den Legionären zu und erteilte ihnen damit wortlos seinen Befehl.

Simon fiel erschöpft zu Boden. Er konnte die Haut seiner Hände unter all dem Blut kaum mehr sehen. Und dabei hatte er sich in dem Trümmerberg nicht einmal einen Meter weit durch den Schutt vorgekämpft.

Dies ist dein Grab, Neferti, dachte er nur, und in ihm machte sich die schmerzhafte Erkenntnis breit, dass all seine Hoffnungen vergebens gewesen waren. Die Ägypterin war unwiderruflich begraben. Unter all den Steinen, all dem Schutt.

Moon streckte ihm eine Hand entgegen. Er ergriff Simons Handgelenk und half ihm auf die Beine. Dann zog er ihn nahe an sich heran und nahm ihn in den Arm.

Sie sprachen kein Wort. Sie versuchten nicht, das Unaussprechliche in Sätze zu fassen.

Simon ließ sich von Moon auf die Straße führen, und mit einem letzten Blick auf das, was einmal ein karthagisches Haus gewesen war und nun Nefertis Grab geworden war, suchten sie sich ihren Weg zum Bysra-Hügel.

Simons Füße waren schwer wie Blei und er schritt nur mühsam und langsam voran. Er fühlte sich leer. Ihm war, als wäre ein Teil von ihm ebenfalls in den Trümmern des eingestürzten Hauses geblieben. Wenn er Neferti doch nur noch einmal hätte wiedersehen können! Nur, um sich zu verabschieden.

Er blieb stehen und blickte sich um. Einmal nur wollte er sie noch wiedersehen.

Es war Moon, der ein weiteres Mal die richtigen Worte fand: „Es gibt eine Zeit zu trauern und es gibt eine Zeit zu handeln", sagte er. „Es ist jetzt an der Zeit zu handeln. Oder möchtest du Basrar auch noch verlieren?"

„Nein!" Moons Worte weckten in Simon neuen Tatendrang. „Lass uns Basrar suchen!"

Die Orientierung in den Straßen Karthagos fiel ihnen nicht schwer, denn sie verliefen geradlinig und waren parallel zueinander angelegt, wie mit einem Lineal gezeichnet.

Immer wieder mussten Simon, Moon und Salomon kämpfenden Menschen ausweichen und sich hinter Bäumen und Büschen oder in zerstörten Häusern und Anlagen verstecken, doch schließlich hatten sie den Hügel erreicht.

Die Schlacht tobte hier schlimmer als in den Straßen nahe der Hafenanlage. Anscheinend hatten die Karthager die eigentliche Stadt bereits aufgegeben und verteidigten nun vor allem eines: den Tempel des Gottes Eschmun, das wichtigste Heiligtum der Stadt. Doch schon mit dem ersten Blick auf das Geschehen wurde den dreien klar, dass dies ein verzweifeltes Unterfangen war: Dies hier war einst eine belebte Straße gewesen. Die Häuser an den Berghängen waren jedoch mit noch größerer Wut zerstört worden als die Gebäude in der Ebene. Nur hier und da lagen noch einzelne Waren oder Werkzeuge herum – letzte Zeichen einer wunderbaren Zeit, als in diesem Stadtteil noch Händler und Handwerker ihren Berufen nachgegangen waren. Karthago war dem Ende nahe, und die Gesichter der verzweifelt um sich schlagenden Männer ließen erahnen, dass sie sich dessen bereits bewusst waren.

Plötzlich sah sich Moon suchend um. „Wo ist Salomon?", fragte er besorgt.

Aber da tauchte der Junge auch schon wieder neben ihnen auf: „Hier bin ich!" Er hielt Moon und Simon Kleidung entgegen. „Die habe ich in der Ruine dort gefunden."

Der Blick auf die Gewänder versetzte Simon einen Stich ins Herz. Für ein paar solcher Kleidungsstücke hatte Neferti ihr Leben gegeben.

Schnell liefen sie zu dem Haus, in den Schutz der Ruine. Ohne weiter darüber nachzudenken, warf Simon sich ein grünes Gewand über, das ihm bis zu den Knien reichte und das ihn in seiner Form an die römische Tunika erinnerte. Auch Moon und Salomon zogen sich ähnliche Gewänder an. So getarnt fielen sie sicher nicht mehr auf.

„Basrar hatte ja gesagt, er lebte unweit des Tempels", überlegte Moon noch einmal laut, während er sich die Indianerfeder aus den Haaren zog und unter seinem Gewand versteckte. Seine Hautfarbe machte ihn hier ohnehin verdächtig genug. „Lasst uns weiter vorgehen, zum Tempel hinauf!"

„Weiter zum Tempel?", rief Salomon entsetzt. „Ausgerechnet? Dort sind die Kämpfe am heftigsten."

Da hatte Simon eine Idee: „Stell dir vor, du wärst der Schattengreifer und suchst einen karthagischen Jungen", sagte er.

„Du willst ihn aus einer Situation herausholen, die so gefährlich ist, dass die eigene Mutter ihren liebsten Sohn freigibt. Wo würdest du ihn suchen?“

Salomon nickte. „Ja, ich verstehe, was du meinst. Natürlich im Zentrum des Geschehens. Am Brandherd sozusagen.“

„Genau. So denke ich auch. Und deshalb hat Moon recht: Wir müssen näher an den Tempel heran, und zwar schnell.“

„Dann los!“, im nächsten Moment sprang Salomon aus dem Versteck hervor, auf die Straße.

„Nein!“, schrie Simon noch, doch es war bereits zu spät. Salomon stieß im Laufen gegen einen römischen Legionär und fiel zu Boden. Schnell rappelte er sich wieder auf, doch schon hatte der Legionär ihn gepackt. Mit einer Hand hielt er den sich verzweifelt hin- und herwindenden Salomon, mit der anderen zog er sein blutverschmiertes Schwert hervor.

Simon war wie versteinert. Er konnte nicht klar denken und auch nicht mehr handeln.

Salomon ging es wohl ebenso. Voller Entsetzen und wie gelähmt blickte er dem Römer entgegen.

Der holte weit aus, stieß einen wütenden Schrei aus und ließ die Spitze des Schwertes auf Salomon herabfahren.

Immer enger schloss sich der Ring, den die Legionäre mit ihren Speerspitzen um Nin-Si bildeten. Gleichzeitig stellte sich eine Gruppe Legionäre vor den Aborigine und hielt ihn ebenfalls mit Speeren in Schach. Nin-Si versuchte verzweifelt, einen Blick auf den australischen Ureinwohner zu erhaschen, doch die Legionäre versperrten ihr die Sicht.

„Es reicht!“, bellte der Zenturio von seiner Position rüber, bevor er näher an seine Legionäre herantrat und sich an Nin-

Si wandte: „Nun, du kleine Unruhestifterin. Zeig mir mal die Hand, in die dich der Wilde gebissen hat."

Nin-Si streckte ihre rechte Hand in die Luft. Die Stelle, an der sie sich selbst verletzt hatte, war inzwischen dunkelrot verfärbt.

„Seht nur", schrie sie, und es fiel ihr nicht schwer, verängstigt zu wirken: Sie hatte Angst, wenn auch aus ganz anderen Gründen. „Das hat er mit mir gemacht!"

Der Zenturio zeigte sich beeindruckt: „Das sieht mir wirklich nach einem echten Problem aus", sagte er. „Ich hätte nicht wenig Lust, dich vorsorglich töten zu lassen und diesen Wilden ebenso, bevor ihr mir auch nur einen meiner Legionäre anstecken könnt."

Nin-Si starrte ihn entsetzt an.

„Doch ich habe Konsul Scipio sechs ungewöhnliche Schiffsleute versprochen, darunter eine hübsche Ägypterin, eine junge Orientalin und einen echten Wilden. Scipio hat großes Interesse gezeigt und wäre sicher enttäuscht, wenn er hier nur die Leichen der versprochenen Besatzung vorfinden würde. Also werde ich dich am Leben lassen. Und den Wilden auch. Erst einmal. Doch ich warne dich: Stiftet ihr auch nur ein einziges Mal eine solche Unruhe wie vorhin, dann werde ich meine Meinung ändern. Scipio hätte bestimmt Verständnis dafür."

Wieder nickte er den Legionären zu, dann ging er davon.

Die Speerspitzen zogen sich zurück und Nin-Si atmete erleichtert auf. Sofort drehte sie sich nach dem Aborigine um. Auch von ihm ließen die Legionäre nun ab und Nin-Si konnte ihn sich kurz genauer betrachten.

Der Junge saß zusammengekauert da, gegen die Schiffswand gepresst und den Kopf zwischen seinen Knien vergraben.

Nin-Si hätte sonst etwas dafür gegeben, auch in sein Gesicht sehen zu können. Doch dazu kam es nicht mehr. Ihre Aufmerksamkeit wurde bereits auf etwas anderes gelenkt, auf den Legionär, der nun wieder seinen kurzen Marsch in Richtung Luke fortgesetzt hatte, um die vermeintlich unter Deck Schlafenden heraufzuholen.

Nin-Si blieb fast das Herz stehen. Sie waren verloren, wenn der Römer in den Schiffsrumpf schaute! Sie sah sich nach dem Zenturio um, der sich gerade an dem Steuerrad des Seelensammlers zu schaffen machen wollte. Dann nahm sie all ihren Mut zusammen.

Lieber sterbe ich, als dass meinen Freunden etwas geschieht!, dachte sie nur noch und wandte sich mit blitzenden Augen den Legionären zu.

Salomon hielt die Augen geschlossen und machte sich darauf gefasst, das Gefühl des Sterbens kennenzulernen. Aus dem Augenwinkel heraus konnte er die silberne Spitze des Schwertes auf sich zurasen sehen.

Simon schrie in seinem Versteck auf und riss damit auch Moon aus seiner Erstarrung.

„Los!“, rief der Indianer und zerrte Simon am Arm aus dem Versteck.

Blitzschnell sprangen sie auf den Römer zu und stießen mit aller Wucht gegen seine Rüstung. Der Römer war so überrascht, dass er mit Salomon im Griff hintenüberfiel. Sein Schwert flog in hohem Bogen davon, in den verwüsteten Garten eines kleinen Wohnhauses.

Geschwind packte Simon seinen Freund am Arm und zog ihn mit sich. Die drei liefen, so schnell sie nur konnten.

Bis Salomon plötzlich stoppte. Seine Augen waren starr nach vorn gerichtet: Er stand mitten im Kampfgetümmel auf der Straße. Seine große, mächtige Gestalt fiel sofort auf. Sein weißer, kahler Schädel gleißte im Licht der brennenden Gebäude um ihn herum, die schwarzen Augen funkelten erwartungsvoll. Er war hier: der Schattengreifer!

Er redete auf eine verzweifelt weinende Frau ein, um die sich zwei Mädchen und ein Junge scharten: Die beiden kleinen Mädchen standen rechts und links von ihr und hatten wie zum Schutz jeweils einen Zipfel ihres Kleides ergriffen. Daneben stand der Junge, der wie gebannt das Gespräch der Frau mit dem Schattengreifer verfolgte: Basrar!

Irgendetwas an dieser Szene war unwirklich und grotesk. Es wirkte beinahe so, als sei die Zeit für diese Menschen dort stehen geblieben. Das Kampfgeschehen um sie herum schien sie nicht zu betreffen und die Kämpfenden in der Straße schienen keine Notiz von ihnen zu nehmen. Das alles hatte etwas derart Unrealistisches, dass es Simon mehr Angst machte als all die Menschen mit ihren Waffen um ihn herum.

Der Frau rannen die Tränen in Strömen über die Wangen. Doch sie nickte bereits und der Schattengreifer lächelte ihr zufrieden entgegen. Kein Zweifel: Sie stand kurz davor, ihm ihren Erstgeborenen zu überlassen.

Jetzt! Jetzt mussten Simon und seine Freunde handeln. Dies war der Moment, in dem der Schattengreifer noch keine Macht über Basrar hatte.

„Basrar!" Ohne weiter zu überlegen, rannte Simon auf seinen Freund zu. „Basrar!"

Weder der Karthager noch der Schattengreifer wandten sich zu Simon um, obwohl sie nur noch wenige Schritte trennten.

Plötzlich wurde Simon jäh gestoppt, die Faust eines karthagischen Kriegers sauste auf ihn zu und traf ihn mit solcher Heftigkeit an der Brust, dass er ächzend und nach Luft schnappend zu Boden ging.

Bevor Simon richtig zu sich kam, baute sich der Karthager über ihm auf und musterte den Jungen von oben bis unten. Vor allem Simons Kleidung schien ihn zu interessieren: die karthagische Toga und das T-Shirt, welches darunter hervorblitzte. Schließlich bückte er sich, packte Simon, riss ihn auf die Füße und zog ihn zu sich heran.

Aus den Augenwinkeln konnte Simon nur noch erkennen, wie Basrars Mutter die Hand ihres Sohnes in die Klaue des Schattengreifers legte.

Simon streckte die Hände nach ihnen aus, so als könne er seinen Freund doch noch greifen. Aber Basrar und der Schattengreifer hatten sich bereits umgewandt und machten sich auf den Weg.

„Nein! Basrar!"

Nin-Si war wild entschlossen, ihre Freunde zu schützen. Es galt, ihren Freunden mehr Zeit für die Rückkehr zu verschaffen.

Lieber sollten die Speere der römischen Soldaten sie durchbohren, als dass ihre Freunde in weitere Gefahr gerieten. Genau das würde jedoch geschehen, wenn die Legionäre den Schiffsrumpf verlassen vorfinden würden.

Sie richtete sich auf und hustete einem der Legionäre, der sie bewachte, direkt ins Gesicht. Der Schock, den sie den Soldaten mit ihrer erfundenen Krankheit versetzt hatte, saß immer noch tief. Der Legionär schreckte zusammen, ließ sein Pilum fallen und taumelte erschrocken zurück, wobei er sich mit beiden Händen das Gesicht rieb. Die Angst der Römer vor unbekannten Krankheiten schien einer wahren Panik zu gleichen.

Noch während der Legionär taumelnd zurücktrat und sich hysterisch das Gesicht rieb, rannte Nin-Si blitzschnell durch die entstandene Lücke zwischen den Soldaten hindurch. Im nächsten Moment war sie auch schon auf der Holzplanke angelangt, die hinüber zum Römerschiff führte. Aus den Augenwinkeln heraus bemerkte sie, dass die anderen Legionäre die Verfolgung aufnahmen: allen voran der Legionär, dem die Augenbraue fehlte.

Nin-Si rechnete jeden Moment damit, eingeholt und von einem Speer durchbohrt zu werden.

Sie beschleunigte ihr Tempo und raste die Planke hinunter.

Die ersten Legionäre der Quinquereme kamen schon vom anderen Ende der Holzplanke auf sie zugerannt, um ihr den Weg zu verstellen, als Nin-Si sich mit aller Kraft von der Holzplanke abstieß und weit neben dem Ende des Stegs mitten auf dem römischen Schiff landete.

Noch immer wurden keine Speere nach ihr geworfen. Noch immer hatten die Römer es nicht geschafft, sie einzuholen. In ihren schweren Rüstungen fiel es ihnen gewiss nicht leicht, ein geschicktes, wendiges Mädchen zu verfolgen.

Nin-Si rannte jetzt quer über das römische Schiff, wich wieselflink einigen Legionären aus, die sich ihr mit Pilum und Schild in den Weg stellten, und hechtete die Planke auf der anderen Seite wieder herunter.

Sie hatte das karthagische Hafengelände erreicht.

Nin-Si lachte. Noch vor wenigen Sekunden hätte sie nicht daran geglaubt, diesen Boden lebendig zu erreichen. Im Rennen drehte sie sich kurz um und stellte erleichtert fest, dass die

Legionäre des Zenturios es noch nicht einmal bis zur Quinquereme geschafft hatten. Gerade tauchte an der Bordwand der Narbengesichtige auf, wie Nin-Si ihn inzwischen getauft hatte.

Nin-Si warf einen letzten Blick zurück und atmete auf. Sie hatte es geschafft: Die Römer waren abgelenkt. Der Schiffsrumpf war vergessen! Es war ihr gelungen, ihren Freunden Zeit zu verschaffen.

Sie wandte sich wieder um und wollte weiterrennen, doch da prallte sie gegen eine harte Rüstung und fiel hintenüber. Ein Mann hatte sich ihr in den Weg gestellt. Wieder ein Römer, doch eindeutig kein Legionär. Auch kein Zenturio. Dieser Mann war höheren Ranges, das konnte Nin-Si sofort erkennen: Er trug keine Rüstung, sondern eine weiße, mit Goldspitzen versehene Toga. Seine Füße steckten in aufwendig gearbeiteten Sandalen. Nin-Si ließ ihren Blick zu seinem Gesicht hinaufwandern. Unter kurz geschnittenen, gelockten Haaren blickten ihr zwei hellwache Augen entgegen. Der Mund verzog sich zu einem spöttischen Grinsen.

„Nun, was habe ich mir denn hier gefangen?", grinste er. Grob packte er sie am Arm und zerrte sie auf die Füße.

Jetzt fanden sich auch die Legionäre ein, die Nin-Si verfolgt hatten.

Und auch der Zenturio und sein narbengesichtiger Optio näherten sich schnell mit roten Gesichtern.

Die Legionäre bildeten unverzüglich einen Halbkreis um das Mädchen und den Fremden, zückten wieder ihre Speere, und nun entdeckte Nin-Si auch den Soldatentrupp, der den Fremden eskortierte. Sogar ein Fahnenträger war unter ihnen. Kein Zweifel: Nin-Si hatte es hier mit einer hochgestellten Persönlichkeit zu tun.

„Seht mal, was ich im Hafen gefangen habe“, spottete der Fremde und hielt Nin-Sis Hand in die Höhe. „Und dabei habe ich nicht einmal ein Netz ausgeworfen, um diesen prächtigen Fisch einzuholen.“

Der Zenturio lachte gezwungen, wie auf Befehl.

„Verzeiht“, stieß er nach Atem ringend hervor. Er schien das Laufen nicht mehr gewöhnt zu sein. „Wir waren gerade dabei, sie wieder einzufangen. Sie ist uns für einen Moment entwischt.“

Nin-Si wunderte sich über den unterwürfigen Tonfall des Zenturios. Sein vorher herrisches Benehmen war einem untertänigen, ja schmeichelnden Tonfall gewichen.

Der Fremde war dem Zenturio an Rang offensichtlich sehr weit überlegen.

„Ja, für einen Moment entwischt“, lachte der Fremde spöttisch zurück. „Das habe ich beobachten können. Ich frage mich, wie lange dieser Moment wohl hätte dauern sollen. Und nun?“

Der Zenturio wies auf den Seelensammler. „Bitte, sei mein Gast!“

„Das hatte ich ohnehin im Sinn“, erwiderte der Fremde herablassend. „Doch meinen Fang nehme ich mit!“

Nin-Si zuckte zusammen.

Der Zenturio lächelte kriecherisch : „Sie war eh als Geschenk für dich gedacht!“

Jetzt verstand Nin-Si, wer sie so grob am Arm hielt, und es war ihr nicht wohl bei der Gewissheit, wem sie hier gegenüberstand, als der Zenturio ihre Ahnung bestätigte: „Sei mein Gast“, sagte er und verbeugte sich tief. „Sei mein Gast und sieh, was ich dir für ein Geschenk bereiten werde, mächtiger Scipio.“

Simon rang noch immer nach Atem. Er blickte zu dem Karthager auf. Vor ihm stand ein Hüne. Ein Riese. Er maß bestimmt an die zwei Meter, sein ganzer Körper war mit Muskeln bepackt.

Der Mann war gewiss ein erfahrener Kämpfer. Sein Hieb hatte Simon alle Luft genommen. Doch nicht nur das raubte ihm den Atem. Sie hatten so kurz vor dem Ziel gestanden und nun entfernte sich Basrar an der Seite des Schattengreifers von ihnen. Simon verlor jegliche Hoffnung, seinen Freund retten zu könnten. Doch nun hatten sie verloren, und er fürchtete auch diesen Karthager nicht mehr – diesen Menschen, von dem er wusste, dass seine Zeit gezählt war.

Simon war sich im Klaren, dass er einem Mann ins Gesicht sah, der kurz davorstand, alles zu verlieren: sein Leben, seine Stadt, seine Ehre. Nur noch wenige Stunden und alles, was diesem Menschen jemals heilig und wichtig gewesen war, wäre zerstört. Karthago würde schon sehr bald nicht mehr existieren und mit dieser Stadt würden auch ihre Bewohner untergehen. Seine unbändige Wut auf diesen Mann verschwand. Simon konnte nur noch Mitleid mit diesem Kämpfer empfinden.

Der Karthager stutzte. Er schien Simons Gedanken zu erahnen. In dem Gesicht des Jungen erkannte er wohl dessen Mitgefühl für diese Stadt und ihre Menschen. Langsam lockerte er den Griff um Simon und sah dem Jungen nachdenklich in die Augen, während sich seine Gesichtszüge entspannten. Der Hass, der ihn eben noch erfüllt hatte, schien verflogen. Er starrte Simon noch einen Moment lang an. Und als ob er sich auf einmal des Wahnsinns dieser ganzen Situation bewusst wurde, ließ er Simon plötzlich los.

Der Mann trat einen Schritt zurück, sah Simon noch einmal fest in die Augen, dann deutete er eine Verbeugung an, wandte sich um und ging davon. Er ließ Simon einfach stehen und machte sich auf seinen Weg.

Grübelnd. Innerlich erschüttert.

Simon blickte dem Mann verwundert nach.

Salomon gab ihm einen leichten Stoß: „Was war das denn?"

Doch ohne Simons Antwort abzuwarten, fuhr Moon dazwischen: „Schnell! Basrar! Der Schattengreifer! Wir können sie immer noch einholen!"

Wieder rannten sie die Straßen hinunter, wieder an unzähligen Kampfplätzen vorbei. Zweimal schon waren sie knapp dem Tode entkommen. Ein drittes Mal würden sie bestimmt nicht so viel Glück haben.

Menschen taumelten ihnen entgegen, Speere landeten zu ihren Füßen, brennende Pflöcke säumten ihren Weg. Den Freunden gelang es, wenn auch manchmal nur um Haaresbreite, allem auszuweichen, und schließlich entdeckten sie, was sie suchten: den Schattengreifer, mit Basrar an seiner Hand. Die beiden gingen bereits auf eines der Stadttore zu. Dorthin, wo sich nach Basrars Erzählung der Schattengreifer den Schatten des Karthagers genommen und sein Schicksal bedingungslos an das des Seelensammlers geknüpft hatte. Nur noch wenige Augenblicke und Basrar würde ihm gehören. Die Reise hierher, ihre Hatz durch diese untergehende Stadt und vor allem: Nefertis Opfer – alles wäre umsonst gewesen.

Nun vergaß Simon alle Vorsicht. Er rannte, er flog beinahe. Und dann hatte er sie eingeholt.

„Basrar!"

Der karthagische Junge blieb stehen und drehte sich zu Simon um. Das Gesicht tränenübererströmt und in den Augen die Angst vor dem Unbekannten, das ihn nun erwartete. Simon stutzte, als er Basrar so sah. Dies war nicht der starke Kämpfer, als den er seinen Freund bisher kennengelernt hatte. Hier stand ein Junge vor ihm, dem soeben aller Halt im Leben genommen worden war und der von seiner neuen Zukunft noch nichts kannte – nichts, bis auf diese gespenstische Gestalt, in deren knochigen Fingern seine Hand steckte.

„Basrar, ich bin's, Simon!"

Nun wandte sich auch der Schattengreifer nach ihm um. Seine schwarzen Augen funkelten ihm wütend entgegen. Simon machte sich darauf gefasst, den Zorn des Zauberers zu spüren zu bekommen, doch der Schattengreifer beobachtete erst einmal nur stumm die Szene.

„Simon?" Basrar dachte angestrengt nach. „Ich kenne keinen Simon."

Inzwischen hatten auch Moon und Salomon das Stadttor erreicht. Sie nickten dem Schattengreifer kurz zu: „Seid gegrüßt, Meister", dann wandten sie sich an Basrar. „Wir sind es!", riefen sie aus.

Basrar schüttelte nur den Kopf. „Wer seid ihr? Und was wollt ihr von mir?"

„Aber …"

Da erst begriff Simon. Basrar *konnte* sie gar nicht wiedererkennen! Sie waren sich ja noch nie zuvor begegnet. Hier, an der Stadtmauer, standen sie vor einem Basrar, der noch nichts wissen konnte von den Zeitenkriegern oder dem Seelensammler. Der noch nie die Magie des Schattengreifers erlebt hatte und der auch von Zeitreisen noch nichts ahnte.

Nur so war auch die passive Reaktion des Schattengreifers zu erklären. Er kannte seine Zeitenkrieger noch nicht. Moon und Salomon waren Fremde für ihn. Und Simon erst recht.

„Wir … ich …“ Dieses Wiedersehen hatte er sich ganz anders vorgestellt. Wie sollte er Basrar zu verstehen geben, in welcher Gefahr er sich befand?

Basrar sah die Freunde auf einmal misstrauisch an. „Wer seid ihr? Überläufer? Seid ihr etwa feige Numider? Habt ihr euch ebenfalls auf die Seite der Römer gestellt, nur weil alles auf einen Sieg für Scipio hindeutet?“ Sein Blick streifte Moon und wanderte dann zu den anderen beiden. „Wie Karthager seht ihr allesamt nicht aus. Geht. Ich habe mit euch nichts zu schaffen!“

Der Schattengreifer lächelte erneut, und Simon stellte staunend fest, dass er hier, in der Vergangenheit, genauso aussah wie in der Zukunft. Nichts an ihm hatte sich verändert. Es war ihm nicht anzusehen, dass er einige Tausend Jahre jünger war als bei ihrer Begegnung im 18. Jahrhundert, vor der australischen Küste.

„Basrar! Nein! Wir sind deine Freunde“, rief Salomon ihm zu, doch Basrar winkte ab. „Glaubt mir, ich kenne meine Freunde. Und ihr seht ihnen nicht ähnlich.“

Moon startete einen letzten Versuch: „Siehst du nicht, an wessen Hand du gehst?“

Jetzt horchte der Schattengreifer erneut auf und Moon wich unwillkürlich zurück. Ihm war deutlich anzusehen, wie sehr er den Zauberer fürchtete. Dennoch sagte er beinahe flehentlich: „Geh nicht mit ihm, Basrar! Du wirst es bereuen. Für eine lange Zeit. Für eine Ewigkeit!“

Basrar verzog das Gesicht. „Was redet ihr da für einen Unsinn?“

Doch der Schattengreifer schien allmählich zu verstehen, was hier vor sich ging. Grübelnd zog er seine blasse Stirn in Falten und ließ Basrars Hand los.

Das war für Simon der entscheidende Moment. Er sprang blitzschnell vor, packte Basrar am Arm und zog ihn mit sich.

„Komm, ich erkläre dir alles!"

„Was …?" Basrar wollte sich wehren, doch als er fragend zu dem Schattengreifer blickte, zuckte er erschrocken zurück: Das Gesicht des Schattengreifers war auf einmal voller Hass.

Das gab den Ausschlag: Entsetzt wendete sich Basrar ab und ließ sich endlich von Simon leiten. Dicht gefolgt von Moon und Salomon, rannten sie um eine Straßenecke, und Simon zerrte den Karthager in eine der Ruinen hinein.

Moon und Salomon folgten ihnen.

Plötzlich warf sich Basrar auf Simon und brachte ihn so zu Fall.

Simon, der mit diesem Angriff nicht gerechnet hatte, ließ widerstandslos zu, dass ihn der Karthager auf den Rücken warf und sich anschließend auf seinen Bauch setzte. Mit den Knien drückte Basrar Simons verwundete Hände auf den Boden, sodass Simon sich nicht mehr wehren konnte. „Und nun sag: Was willst du von mir?"

„Ich kann dir das nur schwer erklären", brachte Simon mühsam hervor. „Aber wir sind hier, um dich zu retten."

„Das sagtest du bereits. Doch wovor wollt ihr mich retten?"

Basrar verstärkte seinen Griff. Moon und Salomon wollten Simon zu Hilfe eilen, doch der hielt sie mit einer kappen Kopfbewegung davon ab.

„Der Mensch, mit dem du gehst …" Simon verbesserte sich. „Dieses Wesen, das dich aus deiner Familie …"

Sofort verstärkte Basrar seinen Druck auf Simon. „Woher weißt du von meiner Familie?"

Die Schmerzen in den Händen waren kaum noch auszuhalten. „Ich sage dir doch: Ich weiß mehr von dir, als du ahnst. Ich weiß, dass du nahe des Eschmun-Tempels lebst. Dass es euch in den letzten Jahren nicht gut ging. Dass du zwei Schwestern hast. Und dass ihr so verzweifelt seid, dass deine Mutter dein Leben diesem Mann versprochen hat, um dich zu retten. Wenigstens du, als Erstgeborener, solltest die Möglichkeit zur Flucht haben."

Endlich ließ Basrar von Simon ab. Er blickte ihm lange ins Gesicht, dann setzte er sich neben Simon auf den Boden des zerstörten Hauses.

„Woher weißt du das alles?"

Simon setzte sich auf. „Glaub mir, ich weiß noch viel mehr von dir." Er zeigte auf Moon und Salomon, die schweigend die Szene beobachteten. „Wir alle kennen dich vielleicht besser als du dich selbst. Doch das alles kann ich dir jetzt nicht erklären. Ich habe nur eine Bitte: Verlass diesen Menschen und gehe zurück zu deiner Familie!"

In Basrar arbeitete es. Es war ihm anzusehen, dass er nicht verstehen konnte, was hier um ihn herum vorging. „Aber ich möchte mit ihm gehen", stieß er zu Simons Überraschung hervor.

„Nein!", schaltete sich jetzt Moon ein und sah Basrar eindringlich an. „Das willst du nicht. Es ist sein Zauber, der dich das glauben lässt. Dieser Mensch weiß mit schwarzer Magie umzugehen. Er hat einen Zauber um dich gelegt, damit du ihm folgst. Du musst dagegen ankämpfen."

„Ankämpfen?"

„Geh zurück zu deiner Familie. Wende dem Schattengreifer den Rücken zu."

Basrar zögerte, ließ Simon aber frei.

„Geh jetzt!", forderte Salomon seinen Freund auf, der nichts von der Gefahr ahnte. „Je länger du wartest, desto stärker wird seine Macht über dich. Geh!"

„Aber wo soll ich denn hin?", fragte Basrar hilflos. „Diese Stadt wird untergehen. Du siehst es doch selbst. Die Römer haben den Tempel beinahe erreicht. Sie haben die ganze Stadt für sich eingenommen. Wo soll ich denn hin mit meiner Familie?"

Simon stockte. Daran hatte er noch gar nicht gedacht. Ihm war nur wichtig gewesen, Basrar vor dem Schattengreifer zu retten. Doch in welch gefährliche Lage brachte er ihn damit! Was konnte Basrar denn schon erwarten, hier, in dieser Stadt? Schickte Simon ihn nicht in den sicheren Tod?

Da fielen ihm die Worte des Zenturios wieder ein, die er auf dem Deck des Seelensammlers gesagt hatte: „Wer es bis heute Nacht nicht aus der Stadt schafft, der wird die Faust des römischen Imperiums zu spüren bekommen. Und es wird das Letzte sein, was er zu spüren bekommt!"

„Du musst aus der Stadt flüchten, Basrar", sagte Simon schnell. „Du musst deine Familie von hier fortbringen. Die Römer werden jeden, der morgen …"

„Die Römer?" In Basrars Augen flackerte sofort wieder Misstrauen auf. „Woher weißt du von den Plänen der Römer? Bist du etwa doch ein Überläufer?"

Simon war allmählich dem Verzweifeln nahe. „Sieh mir in die Augen", forderte er seinen Freund auf. „Sieh hinein und sag mir, was du siehst. Ich stehe hier als Freund vor dir. Und auch wenn dir alles unglaublich vorkommen muss, was ich dir erzähle, so bin ich doch die einzige Hoffnung, die du hast. Hör auf mich: Geh zurück zu deiner Familie!“

Lange blickte Basrar Simon an. Dann wandte er sich Moon und Salomon zu. Schließlich kehrte er um und ging durch die Trümmer aus der Ruine heraus.

„Wo willst du hin?“, riefen ihm Simon und die anderen beiden hinterher.

„Ich folge meinem Schicksal“, war die knappe Antwort, und mit Schrecken sahen die drei, wie Basrar sich auf der Straße nach rechts wandte: Er ging zurück, in die Richtung, aus der sie gekommen waren. Zum Stadttor hin, dem Schattengreifer direkt entgegen.

Völlig erschöpft traten nun auch Simon, Moon und Salomon aus der Ruine.

„Wenigstens haben wir es versucht“, sagte Moon. Aber auch er wirkte niedergeschlagen und Salomon fügte bitter hinzu: „Der Zauber des Schattengreifers ist zu mächtig. Dagegen sind wir machtlos. Alles war umsonst. Wir sollten auf das Schiff zurückkehren.“

Entmutigt nahmen sie den Weg, den Basrar gegangen war. Sie bogen um die Ecke und sahen den Schattengreifer: Lachend stand er am Stadttor und blickte Basrar an, der ihm entgegenkam.

Simon hätte aufschreien können vor Wut, und er spürte, dass es seinen beiden Freunden ebenso erging.

Doch plötzlich bog Basrar an der nächste Straßenecke ab und entfernte sich von dem überraschten Schattengreifer.

Dieser begriff sofort.

Er machte keinen Versuch, Basrar zurückzugewinnen. Er hatte verstanden, dass er besiegt worden war, und warf Simon und seinen Freunden noch einen letzten, so finsteren Blick zu, dass es ihnen vor Schreck kalt den Rücken herunterlief. Dann ging er langsam durch das Stadttor hindurch. Eine Krähe, die bisher geduldig auf den Resten einer Säule gesessen hatte, folgte ihm und ließ sich auf seinem ausgestreckten Arm nieder.

Simon, Moon und Salomon rannten auch um die Straßenecke. Schnell hatten sie Basrar eingeholt.

„Ich hab euch in die Augen gesehen, so wie ihr es wolltet", sagte Basrar unvermittelt, ohne sich nach den dreien umzudrehen. „Und ich erkannte starke Gefühle darin. Gefühle echter Freundschaft und Sorge." Nun wandte er sich Simon zu: „Noch nie habe ich mich jemandem so nahe gefühlt wie dir in dem Moment, als du mich aufgefordert hattest, dich anzusehen. Deshalb gehe ich den Weg, den du mir aufgezeigt hast, und ich hoffe, dass mein Eindruck mich nicht trügt und du mir keine Falle gestellt hast." Sein Blick wanderte zu den beiden anderen. „Ich danke euch. Vielleicht kann ich meine Familie doch noch vor dem Untergang bewahren. Ich werde tun, was ihr mir geraten habt, und mit meiner Mutter und meinen Schwestern noch heute aus der Stadt fliehen. Unser Gott Eschmun hat uns gezeigt, dass jedem Sterben ein Erwachen folgt." Er blickte sich in den Straßen um, die ihm einstmals so vertraut waren. „Sollte diese Stadt sterben, so gibt es für uns vielleicht ein neues Leben. An einem anderen Ort. Du hast mir die Hoffnung dazu geschenkt, Simon. Und dafür danke ich dir. Ich danke euch allen dreien für euren Mut, mich in diesem Krieg aufzusuchen."

Er wandte sich schon zum Gehen um. „Werde ich euch wiedersehen?"

Simon schüttelte den Kopf. „Wir werden dich in bester Erinnerung behalten, Basrar."

„Ich werde mit meinen Gedanken ebenfalls immer bei euch sein. Ich habe euch wohl vieles zu verdanken", entgegnete Basrar und mit einem breiten Lächeln setzte er ein leises „Freunde!" hinterher.

Moon trat dicht an ihn heran und legte ihm beide Hände auf die Schultern. „Olakolkiciyapi", flüsterte er und erklärte sanft: „Freundschaft und Frieden für dich!"

Basrar ließ diese Worte noch kurz in seinem Inneren nachklingen, dann rannte er los. Zurück zu seiner Familie.

Simon, Moon und Salomon sahen ihm nach, bis er ihren Blicken entschwunden war.

„Er wirkte glücklich", sagte Salomon schließlich. „Glücklicher, als ich ihn je auf dem Seelensammler gesehen habe."

Moon war der Erste, der die nachdenkliche Stille zwischen den dreien durchbrach: „Die Sonne geht bald unter. Wir sollten uns auf den Weg zurück zum Schiff machen."

Salomon nickte, doch Simon zögerte: „Ich hätte eine Bitte. Seht euch um, die Kämpfe in den Straßen haben nachgelassen. Die Schlacht um Karthago wird wohl am Tempel entschieden. Ich bitte euch, mit mir noch einmal den Weg zu gehen, den wir gekommen sind. Ich möchte an dem Haus vorbei, unter dem Neferti liegt. Ich kann Karthago nicht verlassen, ohne mich von ihr zu verabschieden."

Moon lächelte wehmütig und er nickte zustimmend. „Ja, das ist ein guter Gedanke.

Zu dritt liefen sie wieder zurück und erreichten die Straße, aus der sie gekommen waren.

Simon fand sich in diesem Straßennetz erstaunlich schnell zurecht, und so brauchten sie nicht lange, bis sie die Ruine erreicht hatten.

Beim Anblick der Trümmer, unter denen ihre Freundin lag, schnürte es ihnen allen die Kehle zu. Es war einfach schrecklich, hier zu stehen, an dem Ort, an dem die Katastrophe stattgefunden hatte.

Schweigend stellten sie sich vor die Trümmer des Gebäudes. Jeder dachte an Neferti, daran, was sie gemeinsam erlebt und worüber sie miteinander gesprochen hatten.

Simon kam auf einmal ihre erste Begegnung in den Sinn. Es schien ihm, als ob seither Jahre vergangen waren. Jahre zwischen dem Augenblick hier und dem Augenblick an der Reling des Seelensammlers, als Neferti ihre Hand auf die seine gelegt hatte, um ihm die Angst vor all dem Neuen und Fremden zu nehmen.

„Mach es gut, Neferti", flüsterte er.

Moon begann, leise in seiner Sprache zu reden. Es klang wie ein Gebet. Ein Gebet in seiner Lakota-Sprache. Worte, die Simon und Salomon nicht verstehen konnten, die aber trotzdem starke Gefühle in ihnen weckten: Trauer und Schmerz, aber auch Sehnsucht und Hoffnung.

Mit dem letzten Wort des Indianers beendeten sie ihren Besuch. Wortlos traten sie den Weg zurück zum Seelensammler an.

Doch plötzlich hielt Simon inne: „Habt ihr das gehört?"

„Was?"

„Mir war, als ob …" Er zuckte zusammen. „Da, schon wieder. Es klingt, als würde …"

Hastig rannte er zurück zur Ruine. Moon und Salomon folgten ihm verständnislos. „Was hast du denn?"

Simon legte eine Hand an die Lippen und bedeutete seinen Freunden zu schweigen. Und in diesem Moment vernahmen sie es alle drei: „Hilfe!"

Es war tatsächlich Nefertis Stimme! Leise. Schwach. Aber doch ganz eindeutig ihre Stimme.

Die Freunde hasteten an den Schutt und begannen erneut zu graben. Simon kümmerte sich nicht um seine wunden Hände. Wichtig war nur, ihre Stimme gehört zu haben.

Neferti war am Leben! Am Leben! Er hätte bis zum nächsten Morgen mit bloßen Händen gegraben, nur um sie wiederzusehen, doch das war nicht nötig. Schon nach einiger Zeit schaute Nefertis Hand aus den Trümmern heraus und sofort griff Simon danach.

„Neferti, wir sind hier. Wir retten dich! Halte aus!"

Sie konnten Nefertis Antwort nicht verstehen. Die Ägypterin schien sehr schwach zu sein. Ihre Stimme drang nicht mehr bis an die Ohren der Retter.

Nun räumten sie das Geröll vorsichtiger beiseite, allmählich wurde ihre Gestalt unter den Steinen sichtbar, und endlich konnten sie das Mädchen aus ihrem Gefängnis befreien: Neferti lag unter einem großen Steinbrocken, der sich aus dem Dach gelöst hatte. Dieser hatte einen Schild über Neferti gebildet und ihr auf diese Weise Schutz vor weiteren herabfallenden Steinen geboten.

„Ein Wunder!", brachte Simon fassungslos hervor, doch Neferti wehrte mit einem schwachen Lächeln ab.

„Sieben Leben", hauchte sie. „Ich bin Neferti, die Katze. Das müsstest du doch inzwischen wissen."

Simon stiegen Tränen der Freude in die Augen. „Wir dachten, du bist tot, aber du liegst hier herum und machst noch deine Scherze! Komm, wir bringen dich zurück zum Schiff!"

„Moment!" Neferti hob die Hand. „Sagt mir erst, ob ihr Basrar gefunden habt."

„Er ist gerettet", sagte Simon beruhigend und ihre Miene hellte sich auf. „Noch heute wird er mit seiner Familie flüchten und ein neues Leben beginnen."

Moon und Simon halfen Neferti auf die Beine und griffen ihr stützend unter die Achseln, während Salomon vorausging und ihnen den Weg sicherte. Doch die Kämpfe um die Stadt fanden inzwischen ausschließlich auf dem Hügel statt. Die Karthager bündelte jetzt all ihre Kräfte, um wenigstens noch das Heiligtum des Gottes Eschmun gegen die Römer zu verteidigen. Die Straßen waren nun sehr viel ruhiger und so kam die ungewöhnliche Gruppe gut voran.

„Berührt das Mädchen besser nicht", warnte der Zenturio. „Möglicherweise trägt sie eine ansteckende Krankheit in sich."

Wieder erntete er von Scipio nur ein spöttisches Lächeln für seine Worte. „Oh, ich habe die Auswirkungen der Krankheit, von der du sprichst, mit eigenen Augen am Hafen beobachten können: Sie lässt erwachsene Männer wie die Hühner laufen und kräftige Legionäre wie ein Rudel Verrückter aussehen."

Der Zenturio knirschte vor Wut mit den Zähnen. Er mochte es gar nicht, wenn man so mit ihm sprach. Er war es nicht gewohnt, verspottet zu werden. War er doch gewöhnlich derjenige, der seinen Spott verteilte!

Doch er verbarg seinen Zorn und sagte demütig: „Wie du meinst, mein Konsul. Dennoch rate ich zur Vorsicht."

Zusammen mit Nin-Si hatten sie sich wieder auf das Deck des Seelensammlers begeben. Scipio musterte alles mit höchstem Interesse. Er wusste ja bereits, dass ihm dieses außergewöhnliche Schiff zum Geschenk gemacht werden sollte, und so inspizierte er mit Freude jeden Zentimeter. Er ließ auch keinen

Zweifel daran, dass Nin-Si und der Aborigine ebenfalls in seinen Besitz kommen würden. Und so wie er eben das Schiff betrachtet und dessen Wert für sich abgeschätzt hatte, machte er es nun mit den beiden.

Er musterte sie zufrieden: Vor allem der australische Junge hatte es Scipio angetan. Mit einer Art kindlicher Bewunderung hatte er sich dem Aborigine genähert, ohne ihn jedoch anzurühren. Man sah ihm an, wie gern er den Kopf des Jungen angefasst und gedreht hätte, um nur einmal einen Blick auf dessen Gesicht zu werfen. Doch der Aborigine blieb stur in seiner zusammengekauerten Haltung sitzen und behielt den Kopf zwischen seinen Knien versteckt.

Nin-Si machte sich deswegen große Sorgen um den Zustand des Australiers und hätte ihm zu gern ein aufmunterndes Lächeln geschenkt. Aber das war unmöglich: Sie stand auf den Planken und wurde von zwei Legionären Scipios mit solcher Kraft an den Handgelenken festgehalten, dass für sie an eine Flucht nicht mehr zu denken war.

Es dauerte schier endlos, bis Scipio sich ein umfassendes Bild von seinem Geschenk gemacht hatte. Vergnügt betrachtete er jedes Detail des Schiffes. Der Seelensammler hatte es ihm sichtlich angetan.

Währenddessen standen seine Legionäre und die des Zenturios untätig auf Deck und verfolgten aufmerksam jede Bewegung des Konsuls. Besonders dem Zenturio setzte diese quälende Warterei zu, und Nin-Si vermutete, dass der Konsul ihn mit seiner Ruhe absichtlich reizen wollte.

Ihr war das alles nur recht. So langeScipio über das Deck flanierte, dachte niemand an ihre Freunde. Jede Sekunde, die Scipio das Schiff betrachtete, verschaffte den Zeitenkriegern und

Simon Zeit, die sie benötigten, um Basrar zu finden und unbemerkt wieder auf das Schiff zurückzukehren.

Doch schließlich beendete Scipio seinen Rundgang.

„Du hast mir eine größere Schiffsmannschaft versprochen“, raunte er dem Zenturio zu. „War nicht von insgesamt sechs Leuten die Rede? Und vor allem …“, auf seinem Gesicht breitete sich ein Lächeln aus, „… sagtest du nicht etwas von einer Ägypterin? Du weißt, dass ich gerade ägyptische Frauen sehr schätze.“

Nin-Si drehte es bei diesen Worten den Magen um und angewidert wandte sie den Blick wieder ab.

„Ich habe sie dir versprochen, diese ungewöhnliche Schiffsmannschaft“, antwortete der Zenturio unterwürfig und gehorsam. „Und du sollst sie auch haben, alle sechs. Mitsamt der Ägypterin.“

Er nickte dem Narbengesichtigen zu, der daraufhin zum dritten Mal an diesem Tag zu der Luke am Heck schritt, um sie zu öffnen. Dieses Mal jedoch gab es keinen Zwischenfall. Nin-Si suchte fieberhaft nach einer Möglichkeit, ihn noch einmal abzulenken, doch sie war machtlos angesichts all der Legionäre.

Atemlos blickte sie dem Optio nach, der sich jetzt auf das Deck kniete und schließlich die Luke öffnete.

Das grelle Licht traf Simon so unerwartet, dass es schmerzte. Schützend hielt er die Hand vor die Augen und wandte sich von dem Licht ab.

„Wer kommt da?“, flüsterte Salomon, der dicht hinter Simon stand. „Wer ist das?“

Simon kniff die Augen zusammen und zog die Hand zurück.

Kurz nachdem sie Neferti gefunden hatten, waren sie wieder zum Hafen gelaufen und zurückgeschwommen. Gerade eben erst hatten sie sich durch die geheime Luke gezwängt und waren zurück ins Schiff geklettert.

Simon hatte immer noch Probleme, etwas zu erkennen. Dann gewöhnten sich seine Augen langsam an das Licht und er nahm erste Details war.

Jemand kam die Treppe herunter – daher das Licht! Als er die letzte Stufe erreicht hatte, waren Simons Augen wieder an das helle Tageslicht gewöhnt, und er konnte das Gesicht des Mannes erkennen: Eine tiefe Narbe zog sich quer über das linke Auge, begann dort, wo sich sonst die Augenbraue befand.

Verwundert blickte der Römer die vier der Reihe nach an. „Warum seid ihr alle so nass?“, fragte er schließlich

Simon blickte an sich herunter. Die Kleidung klebte ihm triefend am Körper: sein Shirt und seine Hose und darüber die Toga, die er noch immer trug. Und seine Freunde sahen nicht anders aus.

„Wie seht ihr denn nur alle aus?“ Der Römer suchte fieberhaft nach einer Erklärung für das, was hier anscheinend ohne sein Wissen vorgegangen war. „Was ist mit deinen Händen passiert?“, fragte er Simon, bevor er auf Neferti wies. „Und wieso bist du verletzt, Ägypterin?“

Schließlich wurde er auf Moon aufmerksam. „Und was ist mit ihm?“

Der Indianer lag auf dem Boden des Schiffsrumpfes, mit dem Gesicht zur Bordwand. Er zitterte und bebte. Und immer wieder stieß er ein Stöhnen aus.

„Es geht ihm nicht gut“, versuchte Simon zu erklären. „Er hat sich …“

Dem Römer fuhr der Schreck in alle Glieder. „Er hat sich angesteckt? Ist es das, was du sagen willst? Angesteckt?"

Nein, das war es ganz bestimmt nicht, was Simon sagen wollte. Aber wenn dieser Gedanke den Römer so sehr aus der Bahn warf, nahm Simon diese Idee gern auf. „Ja", log er schnell. „Angesteckt. Das wollte ich sagen."

„Und deine Wunden?", hakte der Römer weiter nach. „Alles …"

„… durch Ansteckung."

Simon fand beinahe Spaß daran, diesen Legionär anzulügen. Auch wenn er nicht ganz verstand, worum es eigentlich ging, und nicht begriff, warum der Soldat auf einmal solche Angst vor Krankheiten hatte. Doch egal, was hier vorging: Mit jedem einzelnen Wort Simons schien die Angst des Legionärs zu wachsen.

Also nickte Simon nun in Richtung Neferti: „Ihre Verletzungen kommen übrigens auch alle daher", behauptete er. „Wir haben uns alle … angesteckt."

„Dieses verfluchte Schiff!" Dem Römer war es jetzt endgültig zu viel. „Verfluchte Mannschaft! Raus hier!", brüllte er. Doch dann wurde ihm klar, dass er mit jedem Atemzug Gefahr lief, sich ebenfalls anzustecken, welche Krankheit auch immer sich in der Luft dieses Schiffsrumpfes befand, und er senkte schnell die Stimme: „Auf Deck. Ihr werdet erwartet. Und dass mich keiner von euch anrührt. Ihr verfluchte Bande!"

Hastig stolperte er die Treppe hinauf. Neferti, Simon und Salomon folgten ihm. Nur Moon blieb an der Bordwand liegen.

„Wir werden erwartet?", flüsterte Salomon seinen Freunden zu. „Was hat das zu bedeuten?"

Simon zog ratlos die Schultern in die Höhe, und auch Neferti schüttelte den Kopf zum Zeichen, dass sie nicht verstand. Sie hatte ohnehin Mühe, dem Geschehen zu folgen. Ihr ganzer Körper war geschwächt. Vor allem der Tauchgang vom karthagischen Hafen zum Seelensammler hatte ihr schwer zugesetzt. Salomon und Simon hatten sie an den Armen durch das Wasser gezogen, doch beinahe hätte sie nicht durchgehalten. Was sie nun eigentlich brauchte, waren einige Tage Ruhe, viel Schlaf und ärztliche Behandlung. Doch Ruhe sollte ihnen allen nicht vergönnt sein.

Simon schaute noch einmal zu Moons zitterndem Körper, dann ertönte wieder die Stimme des Legionärs: „Macht schon, ihr Bande. Ihr verfluchte Bande!"

Simon warf seinen Freunden einen besorgten Blick zu, und gemeinsam kletterten sie über die Treppe nach oben, wo sie sofort unter den Armen gepackt und nebeneinander aufgestellt wurden.

Hektisch suchte Simon das gesamte Deck ab und versuchte, sich ein Bild von der Lage zu machen. Zunächst sah er nur römische Uniformen. Es waren jetzt noch mehr als vor ihrem Ausflug nach Karthago!

Endlich entdeckte Simon, wonach er suchte: Nin-Si stand am Heck, vor der Kajüte, und wurde von zwei Legionären flankiert, die sie fest im Griff hielten.

Sie lächelte Simon aufmunternd zu und er blickte erleichtert zurück. Er war froh, sie unversehrt anzutreffen. Das Mädchen legte den Kopf leicht zur Seite, gerade so, als wollte sie sich für das, was hier geschehen war, entschuldigen.

Simon versuchte zu verstehen, was hier geschah. Warum waren noch mehr Legionäre auf dem Schiff als zuvor? Warum hielten sie Nin-Si gefangen? Und was sollte dieses Gerede des Römers über ansteckende Krankheiten?

Mit wachsender Sorge sah Simon sich auf dem Schiff um. Wo war der Australier? Und was hatten sie mit dem Aborigine gemacht?

Er drehte sich zum Bug hin, dorthin, wo der Aborigine gesessen hatte, als Simon mit seinen Freunden heimlich vom Schiff geflüchtet war. Doch gleich fünf Legionäre versperrten ihm die Sicht.

Eine ungewöhnlich laute Stimme ließ Simon aufhorchen. Er blickte wieder zu den Legionären in der Schiffsmitte und sah den Zenturio auf sich zukommen, den er schon kannte, und neben ihm einen fremden Römer in einer prachtvollen Toga, der mit dem Zenturio sprach: „Das also ist die außergewöhnliche Mannschaft, die du mir versprochen hast?"

Versprochen?, dachte Simon verwundert.

„Das ist dein Geschenk an mich?" Der Fremde lachte spöttisch. „Gerade mal eine Handvoll nasser, junger Rekruten? Schau sie dir an, Zenturio, sie sind ja alle so geschwächt, dass ich sie stützen lassen muss. Wie soll mir bitte eine Schiffsmannschaft dienen, der ich erst einen Balken zur Stabilisierung an den Rücken binden muss, ähnlich einer Pflanze, die beginnt, vor sich hin zu welken?"

Auf der Stirn des Zenturios zeigten sich dicke Schweißperlen. Er war sichtlich nervös. Er verneigte sich tief vor dem Fremden und setzte zu einer Antwort an, doch der Befehlshaber winkte gelangweilt ab und brachte den Zenturio schon zum Schweigen, noch bevor dieser auch nur einen Ton gesagt hatte.

Jetzt hatte der Fremde Neferti entdeckt und ging schnurstracks auf sie zu. „Ah, das ist wohl die Ägypterin", rief er freudig aus. Er streckte einen Arm vor, um sie zu berühren, als Optio ihm zuvorkam.

„Berühr sie nicht, mein Herr!", bat er nachdrücklich. „Sieh sie dir an. Auch sie wurde ganz offensichtlich von dieser heimtückischen Krankheit befallen. Sie alle scheinen daran zu leiden. Im Rumpf dieses Schiffes liegt ein Junge, der sich vor Schmerzen krümmt. Sie alle haben sich angesteckt an dieser Krankheit, die durch den Wilden …"

Daraufhin wurde er ebenfalls mit einem Wink zum Schweigen gebracht. „Ich habe dir vorhin bereits gesagt, was ich über diese Krankheit denke", gab der Konsul zur Antwort, doch er klang nicht überzeugt.

Der Legionär zog sich zurück. „Wie du meinst, Konsul Scipio."

Simon schreckte auf, als er den Namen des Fremden hörte. Das also war Scipio: der Mann, der den Befehl Roms ausführte, Karthago zu zerstören. Er war verantwortlich für all das Leid und das Sterben dieser untergehenden Stadt. Hier stand er und machte seine Scherze, während nur wenige Meter von ihm entfernt, auf dem Hügel der Stadt, Menschen verzweifelt versuchten, ihr Leben, ihre Heimat zu verteidigen. Simon hätte ihm ins Gesicht spucken können.

Scipio trat noch näher an Neferti heran. Allerdings hatte er seine Hand zurückgezogen und vermied es, sie zu berühren.

„Du hattest mir doch eine Ägypterin versprochen", fuhr er den Zenturio an. „Aber sieh selbst: Dies ist nur noch der Schatten einer Ägypterin. Dieses Mädchen ist mehr tot als lebendig. Einen Stoß in die Rippen und sie fällt mir leblos um." Jetzt drehte er sich auf dem Absatz zu dem Zenturio um und funkelte ihn aus wütenden Augen an. „Verstehe ich das richtig?

Ich verlasse meinen Posten an dem Tag meines wohl größten Triumphes, nur weil du mir ein Geschenk von unschätzbarem Wert versprochen hast? Ich drehe der Stadt, die noch in dieser Nacht mein sein wird, den Rücken, bloß um von dir eine Gruppe Halbtoter ausgeliefert zu bekommen? Ich komme Senator Catos Wunsch, Karthago brennen zu lassen, noch nicht nach, weil du mich hierher beorderst: nur um mir diesen Kübel voller Krankheiten zu überreichen? Verstehe ich das alles richtig?"

Dem Zenturio lief der Schweiß inzwischen in Strömen die Stirn hinunter. Er setzte zu einer Antwort an, doch Scipio hatte seine Rede noch nicht beendet: „Ich verlasse also meinen Posten auf dein Geheiß, um mich einmal abzulenken von all dem ... dem ..."

Seine Stimme wurde auf einmal leiser, ein beinahe wehmütiger Ausdruck huschte über sein Gesicht, als er fortfuhr: „... von diesem Sterben. All diesem ... Hier zerstören wir eine Stadt von Menschen, die einst unsere Freunde waren. Lange, lange, bevor ..." Er senkte den Kopf.

Simon war überrascht. Er hätte alles von diesem gefürchteten Feldherrn erwartet, doch niemals dieses: Zweifel an seinem eigenen Tun. Hier stand er, Roms gnadenloser Konsul, und sprach so schwermütig, fast zweifelnd, über seinen Auftrag ...

Doch dieser Moment war schnell vorbei. Schon hatte sich Scipio gefangen und mit scharfer Stimme fuhr er den Zenturio an: „So versuche ich mich also für einen Augenblick abzulenken von all dem Sterben, doch was bietest du mir? Weiteres Elend. Kranke, halb verfallene Menschen."

Wieder verneigte sich der Zenturio tief vor seinem Konsul. Er schien regelrecht in seiner Rüstung zu schrumpfen. Mit gesenktem Kopf versuchte er, die Situation zu retten: „Vergiss diese Mannschaft, oh mein Gebieter. Wirf sie einfach über Bord. Gib sie den Fischen zu fressen. Sie sind eure Aufmerksamkeit nicht wert. Doch lasst euren Blick noch einmal über dieses wunderbare und ungewöhnliche Schiff schweifen. Habt ihr je schon einmal etwas Vergleichbares gesehen? Nehmt dieses Schiff als mein Geschenk und übergebt diese kranke Brut Neptun, unserem Meeresgott."

Scipio dachte nach. Sein Blick wanderte abschätzend über die Masten, die Kajüte und das Deck des Seelensammlers und blieb schließlich auf Simon, Moon und Neferti ruhen.

„Das ist das erste vernünftige Wort, das ich heute von dir zu hören bekomme", verkündete er zufrieden. „Futter für die Fische, Flammen für die Karthager und ein Geschenk für Scipio. Das gefällt mir."

Er schnippte in Richtung der Legionäre, die Nin-Si gefangen hielten. „Bringt mir das Mädchen hierher und fesselt sie an Händen und Füßen!"

Nin-Si wurde zu ihren Freunden geschleift, dicht an Simons Seite.

„Was ist mit Moon?", raunte sie ihm rasch zu.

„Erkläre ich dir später", erwiderte Simon knapp, doch mit Blick auf all die Legionäre um sie herum fügte er noch ein unsicheres „Vielleicht" hinzu.

„Zenturio, du hast mich nicht enttäuscht", dröhnte wieder die Stimme des Konsuls über das Schiff. „Ich nehme dieses Schiff als dein Geschenk an und es wird dir nicht zum Nachteil gereichen. Doch den unnötigen Ballast werft ab. Diese jämmerliche Mannschaft soll den Toten auf dem Meeresgrund Gesellschaft leisten. Auch wenn es mir wirklich das Herz bricht, eine Ägypterin auf diese Art zu verlieren." Noch einmal baute er sich vor Neferti auf. „Schade um dich, mein Kind. Du wärst der Schmuckstein meiner Kriegsbeute geworden."

Damit wandte er sich ab. Er trat auf die Holzplanke zu und setzte bereits einen Fuß darauf, bevor er verkündete: „Vergesst nicht den sechsten der Mannschaft – den, der im Rumpf des Schiffes vor sich hin leidet, wie du mir sagtest. Bringt ihn nach oben. Und wenn er tot ist, werft ihn, wie seine Freunde, einfach über Bord. Sollte er aber noch leben, so schlitzt ihm den Bauch auf und werft ihn dann erst über Bord. Sein Blut wird die Fische anlocken. Und nun entschuldigt mich, eine ganze Stadt wartet darauf, von mir erobert zu werden." Und damit trat er auf die Planke und zog, ohne ein weiteres Wort, davon. Seine Legionäre begleiteten ihn.

Der Zenturio hatte sich inzwischen wieder aufgebläht in seiner Rüstung. Die anfängliche Schmach hatte sich für ihn zum Vorteil gewendet und das stachelte ihn an.

„Ihr habt den Befehl des Konsuls gehört", brüllte er nun lauter als zuvor über das Deck. „Schmeißt die Mannschaft von Bord und sichert das Schiff!"

Jetzt kam Bewegung in die Legionäre. Die Gewissheit, endlich diesen verfluchten Kahn mit all seinen vermeintlich tödlichen Krankheiten verlassen zu können, spornte ihren Eifer an.

Simons Gedanken überschlugen sich, aber ihm wollte nichts einfallen. Wie sollten sie sich denn aus dieser gefährlichen Lage retten? Die Römer waren einfach in der Übermacht.

Auch bei seinen Freunden machte sich Panik breit. Hektisch blickten sie um sich.

Der Narbengesichtige ließ sich von einem Legionär einige Seile bringen und reichte sie sofort an einen dritten Soldaten weiter.

„Fesseln. Aber rasch!“, herrschte er ihn an.

Der Legionär ging in die Knie und begann, Nin-Sis Beine zu fesseln.

Unterdessen machte sich der Zenturio auf den Weg zur Holzplanke: „Ich denke, diesen Befehl könnt ihr auch ohne mich ausführen“, sagte er. Dann fügte er hinzu: „Es gibt wichtigere Aufgaben, die auf mich warten.“ Er versuchte wohl, Scipios staatsmännische Art nachzuahmen. Doch es fehlten ihm jegliche Eleganz und Würde.

„Wohlan!“, schloss er und betrat rasch die Planke. Die Erleichterung, endlich diesem Schiff den Rücken kehren zu können, dessen verpestete Luft er schon viel zu lange eingeatmet hatte, war ihm deutlich anzumerken. Etwa zwanzig seiner Legionäre folgten ihm auf dem Fuß.

Somit konnte Simon einen Blick auf den Aborigine werfen. Und es brach ihm beinahe das Herz, den Jungen so zu sehen. Der Australier saß zitternd und schlotternd an der Bordwand. Mit verstörter Miene beobachtete er die Vorgänge auf dem Schiff, doch es schien, als habe er aufgegeben, etwas davon zu verstehen.

Inzwischen standen sie alle an den Füßen gefesselt auf dem Deck. Ein Legionär begann nun auch, ihnen die Hände auf dem Rücken zusammenzubinden.

Wir haben keine Chance, dachte Simon und stöhnte verzweifelt auf.

Nachdem der Römer Simon und die Zeitenkrieger gefesselt hatte, bedeutete ihm der Narbengesichtige, auch den Aborigine in Fesseln zu legen.

Der angesprochene Legionär zögerte. Ängstlich blickte er auf den dunkelhäutigen Jungen, durch den die Krankheit und damit der vermeintliche Fluch auf dieses Schiff gekommen waren.

„Wird's bald!", herrschte ihn der Optio so an, dass der Legionär seinen Widerstand sofort aufgab. Zitternd trat er an den Aborigine heran.

Der sah den Römer auf sich zukommen, und das bisschen Zutrauen, das er durch Nin-Sis Blick gewonnen haben mochte, verflüchtigte sich augenblicklich. Seine Blicke waren jetzt angsterfüllt auf den Legionär gerichtet.

Der Römer spielte nervös mit den Fesseln in seiner rechten Hand. Endlich baute er sich vor dem Aborigine auf, zögerte noch einmal kurz, dann ließ er sich auf die Knie fallen und ergriff blitzschnell eine Hand des Jungen.

Der Aborigine schrie auf. Er warf sich im Griff des Römers herum, doch er hatte gegen den kräftigen Soldaten keine Chance. Der Legionär verdrehte dem Jungen so den Arm, dass dieser in seinen Bewegungen gelähmt wurde und sich hilflos vornüberbeugte. Hastig verknotete der Römer die Fessel an dem Arm, warf den Jungen herum und ergriff dessen anderen Arm, um ihn ebenfalls zu verdrehen und festzuknoten.

Stolz und mit einem zufriedenen Grinsen schaute der Legionär über seine Schulter seine Kameraden an und erntete anerkennende Blicke.

Doch da sprang der Aborigine plötzlich hervor und verbiss sich im Arm des Römers.

Der Legionär kreischte laut auf und sprang auf die Beine. Der Junge ließ jedoch nicht locker. Wie ein Fisch an der Angel hing er an dem Arm des Römers.

„Nehmt ihn von mir weg", brüllte der hysterisch. „Nehmt ihn von mir weg." Aber nicht einer der Römer bewegte sich.

Der Legionär schlug auf den Jungen ein. Wieder und wieder. Doch erst als er sein Schwert ziehen und dem Aborigine einen Schlag ins Genick verpassen konnte, fiel der Junge zu Boden und blieb bewegungslos auf Deck liegen.

„Nein!“ Nin-Si blickte verzweifelt zu dem verletzten Aborigine hinüber. Doch niemand kümmerte sich um sie.

Alle blickten wie gebannt auf den Legionär, der nun wie von Sinnen um sich schlug und brüllte: „Der Wilde! Er hat ein Stück aus mir herausgebissen! Seht doch nur.“

Er hielt sich den Arm vor die Brust. Eine klaffende Wunde war zu erkennen und das Blut floss in Strömen.

„Mein Arm!“, brüllte der Legionär weiter. Er steigerte sich immer mehr in eine wahnsinnige Angst und Wut hinein. „Seht doch nur! Der Wilde! Dieser verfluchte Wilde!“

Nun kam Bewegung auch in die anderen Soldaten und Panik machte sich wieder unter ihnen breit. Sie wussten nicht, wie sie mit dieser Situation umgehen sollten. Keiner wollte dem Legionär zu Hilfe eilen – aus Angst, sich vielleicht mit etwas anzustecken, von dem sie nicht einmal wussten, ob es zu heilen wäre.

Der verwundete Legionär kam auf sie zugelaufen, aber sie wichen immer weiter zurück. Dieser steigerte sich dadurch immer mehr in seine Panik hinein.

Es war schließlich der Narbengesichtige, der dem Tohuwabohu ein Ende setzte. Der Kerl zog sein Schwert, trat auf den Legionär zu und rammte ihm die Waffe mitten in die Brust.

Simon schrie entsetzt auf und die Zeitenkrieger wandten die Köpfe ab.

Der Legionär blickte noch überrascht und fassungslos auf seinen Optio, bevor er kraftlos in die Knie sank und schließlich vornüberfiel. Seine linke Hand war noch immer um die Bisswunde an seinem rechten Arm geschlossen.

Der Narbengesichtige wollte das Ganze jetzt offensichtlich zu einem Abschluss bringen. „Ich werde dem Zenturio Bericht erstatten", verkündete er hastig, bevor er mit seiner blutenden Schwertspitze auf zwei Legionäre zeigte. „Ihr beide werdet die Mannschaft über Bord werfen und das Schiff über Nacht bewachen, so wie es der Zenturio befohlen hat."

Den beiden Männern stand der Schrecken in die Gesichter geschrieben, dass es ausgerechnet sie getroffen hatte. Nun waren sie dazu verdammt, auf diesem Todesschiff auszuharren, während alle Kameraden den Seelensammler verlassen konnten.

Doch sie hatten keine Wahl. Mit einem Blick zu ihrem toten Kameraden auf den Schiffsplanken nahmen sie schweigend die Befehle entgegen.

Hinter dem Narbengesichtigen formierten sich schon alle anderen Legionäre, um möglichst rasch von Bord zu können.

„Werft auch diesen Irren ins Meer!" Seine Schwertspitze zeigte auf den getöteten Legionär. „Und vergesst nicht den, der im Innern des Schiffes liegt. Die Verantwortung für Schiff und Gefangene liegt nun bei euch!"

Das war für die beiden Legionäre allerdings kein Trost. Zähneknirschend blickten sie der Legion nach, wie sie Mann für Mann über die Planke das Schiff verließ. Nicht einer von ihnen blickte sich zu ihnen, den Verdammten, um.

„Verflucht!" Einer der beiden Soldaten warf wütend sein Pilum auf das Schiffsdeck, als er sicher sein konnte, dass sie für die Legion außer Hörweite waren. „Ausgerechnet wir beide. Warum wir, hä?"

Der andere zuckte mit den Schultern. „Ist doch egal, warum. Komm, lass uns den Befehl ausführen und morgen ist dann alles vergessen.“

Der Erste gab sich mit dieser Antwort nicht zufrieden. „Verflucht“, stieß er noch einmal hervor, doch dann wurde ihm wohl seine aussichtslose Lage bewusst und er nahm seinen Speer wieder auf.

In Simon keimte nun doch ein Funke Hoffnung auf. Eine Idee …

Sie hatten es jetzt nur noch mit zwei Legionären zu tun. Zwar waren es immer noch schwerbewaffnete Kämpfer, doch sie waren in Rage. Und genau das wollte Simon ausnutzen.

„Entschuldigt“, sprach er die beiden Römer an. Die waren so überrascht, seine Stimme zu hören, dass sie erst einmal verwirrt in alle möglichen Richtungen blickten, ohne zu begreifen, woher die Stimme gekommen war.

„Hier“, half ihnen Simon. „Ich habe euch ein Angebot zu machen.“

Jetzt traten sie beide näher an Simon heran. Ihr Interesse war geweckt.

„Ein Angebot?“, fragte der Erste.

„Du?“, setzte der Zweite hinzu. „Was solltest du uns für ein Angebot machen können?“

„Ein Geschäft, ich möchte euch ein Geschäft vorschlagen.“

„Ein Geschäft?“

Simon nickte schnell. Dann tat er sehr geheimnisvoll: „Ihr könnt nicht wissen, dass im Rumpf dieses Schiffes ein riesiger Schatz versteckt ist“, log er und verfiel dabei in ein komplizenhaftes Flüstern. „Alles, was unsere Mannschaft in den letzten Jahren zusammengetragen hat, lagert tief unten in diesem

Schiff. Wir könnten euch den Schatz übergeben. Wenn ihr uns laufen lasst. Was haltet ihr davon?"

Die beiden Römer dachten angestrengt nach.

„Klingt verlockend ... ", murmelte der Erste.

„... nach einem guten Geschäft", pflichtete ihm der Zweite bei.

Doch dann zückte der erste Legionär plötzlich seinen Speer und stieß Simon mit dem stumpfen Ende so fest in den Bauch, dass der Junge aufschrie und in sich zusammensackte.

„Kein Gold der Welt könnte mich davon abhalten, euch zu töten", zischte der erste Römer.

„So groß kann der Schatz niemals sein, dass wir euch mit all euren Krankheiten entkommen lassen", stimmte ihm der andere zu.

Schmerzen wie tausend Messerstiche durchzuckten Simons Körper und er konnte nur mit Mühe einatmen.

„Was denn für Krankheiten?", keuchte er, doch die Römer hatten ihn nicht verstanden. Oder sie wollten es nicht.

Das Gesicht des Ersten verzog sich zu einer grinsenden Fratze. Ihm war etwas eingefallen: „Wer hält uns übrigens davon ab, den Schatz selbst zu suchen, wenn ihr bereits von den Fischen aufgefressen seid?" Er kicherte, als wäre er wie von Sinnen. „Wir werden die ganze Nacht auf diesem verfluchten Kahn zubringen müssen. Da haben wir viel Zeit für eine Schatzsuche."

Das leuchtete auch seinem Kameraden ein. „Oh ja, viel Zeit!", gab er ihm recht. „Und so können wir beides bekommen: euren Tod *und* euren Schatz!"

Die beiden lachten wie irre um die Wette.

„Das klingt jetzt für mich nach einem guten Geschäft!", rief der Erste.

„Nach einem bedeutend besseren Geschäft, nicht wahr?“, lachte der Zweite, holte mit seinem Fuß weit aus und trat Simon in die Rippen.

Es knackte und Simon schrie auf.

Irgendetwas hinderte ihn jetzt schmerzhaft daran, sich noch zu bewegen. Keuchend lag er auf der Erde. Er bekam wirklich kaum noch Luft.

„Also komm, bringen wir es hinter uns!“, brummte der erste Legionär seinem Kameraden zu.

Er beugte sich tief zu Simon herab und flüsterte ihm ins Ohr: „Du wirst der Letzte sein, der über Bord geht. Du darfst erst einmal deinen Freunden beim Sterben zusehen. Und wer weiß, ob wir dich gleich folgen lassen. Es kann sein, dass wir noch ein bisschen Spaß mit dir haben wollen. Diese Nacht könnte lang werden. Besonders für dich.“ Er lachte schallend auf. „Und wenn wir dann mit dir fertig sind, irgendwann mitten in dieser verdammten Nacht, dann wirst du uns vielleicht gern verraten, wo sich der Schatz befindet.“

Simon war nicht mehr in der Lage, noch etwas zu entgegnen. Er litt höllische Schmerzen. Der Römer musste irgendetwas in ihm gebrochen haben.

Die beiden Legionäre nahmen darauf keine Rücksicht. Gemeinsam packten sie den aufschreienden Simon und zerrten ihn zum Vordermast. Dort lehnten sie ihn gegen das Holz und banden ihn so daran fest, dass er seinen Freunden in die Gesichter sehen konnte.

Nin-Si, Neferti und Salomon blickten ihm voller Mitgefühl entgegen und das tröstete Simon über seine Schmerzen hinweg. Er versuchte ebenfalls ein Lächeln, doch das wollte ihm nicht gelingen.

„So, Schluss jetzt", brüllte einer der beiden Legionäre. „Wir haben schon viel zu viel Zeit verloren. Lass uns endlich unseren Befehl ausführen!"

Während der erste Legionär mit seinem Speer die Zeitenkrieger und den Aborigine in Schach hielt, begann der andere mit den Vorbereitungen. Zunächst nahm er sich den toten Römer vor, der noch immer mit dem Gesicht nach unten auf dem Deck lag. Er nahm ihm Sandalen, Speer und Schwert ab und fischte unter dessen Rüstung einen kleinen Beutel hervor. Mit flinken Fingern öffnete er den Beutel und ließ die wenigen Münzen darin auf das Deck fallen.

„Der Lohn der Verfluchten", kicherte er dem zweiten Legionär zu, der amüsiert das Geschehen betrachtete. „Da haben wir schon mal was Nettes zum Teilen!"

Der Römer legte die Münzen wieder nacheinander in den Beutel, verschnürte ihn und ließ ihn unter seiner Rüstung verschwinden. Dann erst packte er sich den toten Soldaten, schleifte ihn ächzend zur Bordwand, stemmte ihn in die Höhe und warf ihn über die Reling.

Es klatschte laut auf, als der Mann ins Wasser fiel.

Nun machte sich der Legionär an den zweiten Teil seines Befehles. Er zog die Kiste, die Simon als Versteck gedient hatte, über das Deck bis zur Bordwand des Schiffes. Er stellte sich kurz darauf, um zu prüfen, ob der Deckel auch sein Gewicht trug, und nun wurde Simon mit Schrecken klar, was der Römer plante.

Der Legionär wischte sich den Schweiß von der Stirn.

„Zeit, Abschied zu nehmen!" rief er aus, und der Gedanke an das Schauspiel, das ihm jetzt bevorstand, weckte wieder all seine Lebensgeister.

Auch der zweite Legionär grinste in Vorfreude auf das, was gleich geschehen würde. Er legte seinen Speer auf die Erde und trat neben seinen Kameraden. Zu zweit griffen sie sich zunächst Nin-Si, dann Salomon, dann Neferti. Alles Zappeln, Strampeln und Schreien der drei war vergeblich: Die Legionäre stellten sie einfach auf die Kiste an der Bordwand – so als wären sie drei gut verschnürte Pakete.

Schließlich war der Aborigine an der Reihe und jetzt wirkten die beiden Legionäre einen Moment doch wieder unsicher. Sie fürchteten diesen Wilden, das war ihnen deutlich anzusehen. Gewiss dachten sie an das, was dem toten Soldaten geschehen war, den sie gerade erst über Bord geworfen hatten.

„Lass uns den später beseitigen", schlug einer der beiden vor. Und der andere war sofort einverstanden.

Der Erste wandte sich wieder den Zeitenkriegern zu, die gefesselt auf der Kiste standen, während der Zweite sich noch einmal zu Simon umdrehte: „Nun verabschiede dich von deinen Freunden und genieße, was du siehst. Es wird das Letzte sein in deinem Leben, das du noch genießen kannst!"

Simon bewegte die Lippen. Er versuchte, etwas zu erwidern, doch mehr als ein Krächzen brachte er nicht hervor. Er war zu geschwächt.

Die beiden Römer ergriffen wieder ihre Speere und traten an die Kiste heran. Mit einem teuflischen Grinsen zückten sie ihre Waffen und fuchtelten damit kichernd zwischen den Gefesselten in der Luft herum. Simons Freunde wichen den Speeren aus, mussten jedoch gleichzeitig achtgeben, nicht von der Kiste ins Meer zu fallen.

Die Legionäre genossen dieses Spiel in vollen Zügen, bis ein gellender, markerschütternder Schrei ertönte. Die Römer schreckten auf und wandten sich ruckartig um. Aus der Luke zum Schiffsrumpf kam Moon gesprungen.

„Es ist so weit!", schrie er laut auf und wedelte mit den Armen. „Gleich ist der Moment gekommen."

In Windeseile hatte er die Situation auf dem Deck erfasst, und mit Entsetzen begriff er, was die Legionäre mit seinen Freunden vorhatten.

Die Römer hielten überrascht inne, und diesen Moment nutzend, warf sich Moon mit der geschickten Wendigkeit und Schnelligkeit einer Raubkatze auf den Ersten und donnerte ihm eine Salve von Faustschlägen ins Gesicht.

Der zweite Legionär erholte sich erstaunlich schnell von seinem Schrecken und eilte seinem Kameraden zu Hilfe. Schon zückte er den Speer, um ihn Moon durch den Körper zu rammen, als sich die gefesselte Neferti von der Kiste in hohem Bogen auf ihn warf und ihn so zu Fall brachte.

Moon entriss inzwischen dem ersten Legionär geschickt den Speer, packte den Römer an seiner Rüstung und drückte ihn gegen die Bordwand. Der Legionär begann, sich heftig zu wehren, doch es war schon zu spät. Unter gewaltiger Kraftanstrengung drückte Moon den Legionär an der Bordwand in die Höhe und ließ ihn schließlich über die Reling fallen. Klatschend schlug der Römer auf den Wellen auf.

Der zweite Legionär hatte sich inzwischen wieder auf die Beine gestellt und Neferti mit einem harten Stoß zur Seite geschleudert.

Er griff nach seinem Speer, doch Moon war schneller. Wie ein Blitz sprang der Indianer auf die Waffe zu und entriss sie der Hand des Römers, der jedoch ebenfalls schnell reagierte und nun sein Schwert zog.

Eine ganze Weile umkreisten Moon und der Legionär einander, die Spitzen ihrer Waffen aufeinandergerichtet. Salomon und Nin-Si nutzten diesen Moment, um sich von der Kiste auf das Deck zu werfen.

Moon wagte einen ersten Vorstoß und sprang auf den Legionär zu. Doch der wehrte den Angriff mit einem Streich seines Schwertes spielend leicht ab. Beim zweiten Versuch Moons, den Legionär zu treffen, wich dieser geschickt aus, griff mit seiner freien Hand den Schaft des Speeres und riss ihn Moon aus den Händen. Grinsend ging der Römer auf den entwaffneten Indianer zu.

„Das war nicht schlecht!", lobte er. „Du kämpfst sehr gut. Aber du glaubst doch nicht wirklich, dass du es mit einem römischen Legionär aufnehmen kannst, oder?"

Er ging weiter auf Moon zu. Der Indianer wich ihm aus und drückte sich an der Kajüte fest gegen die Wand. Der Römer genoss seinen Triumph in vollen Zügen und hielt Moon nun die Speerspitze an den Hals. „Ich hätte dich gerne schwimmen sehen", sagte er. „Aber ich denke, es wird mir mehr Spaß bereiten, dich hier …"

In diesem Moment ging etwas mit dem Schiff vor sich. Ein Stoß kam aus dem Inneren des Schiffsrumpfes.

„Was war das?" Der Römer blickte sich irritiert um und Moon reagierte wieder blitzschnell. Er tauchte unter der Speerspitze durch und sprang zur Seite.

„Was …?" Der Legionär stieß seinen Speer in Moons Richtung, doch er verfehlte ihn knapp.

Das Schiff erzitterte ein zweites Mal.

„Was geht hier vor?", schrie der Legionär. Er nahm seinen Speer und warf ihn in Moons Richtung. Doch der Indianer wich der Waffe flink aus. Jetzt war sein Moment gekommen: Er griff sich einen der Enterhaken an Bord, warf sich auf die Deckplanken, rollte sich dem Römer zu Füßen und schlug ihm mit dem Stiel des Hakens in die Knie.

Der Römer schrie auf. Sein Schwert flog ihm aus den Händen. Moon hechtete darauf zu, nahm die Waffe an sich, drehte sich um und hielt dem Römer die Spitze des Schwertes auf dieselbe Art an den Hals, mit der vorhin der Legionär den Indianer bedroht hatte.

Der Römer begriff, dass er verloren hatte.

„Sei verflucht", knurrte er noch, ehe er auf seinem Absatz kehrtmachte und eilig davonrannte. Schreiend und kreischend sprang er über die Bordwand.

Wieder ging ein Beben durch das Schiff.

Moon hatte keine Gelegenheit mehr, sich um Simon zu kümmern. Mit dem Schwert in der Hand hastete er zu den Zeitenkriegern und schnitt ihnen die Fesseln auf.

Der Seelensammler begann bereits zu wanken. Von einer Seite auf die andere. Schneller und schneller. Das Vibrieren nahm wieder zu. Stärker und in kürzeren Intervallen.

„Ich habe mich krank gestellt und in unserem Raum die Zeitmaschine durch ein Loch in der Wand beobachtet", erklärte Moon hastig, denn Nin-Si sah ihn völlig verblüfft an. „Das war unser Plan. Wenn die letzten Sandkörner durch die Uhr fielen, sollte ich für Verwirrung sorgen, sodass wir uns von dem Schiff zurück in unsere …"

Weiter kam er nicht. Das Schiff rumorte und schwankte inzwischen so stark, dass alle Zeitenkrieger sich schnell etwas suchten, woran sie sich festhalten konnten. Nin-Si rannte auf den Aborigine zu. Sie packte ihn mit einer Hand an den Fesseln, die ihn immer noch gefangen hielten, und hielt sich mit der anderen an der Bordwand fest.

Blitze zuckten am Himmel auf, ein Sturm peitschte über das Schiffsdeck und dann trat der Seelensammler seine Reise zurück an.

Simons letzte Gedanken galten Basrar. Leb wohl, Freund, dachte er, bevor ihn die Schmerzen der Zeitreise überkamen. Dieses Mal heftiger und schlimmer als zuvor.

Unter Kanonenbeschuss

Diese Schmerzen! Etwas quetschte seine inneren Organe. Simon stemmte sich gegen den Mast, wehrte sich gegen die Fesseln, die ihm hart in Hand- und Fußgelenke schnitten. Es war nicht auszuhalten!

„Wir müssen ihm helfen!“ Simon hörte wie aus der Ferne Nefertis Stimme. „Seht nur, wie er leidet.“

Schritte näherten sich ihm. Er spürte wieder Hände auf seinem Körper und zuckte zurück. Doch diese Hände waren sanft, sie packten nicht grob nach ihm.

Zuerst banden sie ihn von dem Mast los, bevor er die Fesseln abgenommen bekam. Es war eine Wohltat, die Arme wieder bewegen zu können. Schon ließen auch die Schmerzen in seinem Inneren ein wenig nach. Wenigstens konnte er wieder etwas besser atmen.

Er öffnete die Augen und erblickte wie durch einen Schleier seine Freunde. Im Halbkreis knieten sie um ihn herum und sahen ihn voller Sorge an. Sogar der Aborigine hatte sich eingefunden. Gerade streifte auch er sich die Fesseln ab, die ihm Moon durchschnitten hatte.

Der Australier schlich sachte näher heran. Er betrachtete Simon mit großem Interesse, schaute ihm mal ins Gesicht, dann auf die Brust, dann wieder ins Gesicht. Schließlich streckte er seine rechte Hand aus und betastete Simons Körper.

Simon wusste nicht, wie er reagieren sollte. Aber die Ruhe, mit der sich der Aborigine seiner annahm, tat Simon gut und übertrug sich auch auf die anderen. Aufmerksam standen die Zeitenkrieger um die beiden herum und sahen zu, wie der Australier konzentriert Simons Rippen abtastete.

Manche Stellen taten so unerträglich weh, dass Simon beinahe aufgeschrien hätte. An anderen Stellen fühlte sich alles wie gewohnt an. Simon vermutete, dass er sich eine oder mehrere Rippen gebrochen hatte. Vielleicht bohrten sich deren Enden ja in seine Organe? Das schien ihm die wahrscheinlichste Erklärung für die Schmerzen zu sein.

Plötzlich ging alles ganz schnell. Der Aborigine legte seine linke Hand auf Simons Schulter, während er mit den Fingern der rechten Hand einen Druck auf den Bauch auszuüben schien.

Was *macht* dieser Australier da?, dachte Simon entsetzt. Dann schien es einen Ruck in seinem Bauch zu geben, ein unerträglicher stechender Schmerz fuhr durch seinen Körper, und Simon schrie so laut auf, dass die Krähen an den Masten kreischend aus ihren Körben stoben.

Die Zeitenkrieger erschraken. Neferti wollte Simon schon zu Hilfe eilen. Doch in diesem Moment ließ der Schmerz abrupt nach, und Simon hob die Hand, um ihr zu zeigen, dass alles in Ordnung war. Er spürte bereits, dass sich etwas in ihm getan hatte. Er konnte wieder richtig ein- und ausatmen.

Der Aborigine half Simon sachte, sich zur Seite zu legen. Das verschaffte ihm noch mehr Linderung, und Simon atmete auf: Sein Brustkorb fühlte sich noch immer an, als liege eine schwere Last darauf, doch seine inneren Organe waren befreit. Es gab keinen Zweifel: Der Aborigine hatte Simon gerade geheilt oder ihm sogar das Leben gerettet.

Simon ergriff dessen Hand: „Danke!“

Der Australier lächelte ihn an, dann tastete er in Ruhe noch einmal Simons Rippen ab. Er strich ihm über den Brustkorb, um ihm zu signalisieren, dass alles in Ordnung war.

Diese Bestätigung wäre nicht nötig gewesen. Simon fühlte sich von Sekunde zu Sekunde besser. Bis auf das drückende Gefühl im Brustkorb war bereits fast alles wieder wie gewohnt.

Der Aborigine erhob sich nun, trat zum Bug, setzte sich wieder auf die Planken und verfiel in seine gewohnte Körperhaltung, den Kopf zwischen die Knie geklemmt.

Neferti streichelte Simon über das schweißverklebte Haar. „Geht es wieder?"

Simon nickte. „Er hat mir die Schmerzen genommen", sagte er leise. „Er hat mich geheilt. Einfach so."

Sie lächelte. „Kann ich etwas für dich tun?"

Simon winkte ab. „Danke. Etwas Ruhe wäre jetzt nicht schlecht."

Ohne ein weiteres Wort stand Neferti auf, trat zur Kajüttür und griff sich das Segeltuch, das Simon als Decke nutzte. Sie brachte es ihm, breitete es auf seinem Körper aus und ließ ihn allein.

Simon blickte sich um. Die Zeitenkrieger waren dabei, die Spuren ihrer Zeitreise zu verwischen. Sie streiften sich die karthagischen Gewänder ab. Dann säuberten Moon und Nin-Si das Deck von dem Blut des getöteten Legionärs, während Neferti Salomon half, die Holzkiste wieder an ihren Platz zu räumen und die herumliegenden Gegenstände einzusammeln.

Simon schälte sich nun ebenfalls mit Mühe aus seinem karthagischen Gewand, legte sich dann wieder hin und schloss für einen kurzen Moment die Augen. Er genoss das wohltuende Gefühl der nachlassenden Schmerzen in seinem Körper.

Als er die Augen wieder öffnete, fiel sein erster Blick auf die kleine Krähe, die ihm gegenüber an der Bordwand stand und ihn interessiert anblickte. Sie trat ungeduldig von einem Fuß auf den anderen und schüttelte ihr Gefieder. Ihr Kopf ging nach rechts und links. Sie schien sich zu vergewissern, dass sie auch wirklich niemand bemerkte. Auch einen Blick nach oben, in die beiden Mastkörbe, wagte sie noch, dann kam sie mit kleinen Hüpfern endlich auf Simon zu.

„Basrar?", fragte sie nur knapp und Simon musste unwillkürlich lächeln. An diese sprechenden Vögel musste er sich wirklich noch gewöhnen.

„Gerettet", war seine ebenso kurze Antwort.

Die Krähe hüpfte wieder von einem Fuß auf den anderen.

„Kompliment", stieß sie krächzend hervor. „Das hätte ich euch nicht zugetraut. Ihr habt es also tatsächlich gewagt, es mit dem Schattengreifer aufzunehmen und ihm seinen allerersten Fang zu stehlen. Das war mutig. Überaus mutig." Sie gluckste amüsiert und wiederholte: „Kompliment!"

„Danke!" Simon merkte der Krähe an, dass ihr etwas ganz anderes auf dem Herzen lag.

Unsicher blickte der kleine Vogel nach oben, versicherte sich, dass die größeren Krähen noch immer nichts von diesem Gespräch bemerkten, und fuhr fort: „Schon mal darüber nachgedacht, dass der Schattengreifer nur an diesen Tag zurückreisen müsste, um Basrar wieder zu holen? Er bräuchte dieses Mal ja nur einige Minuten früher einzutreffen. Dann wäre alles umsonst gewesen."

Simon schluckte hart. „Nein, daran habe ich noch nicht gedacht."

„Dann tu es auch nicht", riet die Krähe, wieder fröhlich glucksend, und Simon erkannte, dass sie langsam an den Kern dessen kam, was sie ihm eigentlich zu sagen hatte. „Du brauchst nicht mehr darüber nachzudenken, denn das Ganze ist nicht möglich. Basrar ist für alle Zeiten für den Schattengreifer verloren. Ihr habt euren Freund gerettet. Wirklich gerettet."

„Woher weißt du das?"

„Oh, man bekommt so einiges mit, wenn man erst einmal ein paar Tausend Jahre auf diesem Schiff verbracht hat."

„Du meinst, es ist schon einmal jemandem gelungen zu fliehen?"

Die kleine Krähe nickte zufrieden: „Genau. Basrar ist nicht der Erste. Er ist der Zweite. Oh, das wird dem Herrscher nicht gefallen. Das wird ihm gar nicht gefallen!"

„Wer war der andere?", fragte Simon aufgeregt. „Kennst du ihn? Hast du ihn gesehen?"

Die Krähe hüpfte vor Simon auf und ab. „Natürlich habe ich ihn gesehen. Ich war schließlich noch vor ihm hier. Ich habe alles beobachten können. Alles. Wie er kam und wie er ging. Alles hab ich gesehen. Jawohl!"

Auf einmal hatte das Hüpfen ein Ende und die Krähe tat nun sehr geheimnisvoll. Nach einem weiteren prüfenden Blick zu den Spitzen der Schiffsmasten trat sie noch näher an Simon heran und sprach, so leise es ihre krächzende Stimme erlaubte: „Es gibt nur eines, dem der Schattengreifer mit all seiner Magie nicht gewachsen ist. Eines nur, das mächtiger ist als er."

Sie machte eine Pause, wohl um ihren Worten mehr Nachdruck zu verleihen.

„Nun sag schon, was ist es?", drängte Simon sie gespannt.

Die Krähe plusterte sich auf. Sie war offenkundig sehr stolz, Simons Aufmerksamkeit erregt zu haben. Aber dann rückte sie doch mit ihrem Wissen heraus: „Echte Gefühle", krächzte sie. „Wahre Menschlichkeit. Dagegen kommt er nicht an, der Schattengreifer. All sein Zauber endet da, wo sich ein menschliches Herz öffnet." Sie stutzte und kicherte. „Oh, das hab ich ja richtig poetisch ausgedrückt, oder? Nicht schlecht für eine Krähe, nicht wahr?"

„Wahre Gefühle …“, wiederholte Simon nachdenklich.

„Genau. Dagegen ist er machtlos. Und nur so habt ihr Basrar retten können. Mit eurer Freundschaft. Ihr habt Basrar aus den Klauen des Schattengreifers gerettet. Ihr habt euer Leben für seines riskiert. Und damit habt ihr den größten Zauber um ihn gelegt, den es gibt: Liebe. Dagegen hat der Schattengreifer keine Chance.“

Simon ließ die Worte der Krähe in sich wirken. Wahre Gefühle.

„Und bei dem anderen? Dem, der ebenfalls flüchten konnte? Wie war es bei ihm?“

„Eben genauso. Echte Gefühle hatten ihn von Bord gehen lassen. Und der Schattengreifer hatte es machtlos mit ansehen müssen. Oh, du hättest sein Gesicht sehen sollen, als …“

„Wer war es?“, unterbrach Simon hastig die Krähe. „Wer war der Erste, der flüchten konnte. Kennst du seinen Namen?“

„Natürlich kenne ich den. Du würdest staunen, was ich so alles weiß.“

„Verrätst du es mir?“

Die Krähe legte den Kopf zur Seite. „Wenn ich es einem Menschen verraten würde, dann dir.“

Simons Nerven waren zum Zerreißen gespannt. „Nun?“

„Es ist …“

Ein Schatten zog plötzlich über die beiden hinweg. Die Krähe schreckte auf und blickte zum Himmel. Eine der größeren Krähen – die mit dem langen, krummen Schnabel – war aus dem Mastkorb herausgeflogen und drehte wieder ihre üblichen Runden um den Seelensammler herum.

Die kleine Krähe sprang einige Schritte zurück. „Oh, ich muss los!“ Sie zitterte auf einmal am ganzen Leib. „Man darf mich nicht in deiner Nähe sehen. Ich muss … Tut mir leid, Simon. Ein anderes Mal vielleicht …" Damit streckte sie die Flügel und stob davon.

Simon sah ihr nach, wie sie zu dem vorderen Mast flog. Eine Sekunde länger und ich hätte die Antwort erhalten!, dachte er verärgert.

Dennoch: Dieses Gespräch war sehr aufschlussreich gewesen und zudem schien dieser kleine Vogel noch sehr viel mehr Wissen in sich zu tragen. Vielleicht würde Simon von dieser Krähe endlich erfahren, wer der Schattengreifer wirklich war und worin Simons Rolle in dem großen Plan bestand …

Vor allem eine Frage brannte Simon besonders auf der Seele: Würde er es wieder nach Hause schaffen? Seine Freunde zu Hause und seine Eltern wiedersehen?

Vor seinem geistigen Auge sah er ihre ängstlichen, besorgten Gesichter. Wenn er ihnen doch nur eine Nachricht zukommen lassen könnte …

Jäh wurde er in seinen Gedanken unterbrochen.

Ein Stoß gegen das Schiff ließ den Seelensammler bis in die letzte Ecke knarren und er neigte sich weit zur Seite. Instinktiv griff Simon nach einem Tau am Mast und hielt sich daran fest. Auch die Zeitenkrieger klammerten sich an Taue und Seile. Nin-Si streckte ihre Hand dem Aborigine entgegen, sodass auch er Halt finden konnte.

Wind kam auf, und diesmal neigte sich der Seelensammler so weit zur Seite, dass Simon schon befürchtete, dass das Schiff kentern könnte.

Die Krähe mit dem langen Schnabel kam im Sturzflug über das Deck geflogen und kreischte laut ihr „Er kommt!", als sich der Seelensammler wieder aufrichtete.

„Haltet euch weiter fest", brüllte Moon seinen Freunden zu. Simon nutzte diese kurze Pause, um den Griff um das Tau zu erneuern und sich so einen besseren Halt zu verschaffen. Er fürchtete sich vor dem, was nun geschehen sollte.

Der Schattengreifer würde das Deck betreten.

Schon folgte der erwartete zweite Schlag gegen den Seelensammler. Das Schiff wurde noch weiter zur Seite geneigt. Simon hatte alle Mühe, sich zu halten, und auf einmal kehrte der stechende Schmerz zurück und fuhr ihm wieder in alle Glieder. Er schrie gellend auf.

Erst als der Seelensammler sich wieder aufrichtete, ließ der Schmerz nach. Doch nun war es so weit: Aus einer plötzlich auftauchenden Nebelwolke heraus betrat der Schattengreifer das Deck seines Schiffes.

Dieses Mal verharrte er nicht am Bug. Dieses Mal stob er erzürnt auf die Schiffsmitte zu. Die Krähe auf seiner Schulter flog kreischend davon.

„Was fällt euch ein!", brüllte er so herrisch, dass das Schiff bebte.

Die Zeitenkrieger wichen ihm aus. Jeder drückte sich an der Stelle, an der er Halt gefunden hatte, gegen die Bordwand. So als könne sie Sicherheit gegen den Schattengreifer bieten.

Rasend vor Wut blickte dieser sich um. Bis sein Blick auf Simon fiel und er auf ihn zurannte.

„Was hast du dir dabei gedacht?" Seine dunklen Augen blitzten Simon entgegen. Der Junge wurde plötzlich in die Höhe gehoben.

Wie von Geisterhand geschah es.

Der Schattengreifer stand ihm gegenüber und stierte ihn an. „Weißt du, mit wem du dich hier anlegen willst?"

Die Kraft, die Simon in die Höhe hob, schnürte sich um seinen Körper. Wieder durchfuhr ihn dieser stechende Schmerz.

„Hast du eine Ahnung, wen du hier herausforderst?“, schrie der Schattengreifer ihm zu. Der Druck verstärkte sich. Simon spürte, wie seine Rippen stärker und stärker schmerzten. Sich zu verformen schienen.

Luft! Ich bekomme keine Luft, dachte er panisch.

Langsam wurde er nahe an den Schattengreifer herangeführt und endlich ließ der Druck nach.

Erleichtert tat Simon einen tiefen Atemzug – doch augenblicklich drehte sich ihm der Magen um: Ein fürchterlicher Gestank ging von dem Schattengreifer aus. Er stank nach dem, was Simon gerochen hatte, als er sich mit seinen Freunden an die Wand des eingestürzten Hauses in Karthago gedrückt hatte, kurz bevor das Unglück mit Neferti geschehen war. Und jetzt, hier, im Angesicht des Schattengreifers, begriff Simon auf einmal, was er roch: Es war Fäule! Der Schattengreifer stank nach Verwesung, nach Zerfall. Simon hätte sich übergeben können.

Mit einem kurzen Nicken ließ der Schattengreifer Simon endlich frei. Krachend fiel der Junge auf den Boden. Doch die Wut des Schattengreifers war noch nicht verraucht. Noch einmal blickte er sich auf dem Schiffsdeck um, vergewisserte sich, dass auch wirklich nur Basrar unter ihnen fehlte, dann streckte er seinen Arm in Richtung des Vordermastes und öffnete die dünne Klaue. Augenblicklich fing der Mast Feuer. Die Krähen flüchteten aus dem Korb, die Segel wurden fauchend von dem Feuer ergriffen. Simon kroch unter Schmerzen von dem Mast fort und drückte sich, wie seine Freunde, ebenfalls gegen die Bordwand.

Der Schattengreifer streckte seinen zweiten Arm aus und riesige Flammen stoben um den hinteren Mast. Die Haut des Schattengreifers schien zu leuchten im Licht des Feuers. Die Zeitenkrieger duckten sich in ihren Winkeln.

Schließlich wandte sich der Schattengreifer der Kajüte zu. Er hob beide Arme, stieß einen Ruf aus, der wie eine Verwünschung klang, dessen Worte Simon aber nicht verstehen konnte, und im gleichen Moment zerbarsten die Scheiben, und lodernde Flammen stoben hervor, griffen züngelnd nach der Treppe und suchten sich ihren Weg auf das Dach.

Der Schattengreifer wandte sich wieder zu Simon um. „Hast du nun verstanden, mit wem du es zu tun hast?“, schrie er über das Tosen der Flammen hinweg. Er blickte seine Zeitenkrieger nacheinander an. „Wisst ihr nun wieder, wem ihr euer Leben verdankt?“

Der Vordermast ächzte und knarrte unter der Macht des Feuers, das an ihm nagte. Er schwankte. Und schließlich verlor er seinen Halt. Er neigte sich vor, in Richtung Bug, und landete krachend auf dem Krähenkopf. Sofort machten sich die Flammen auch über die Figur her.

Der Schattengreifer besah sich sein Werk, dann rief er seine Krähe wieder zu sich zurück und ließ sie auf seinem Arm sitzen. Mit ihr trat er an den Bug und ohne ein weiteres Wort oder eine weitere Geste trat er in die Flammen und war verschwunden.

Das Feuer auf dem Schiff bäumte sich fauchend auf. Es griff sich jetzt das gesamte Schiff. Ein Ring aus lodernden Flammen schloss sich um die Zeitenkrieger und um Simon, wurde enger und enger. Die Jugendlichen warfen sich auf das Deck und schlossen in Todesangst die Augen. Simon hörte Nin-Si aufschreien.

Doch plötzlich war Ruhe.

Völlige Stille.

Simon war der Erste, der sich regte. Er öffnete die Augen und blickte sich um.

Der Seelensammler lag ruhig auf dem Meer und alles war so wie vor dem Eintreffen des Schattengreifers. Beide Masten standen aufrecht auf Deck, die Kajüte und die Treppe waren unversehrt. Selbst der Brandgeruch war verschwunden.

Der Schattengreifer hatte sie seine Macht spüren lassen. Und dieses Mal war er wohl noch gnädig zu ihnen gewesen.

Völlig entkräftet erreichte er seine Hallen.
Die Krähe stieß sich von seiner Schulter ab und flog ihm voraus.
Doch es war ihm nicht möglich, ihr zu folgen.
Eine Erschöpfung dieser Dimension hatte er bisher
noch nie erleben müssen.
Nur unter größter Anstrengung war es ihm möglich,
seine Beine zu bewegen. Jeder Schritt glich einer Strapaze.
Mühsam schleppte er sich voran.
Seine Regenerationszeit war unterbrochen worden.
Er hatte sich von den Mühen seiner letzten Zeitreise noch nicht
erholt und nun hatte er abermals aufbrechen müssen.
Viel zu früh.
Die Demonstration seiner Macht hatte ihn schließlich
die letzten Kraftreserven gekostet.
Wieder einmal bekam er zu spüren, wie wichtig
diese Erholungszeiten für ihn waren – überlebenswichtig.
Er stöhnte auf und ergab sich seiner Schwäche.
Der Länge nach fiel er auf den harten, kalten Boden.
Zitternd verharrte er in dieser Position.
All das wird bald ein Ende haben, dachte er noch.
Wenn sein Ziel erreicht war. Und wenn die Zeitenkrieger
seine Warnung verstanden hatten.
Die Krähe, die ihm mitfühlend zur Seite geflogen kam,
bemerkte er schon nicht mehr.
Er hatte das Bewusstsein verloren.

Ein gellender Schrei ließ die Zeitenkrieger und Simon erschrocken herumfahren. Sofort folgte ein weiterer.

Sie alle waren noch ganz verängstigt, und erst langsam wurde ihnen bewusst, was geschehen war. Und dass sie noch am Leben waren.

Nun wandten sich alle zum Bug um, aus dessen Richtung die Schreie kamen.

Es war der Aborigine, der blindwütig um sich schlug und dabei kreischende Schreie von sich gab, wie in den ersten Stunden seiner Ankunft auf dem Seelensammler. Alles an ihm drückte unbändige Angst und schiere Verzweiflung aus. Er warf sich von einer Seite auf die andere und schlug dabei wieder und wieder mit dem Kopf auf.

„Er verliert den Verstand!“ Nin-Si, die ihm am nächsten saß, berührte ihn vorsichtig, doch das steigerte die Angst des Australiers nur noch mehr.

„Können wir denn nichts für ihn tun?“, fragte Nin-Si und sah ihre Freunde flehend an.

Die anderen eilten herbei, wollten dem Jungen helfen, doch angesichts seiner puren Verzweiflung fühlten sie sich völlig hilflos.

Endlich wurde das Schreien leiser und der Junge beruhigte sich. Sein Körper bäumte sich noch einmal auf, dann verstummte er ganz. Er legte sich zur Seite, rollte sich zusammen und verharrte reglos. Einzig sein rasender Atem zeugte davon, dass noch Leben in ihm steckte.

„Das alles ist zu viel für ihn!“, rief Nin-Si. „Es ist ja zu viel für alle von uns. Doch gerade er …“

„Wie soll er verstehen, was um ihn herum geschieht?“, gab auch Simon zu bedenken. Andererseits … Beinahe beneidete er den Aborigine darum, wie er sich alle Wut und alle Verzweiflung aus seinem Körper gebrüllt hatte. Simon war es, seit er dieses Schiff betreten hatte, ebenfalls mehrmals danach gewesen, einfach loszuschreien.

„Worüber denkst du nach?“ Moon unterbrach Simons Gedanken.

„Über ihn“, war die Antwort. „Über uns.“

Nin-Si sprang auf. „Das solltest du auch: über uns nachdenken!“, fauchte sie Simon wütend an. „Sieh nur, was wir aus ihm gemacht haben.“

„Was? Du gibst uns die Schuld dafür?“

„Wären wir nicht nach Karthago gereist, dann ginge es ihm bedeutend besser. All diese Waffen, all das Sterben. Dann die Legionäre. Und nun auch noch diese Flammen. Alles das hätte er nicht erleben müssen, wenn ihr auf mich gehört hättet und wir einfach auf diesem Schiff geblieben wären.“

„Aber Basrar …“, versuchte Simon einzuwenden.

Nin-Si aber fiel ihm mit ungewohnter Härte ins Wort: „Was weißt du schon von Basrar? Du hast ihn doch nur wenige Stunden gekannt. Wir haben unendlich mehr Zeit mit ihm zugebracht. Und eines kann ich dir ganz sicher sagen: Basrar hatte …“ Sie verbesserte sich schnell: „… Basrar hat ein großes Herz. Niemals hätte er gewollt, dass es diesem Jungen so schlecht geht. Lieber hätte er darauf verzichtet, gerettet zu werden.“

Simon glaubte ihr jedes Wort. So hätte er Basrar ebenfalls eingeschätzt.

„Oh, ich verfluche die Stunde, in der du auf dieses Schiff gekommen bist.“ Nin-Si war jetzt völlig außer sich. „Seit du hier bist, haben wir nur noch zu kämpfen. Du … du …“ Tränen schossen ihr in die Augen. „Du …!“, hilflos brach sie ab und wirkte auf einmal völlig niedergeschlagen. Traurig stand sie vor Simon und wusste sich keinen Rat mehr.

Instinktiv trat Simon einen Schritt vor und nahm sie in den Arm. Das half. Sie ließ sich von ihm halten, und auch wenn sie immer wieder laut aufschluchzte, beruhigte sie sich allmählich wieder. Einige Zeit standen sie so: Nin-Si fest in Simons Umarmung, Neferti, Moon und Salomon verlegen an ihrer Seite, während der Aborigine wie ein Igel zusammengerollt am Bug lag.

Schließlich löste sich Nin-Si aus Simons Armen. Ihr ging es wesentlich besser.

„Entschuldige“, brachte sie flüsternd hervor. „Ich wollte dich nicht ...“

Dieses Mal war es Simon, der sie unterbrach: „Du hast recht“, erwiderte er und die Worte kamen ihm nicht leicht über die Lippen. „Mit allem, was du sagst. Ich habe euch bisher nur Ärger gebracht.“

„Nein!“, schrie Neferti. „Hört auf! Alle beide! Es ist ein Glück, Simon, dass du hier bist. Du hast uns die Augen geöffnet. Durch dich haben wir wieder Leben in uns. Nin-Si, du kannst nicht ihm allein die Schuld geben an dem, was passiert ist. Außer dir waren wir alle für die Reise nach Karthago. Selbst Basrar. Er war bereit, sich darauf einzulassen. Simon konnte nicht ahnen, was alles geschehen würde. Doch nun ist es geschehen. Und es bringt uns nichts, weiter zu streiten.“ Sie zeigte auf den Aborigine. „Wir sollten überlegen, wie wir diesem Jungen helfen können. Wir sollten ihm ...“

Nin-Si richtete sich wieder auf. „Wir sollten ihm seine Heimat wiedergeben“, sagte sie und die anderen blickten sie überrascht an.

„Was?“

„Schaut ihn euch an. Lasst uns diesen Jungen nach Hause bringen.“

„Verstehe ich dich richtig?“, fragte Neferti zweifelnd. „Du willst in seine Zeit reisen? Nach allem, was geschehen ist?“

„Hier können wir ihm nicht helfen“, antwortete Nin-Si und reines Mitgefühl für den Jungen schwang in ihrer Stimme mit. „Er muss zurück.“

Salomon, Moon, Neferti und Simon standen stumm vor ihr. Sie alle dachten an die vergangene Stunde: an die Flammen, die fauchend aus dem Seelensammler gestoben waren und sie beinahe getötet hatten.

„Noch eine Zeitreise ohne den Schattengreifer?“, wagte schließlich Salomon nachzufragen. „Hat er uns nicht deutlich genug gewarnt?“

Nin-Si winkte ab. „Sein Hass auf uns kann nicht so groß sein wie mein Hass auf mich selbst, wenn wir den Aborigine hierbehalten. Er braucht Hilfe. Er braucht uns!“

Sie streckte eine Hand aus. „Bitte!“

Die Freunde zögerten.

Es war Moon, der seine Hand zuerst auf Nin-Sis Hand legte. Doch schnell schlugen auch Neferti, Simon und Salomon ein.

Es war beschlossen: Der Seelensammler sollte erneut eine Zeitreise antreten.

Sie würden den Aborigine nach Hause bringen.

Wieder dieser Druck.
Das Loch in seiner Brust dehnte sich erneut aus und der Schmerz fuhr in alle Glieder.
Er keuchte.
Noch immer lag er auf dem Boden inmitten der Halle.
Die Krähe an seiner Seite starrte ihn an.
Sie erwartete Anweisungen.
Doch er konnte sie nicht geben. Sein geschwächter Körper war kaum imstande, dem Druck im Inneren standzuhalten.
Seine dünnen Finger verkrampften sich auf dem Boden.
Suchten Halt.
Verloren ihn.
Doch dafür gewann er Erkenntnis.
Erkenntnis darüber, was gerade geschah.
Seine Augen weiteten sich vor Bestürzung.
Sie hatten es gewagt. Sie hatten seine Warnung ignoriert.
Sie waren wieder unterwegs. Mit seinem Schiff.
Und er war machtlos dagegen.
Machtlos.
Und kraftlos.
Die Mischung aus Schwäche und Enttäuschung raubte ihm beinahe die letzte Lebenskraft.
Er musste sich geschlagen geben.
Zunächst.

Geschlagen geben, bevor er zurückschlagen konnte.
Und das würde er.
Mit aller Macht.
Mit aller Magie.
Mit aller Strenge.

Die Kette rasselte. Laut klatschend schlug der Anker des Seelensammlers in das Wasser ein und schon wenige Augenblicke später geriet die Kette unter Spannung und der Seelensammler verlor knarrend den letzten Rest an Fahrt.

Noch etwas benommen von den Strapazen ihrer Zeitreise, aber bereits ungeduldig und voller Tatendrang, trafen sie ihre Vorbereitungen. Die Segel wurden geborgen, die Zeitmaschine im Rumpf des Schiffes versenkt. Simon strich noch mit einer Hand über das Glas der Sanduhr, bevor die Maschine im Deck versank. Lautlos rieselte bereits der rote Sand durch das Stundenglas in der Mitte des Apparates. Der Tag war gerade erst angebrochen. Doch ihre Zeit hier in Australien lief schon ab.

Simon rannte auf das Kajütdach, um einen Blick auf die australische Küste zu werfen. Er ließ seinen Blick wieder über den hellen Sandstrand gleiten, über die Bäume des Dschungels, das klare Wasser des Meeres, die Einfahrt zur Bucht, bis hin zur „HMS Sirius“. Wie bei seinem ersten Besuch hier lag das beeindruckende Segelschiff wieder einige Hundert Meter von ihnen entfernt vor Anker, hinter dem Bug des Seelensammlers.

Mit Grauen dachte Simon an die britischen Seeleute zurück, und seine Augen suchten die Stelle zwischen sich und der Sirius, an der die Männer ins Meer gezogen worden waren, in den Strudel hinein, der durch die schwarze Magie des Schattengreifers zu ihrem Grab geworden war.

„Bist du so weit?“ Moons vertraute Stimme holte Simon wieder in die Gegenwart zurück. Oder besser gesagt in das, was sich in diesem Augenblick als ihre Gegenwart darstellte: Australien im Jahr 1788.

„Ich komme“, rief Simon und schon sprang er die Stufen der Treppe hinab. „Bin bereit!“

„Weißt du, was uns hier erwartet?“, erkundigte sich Neferti neugierig. Sie stand neben Moon, Salomon und Nin-Si auf Deck und sie alle wirkten nervös. „Du sagtest, dass du dich ein wenig auskennst in dieser Epoche.“

Simon schaute zum Bug, dorthin, wo sich der Aborigine am liebsten aufgehalten hatte. Nun jedoch war sein Platz leer.

Simon nickte. „Ja, schon …“, er zögerte. „Ich habe schon viel über diese Zeit gelesen und von meinem Vater gehört. Aber so gut wie ihr kenne ich diese Zeit bestimmt nicht. Ihr seid ja selbst dort gewesen.“

Neferti wurde verlegen. „Weißt du, wir kennen uns hier gar nicht aus“, gab sie zu. „Wir – wir wissen von den Epochen, die wir besuchen, immer nur das, was der Schattengreifer uns sehen lässt. Und das ist nicht viel.“

„Er führt uns stets an den Geschehnissen vorbei“, ergänzte Nin-Si. „Einzig, wie er seine neuen Zeitenkrieger zu sich nimmt, können wir beobachten. Er spricht nie über das, was uns umgibt, und er zeigt uns auch nichts weiter.“

„So wichtig sind wir ihm wohl doch nicht“, fügte Salomon bitter hinzu. „Er sieht uns nicht als Menschen. Wir sind nur seine Werkzeuge.“

„Seine Werkzeuge“, wiederholte Simon flüsternd. Ihm wäre dieser Vergleich nicht eingefallen, aber der Begriff ließ einiges in einem anderen Licht erscheinen. Wenn die Zeitenkrieger und vielleicht auch nur der Seelensammler lediglich wie Werkzeuge für den Schattengreifer waren, um seinen Plan in die Tat umsetzen zu können, worin mochte dann wohl der wirkliche Plan bestehen?

Ging es um Macht? Ging es um Rache?

Um Reichtum?

Wieder riss Moon ihn aus seinen Gedanken: „Willst du uns verraten, was du über diese Zeit weißt?“

„Was? Ach so, ja natürlich, entschuldige. Wir befinden uns gerade in dem Zeitraum, in dem die ersten Siedler aus England diesen Kontinent für sich erobern. Nachdem James Cook Australien für die Europäer entdeckt hatte, führte die ‚HMS Sirius‘ zehn Schiffe hierher. An Bord befinden sich etwa eintausend Menschen, und das Ungewöhnliche: Es sind vor allem Sträflinge aus Großbritannien und deren Bewacher. Die Gefangenen sollen hierher verlegt werden, weil sie in ihrer Heimat niemand mehr haben will. Sie sollen versuchen …“

„Entschuldige“, unterbrach ihn Salomon mit verblüffter Miene. „Aber … heißt das, wir haben es hier mit Verbrechern zu tun?“

„Und deren Aufsehern, jawohl. Einige von ihnen haben ihre Familien mitgenommen. Es gibt also auch Frauen und Kinder dort. Aber das ist die Minderheit. Hauptsächlich sind Gefangene und ihre Aufseher mit den Schiffen gekommen. Sie versuchen gemeinsam, das Land bewohnbar zu machen und eine Stadt zu errichten. Das, worauf ihr gerade schaut, wird in einigen Jahren Sydney sein. Eine Millionenstadt, mit riesigen Häusern und breiten Straßen. Beinahe alles, worauf ihr sehen könnt, wird bebaut und bewohnt sein. Anstelle der wilden Bäume und Sträucher, auf die wir gerade blicken, werden hier bald Gebäude zu sehen sein, mit Straßen und Brücken dazwischen.“

Die Zeitenkrieger starrten angestrengt zur Küste und versuchten, sich das vorzustellen, doch ihre Gesichtsausdrücke verrieten, dass es ihnen nicht gelang.

Simon musste an den Aborigine denken und fragte. „Wo seid ihr ihm denn begegnet?“

„Mitten im Busch“, gab Moon zur Antwort. „Er stand mit seiner Familie einer Gruppe weißer Männer gegenüber, die mit ihren Gewehren auf sie zielten. Das war der Moment, in dem wir eintrafen.“

„Weißt du, warum die Männer auf sie zielten?“

Moon schüttelte den Kopf. „Wie gesagt: Der Schattengreifer weiht uns niemals ein. Und von unserem Versteck im Busch aus konnten wir nicht genug erkennen und hören.“

„Wo könnte sich die Stelle befinden, an der ihr die Aborigines entdeckt habt?“

Noch einmal schüttelte Moon den Kopf. „Ich finde normalerweise jede Fährte. Doch in diesem Dschungel kann ich mich nicht orientieren. Tut mir leid, Simon. Ich werde dich nicht an die Stelle führen können. Wir werden …“

„Wir?“ Plötzlich kam Simon ein Gedanke. „Ich halte es für besser, wenn nur Salomon und ich gehen.“

„Was?“ Moon, Neferti und Nin-Si horchten erstaunt auf.

„Aber …“

„Denkt doch mal nach: Wir müssen zur Siedlung und uns unter die Leute mischen, um herauszubekommen, ob sie vielleicht etwas mit unserem Aborigine zu tun haben oder ob sie schon einmal von ihm oder seiner Familie gehört haben. Es muss ja einen Grund haben, warum der Schattengreifer gerade ihn auserwählt hat. Irgendetwas Schreckliches wird in den nächsten Stunden passieren. Und zwar genau hier in der Nähe. Hier, wo der Schattengreifer sein Schiff anlegen ließ. Also sollten wir in die Siedlung. Aber wir haben es dort ausnahmslos mit weißen Siedlern zu tun. Salomon und ich werden vermutlich nicht auffallen. Wir sind ja ebenfalls Europäer. Ihr allerdings …“

Nin-Si, Neferti und Moon sahen an sich herunter.

„Du hast recht“, gab Moon zu, doch in seiner Stimme schwang Enttäuschung mit. „Eine Ägypterin, ein Indianer und ein Mädchen aus dem Orient sind nicht das, was die Siedler erwarten.“

Nin-Si pflichtete Simon bei: „Ja, wir bleiben wohl besser hier. Schade“, sagte sie beinahe schuldbewusst, „ich hätte gern geholfen.“

„Glaub mir, das hast du bereits“, erwiderte Simon. „Du warst bei ihm, in den schrecklichen Stunden, die er hier auf Deck erleben musste. Ohne dich hätte er das nicht durchgestanden!“

„Meinst du?“, fragte sie, immer noch unsicher. Aber dann lächelte sie Simon dankbar zu. Seine Worte waren ihr ein kleiner Trost.

Moon trat an die Bordwand heran, an der das Beiboot befestigt war. „Dann sollten wir euch wohl viel Glück wünschen“, meinte er, während er Simon und Salomon ins Boot half.

„Wir sind in Gedanken bei euch“, sagte Neferti.

Moon ließ nun das Boot an den Tauen herab, bis es hart auf der Meeresoberfläche aufsetzte.

Salomon und Simon griffen sich die Ruder und machten sich auf den Weg zum Ufer.

Alles in ihm wehrte sich dagegen. Sträubte sich.
Doch er konnte hier nicht liegen bleiben. Er musste handeln.
Jetzt.
Bevor noch mehr Schaden entstand.
Bevor seine Pläne zunichtegemacht würden.
Stöhnend richtete er sich auf und trat einen Schritt voran.
Mit einer Hand stützte er sich an einer der Säulen ab.
Schlurfend suchte er sich seinen Weg hin zu dem Tisch.
Seine Fingerspitzen fuhren über die Buchrücken
der dicken Bände, die darauf lagen.
Irgendwo hier würde er eine Möglichkeit entdecken.
Auf einer dieser Seiten würde er einen Zauber finden,
mit dem es ihm gelingen würde,
wieder die Macht zurückzugewinnen.
Er musste ein Exempel statuieren.
Musste seiner Mannschaft zeigen, wer der Herrscher war.
Zitternd schlug er das erste Buch auf und begann,
in den Zeilen zu suchen.
Es würde ihm gelingen.
Und die Zeitenkrieger würden ihm gehorchen.
Endgültig.

Mit vereinten Kräften zogen sie das kleine Boot über den Sand ans Ufer und versteckten es hinter einem dichtgewachsenen Gebüsch. Die Ruder legten sie griffbereit auf die beiden Sitzbänke.

Salomon und Simon waren ein gutes Stück in die Bucht hineingerudert. Doch in dieser engen Passage lagen zahlreiche weitere britische Schiffe vor Anker, und so wuchs die Angst der beiden, gesehen zu werden, und sie hatten sich schon bald dazu entschieden, den Strand anzusteuern.

Simon hatte während ihrer Fahrt unentwegt die Sirius und die anderen Schiffe im Blick behalten. Dort hatte sich jedoch nichts gerührt. Die britischen Mannschaften maßen dem kleinen Boot wohl keinerlei Bedeutung zu. Vielleicht hielt man die beiden Jungs darauf bloß für zwei neugierige Söhne einer Siedlerfamilie.

Der Seelensammler konnte von den Schiffen nicht entdeckt werden. Er lag etwas abseits der Buchteinfahrt vor Anker, sodass man ihn von keinem der Schiffe aus sehen konnte. Von keinem Schiff, außer der Sirius.

Aber auch dort rührte sich nichts. Vielleicht beriet man noch an Deck über eine mögliche Strategie, überlegte Simon. Immerhin hatte es auch bei seinem ersten Eintreffen einige Zeit gebraucht, bis das britische Ruderboot von der Sirius ins Wasser gelassen worden war.

Noch einmal sah er in Gedanken den Moment der Katastrophe vor sich, und er war erleichtert, als sie endlich den Strand der Bucht erreicht hatten und er sich auf andere Dinge konzentrieren konnte.

„Sieh mal!" Simon gab dem Boot noch einen letzten, kräftigen Stoß, um es tiefer im Gebüsch verschwinden zu lassen, und wies mit seinem Kopf auf den Sand. Unzählige Fußspuren, Schleifspuren und Abdrücke von Kisten und Gerätschaften waren am Strand zu erkennen. Eine breite Fährte zog sich das gesamte Ufer entlang.

„Lass uns der Spur folgen, ja?"

Zwischen den Bäumen gab es einen deutlich sichtbaren Trampelpfad. Auf diesem Weg war vermutlich schon etliches Material transportiert worden.

Die beiden Freunde folgten dem Pfad durch die ersten Büsche und Bäume. Doch schon nach wenigen Metern blieben sie stehen. Mit dem, was sie nun zu sehen bekamen, hätten sie keinesfalls gerechnet.

Anscheinend war bereits eine riesige Waldfläche gerodet worden. Denn hinter den ersten Baumgruppen am Ufer, geschützt von dieser dichten, grünen Wand, befand sich eine ganze Stadt im Aufbau. Offenbar war es den Siedlern innerhalb kürzester Zeit gelungen, ein riesiges Gebiet für die zukünftige Siedlung nutzbar zu machen. Zahllose Zelte waren errichtet und sogar schon einige Gärten angelegt worden.

Zwischen den Zelten stiegen dünne Rauchschwaden aus Feuerstellen empor, über denen Frauen in riesigen Töpfen das Essen vorbereiteten.

Und überall dazwischen geschäftiges Treiben. Kaum ein Mensch stand still. Es wurde gegraben, gepflügt, gesägt, gehämmert. Die Umrisse für die ersten stabilen Häuser waren bereits mit Pflöcken im Boden abgesteckt. Direkt daneben lagen die langen, gehobelten Baumstämme bereit.

Kleinere Weideflächen waren eingezäunt worden, und verschiedene Tiere, die wohl aus Großbritannien mitgebracht worden waren, suchten den kargen Boden nach Futterresten ab.

Aus langen Rindenschalen, die von Baumstämmen sorgsam abgezogen worden waren, hatten einige Siedler Dächer errichtet, unter denen die Lebensmittel lagerten.

All das hatte keinerlei Ähnlichkeit mit dem, was Simon erwartet hatte. Er war davon ausgegangen, dass jetzt – seiner Schätzung zufolge erst wenige Wochen nach der Ankunft dieser ersten Siedlerflotte – gerade einmal die ersten Zelte standen. Er hätte gedacht, dass sich die Menschen erst noch in das neue Leben einfinden mussten. Doch die ganze Siedlung wirkte schon jetzt gemütlich, ja beinahe einladend.

Allerdings machten die vielen Gewehre in den Händen der rot uniformierten Briten diesen Eindruck wieder zunichte. Das Geschehen in der Siedlung und der Umgebung wurde scharf beobachtetet und bewacht. Die Uniformierten hatten sich rund um diese entstehende Stadt postiert, und zwar so, dass sie auch wirklich jeden Einzelnen im Blick hatten.

Die Strafgefangenen selbst waren als solche kaum zu erkennen. Es gab einige wenige Gruppen von Männern, die durch Fußketten zu einem Trupp zusammengeschlossen worden waren. Die anderen Männer bewegten sich frei auf dem Gelände umher. Simon hätte allerdings nicht mit Bestimmtheit sagen können, ob sich unter den vielen Männern, die dort in Hemden mit hochgekrempelten Ärmeln arbeiteten, nicht auch Soldaten in Zivil befanden.

„Wie sollen wir denn dort reinkommen, in die Siedlung?“, fragte Salomon mit Blick auf die umstehenden Wachen.

Simon blickte erst an ihm, dann an sich herunter. „Einfach reinmarschieren geht wohl nicht. Mit unserer Kleidung würden wir wieder einmal nur auffallen.“ Er deutete hinter sich zur Bucht. „Komm mal mit, vielleicht haben wir Glück!“

Sie liefen den Versorgungspfad der Siedler wieder zurück. Am Ufer sah sich Simon nach allen Seiten um und kicherte plötzlich los. „Dachte ich mir's doch!"

Wieder rannte er los, während Salomon ihm nur verständnislos folgte. „Was hast du denn entdeckt?"

Hinter einem umgestürzten Baum duckte sich Simon und zog den verdutzten Salomon zu sich in das Versteck.

„Was ...?"

Aber Simon brauchte nur zum Strand zu nicken und Salomon verstand augenblicklich: Eine Frau kniete im Sand und wusch im Wasser der Bucht ihre Wäsche. Hinter ihr hatte sich ein Soldat postiert.

Salomon blickte auf den prall gefüllten Wäschekorb. „Und wie sollen wir da jetzt drankommen?"

„Mit dem ältesten Trick der Welt." Simon lächelte geheimnisvoll. „Bleib du hier und behalte die Frau und den Korb im Auge. Und wenn der Augenblick günstig ist, greifst du zu."

„Ich verstehe nicht ganz ..."

„Warte einfach ab, was geschieht", entgegnete Simon. In geduckter Haltung schlich er aus ihrem Versteck. Vorsichtig näherte er sich dem Soldaten, der sich mit gelangweilter Miene auf sein Gewehr stützte und der Frau beim Waschen zusah. Simon zog unter einem Gebüsch einen dicken, kurzen Ast hervor, stellte sich so weit auf, wie es möglich war, und warf den Stock in hohem Bogen von sich fort. Es raschelte laut zwischen den Bäumen.

Der Soldat reagierte sofort und riss seine Waffe in die Höhe. „Ist da jemand?", rief er, das Gewehr im Anschlag.

Auch das Interesse der Frau war nun geweckt. Sie stand auf und kam auf den Soldaten zu. „Kommt jemand?"

„Mir war gerade, als ob …" Er trat ein paar Schritte zwischen die Bäume. Die Frau folgte ihm und blickte sich ebenfalls suchend um.

Salomon nutzte diesen Augenblick, sauste flink hinter dem schützenden Baum hervor und hinüber zu dem Wäschekorb. Er zog einige Kleidungsstücke heraus und rannte damit in sein Versteck zurück.

Simon triumphierte innerlich. Wieder einmal hatte sich sein Wissen aus all den Abenteuerbüchern, die er bisher gelesen hatte, bezahlt gemacht! Und dieser uralte Steintrick bewährte sich einfach immer.

Der Soldat und die Frau warteten noch eine Weile ab und starrten angespannt zwischen die Bäume, bis der Soldat schließlich aufgab. „War vielleicht nur ein Tier", beruhigte er die Frau.

„Möglich", gab sie zur Antwort und ging wieder ans Ufer der Bucht, um ihre Arbeit aufzunehmen. Auch der Soldat postierte sich ähnlich wie zuvor. Dieses Mal stützte er lediglich die andere Seite seines Körpers auf das Gewehr. Simon und sein Freund rannten unterdessen gemeinsam davon.

„Und?"

„Ein Hemd, eine Hose und ein Bettlaken mit Löchern", beklagte sich Salomon.

Doch Simon war begeistert: „Na, das ist doch perfekt! Zeig her!"

Minuten später spazierten sie auf die Siedlung zu. Simon hatte sich das Hemd angezogen. Es war ihm etwas zu groß, doch nachdem er die Ärmel umgeschlagen und die Enden des Hemdes vor dem Bauch eng verknotet hatte, fiel das gar nicht mehr auf. Auch die Hose war ihm zu lang, aber er hatte sie an den Beinen hochgekrempelt.

Salomon konnte sein weißes Hemd und die Weste gleich anbehalten. Nur die Hose war für diese Gegend zu fein gewesen. Also hatten sie diese kurzerhand an den Beinen eingerissen und sie ordentlich im nassen Sand gewälzt.

Nur mit dem Bettlaken hatten sie nichts anzufangen gewusst und so hatten sie es einfach ins Boot geworfen.

Die beiden Jungs, die sich nun der australischen Siedlung näherten, sahen aus wie zwei Freunde, die gerade vom Angeln zurückkamen.

Sie näherten sich dem ersten Soldaten. „Na Bürschlein, nichts zu tun?“, ulkte dieser.

„Ah – nö!“, gab Simon knapp zur Antwort.

„Dann rennt hier nicht rum wie die Karnickel“, maulte die Wache. „Wie oft muss man euch noch sagen, dass die Wälder gefährlich sind und ihr nicht alleine durch die Gegend laufen sollt? Tut lieber was! Seht doch nur mal dort vorn. Die Leute könnten bestimmt etwas Hilfe gebrauchen.“ Er wies auf eine Gruppe von fünf Männern, die dabei waren, Baumstämme passend zuzuschneiden. „Los, macht euch an die Arbeit!“

Simon und Salomon nickten. Sie waren dem Soldaten dankbar für den Hinweis und rannten eilig auf die Männer zu.

„Die Wache dort hinten sagt, ihr könnt Hilfe gebrauchen“, sprach Simon einen der Männer an.

Ebenso wie den anderen klebte ihm das schweißnasse Hemd am Körper. „Was? Ach so. Ja.“

Sie waren gerade dabei, einen etwa vier Meter langen Stamm zu zersägen. Zwei der Männer hielten den Baum, während zwei andere ihn mit einer Säge zerteilten.

„Und wo können wir denn nun mit anpacken?“, erkundigte sich Salomon. Augenblicklich hatte das Sägen ein Ende.

„Anpacken?", fragte einer der Männer. „Nee, Junge, das nicht. Aber ihr könnt uns von der Feuerstelle dort drüben Wasser bringen. Verdammte Hitze. Am besten gleich zwei Eimer."

So rannten die beiden Freunde wieder los, bis zu der Feuerstelle, an der auch Wassereimer bereitstanden.

„Verflixt", zischte Salomon. „Das alles bringt uns nicht weiter. Bald wird der Schattengreifer auftauchen. Irgendwo in dieser Nähe gibt es ein Waldstück, wo er dem Aborigine und seiner Familie auflauern wird, und wir müssen ihn unbedingt vorher finden!"

Simon griff sich einen der gefüllten Eimer und drückte Salomon ebenfalls einen in die Hand.

„Und außerdem müssen wir an Bord des Seelensammlers sein, bevor es dunkel wird", meinte Salomon düster, während sie die Eimer zu den Arbeitern trugen. „Zwölf Stunden lässt uns die Sanduhr der Zeitmaschine. Dann müssen wir wieder an Bord sein. Wenn wir bis dahin nicht … Warte mal!"

Abrupt blieb er stehen.

„Sieh mal, dort!" Salomon nickte unauffällig in Richtung zweier Zelte. Zwischen den Zelten waren drei Zivilisten zu sehen. Einer von ihnen hielt ein Gewehr in der Hand. Die drei schienen aufgeregt zu diskutieren.

„Den einen dort, den kenne ich", raunte Salomon seinem Freund zu. „Der mit dem Gewehr. Er war dabei, als der Schattengreifer den Aborigine aufgegriffen hatte."

„Bist du sicher?"

„Ganz sicher."

„Aber: Zivilisten mit Gewehren? Glaubst du, in einer Strafkolonie darf man Gewehre mit sich tragen, ohne uniformiert zu sein?"

„In der Siedlung sicher nicht“, gab Salomon ihm recht. Grübelnd stellte er seinen Wassereimer ab. „Aber vielleicht außerhalb. Dann, wenn das Wachpersonal jagen geht.“

„Oder ganz andere Dinge plant!“

Simon stellte seinen Eimer ebenfalls ab. Der Mann, den Salomon erkannt hatte, wandte sich gerade schimpfend von den beiden anderen ab und marschierte wütend davon.

„Komm!“, sagte Salomon und ging auf die beiden Zelte zu. Die zwei Männer wirkten jetzt noch aufgebrachter, und endlich konnten Simon und Salomon verstehen, worüber sie sprachen: „Wenn sie uns anfallen, diese Eingeborenen, dann ja“, ereiferte sich der Erste. „Dann bin ich auch dafür, auf sie zu schießen. Aber einfach so – nur aus Spaß ...“

„Das sind doch keine Tiere“, schimpfte der andere. „Auch wenn sie im Wald leben und keine Häuser oder Zelte haben. Und auch wenn sie nicht alles verstehen, was wir ihnen sagen. Es sind doch keine Tiere!“

„Genau“, stimmte ihm der andere zu. „Mir gefällt das alles gar nicht. Und deshalb mache ich auch nicht mit bei der Jagd nach diesen Nomaden. Von mir aus soll er es als Sport betrachten. Aber ich halte mich da raus! Es ist falsch, sich auf diese Art von der Arbeit hier abzulenken. Dann hätte er eben nicht mit hierherkommen dürfen. Wir stehen im Dienst der Krone und sind damit einer gewissen ...“

Simon und Salomon hatten genug gehört und schlichen sich davon. Doch schon nach wenigen Metern zog Salomon seinen Freund beiseite.

„Wovon sprechen die?“

„Es gibt wohl eine Hatz auf die Aborigines. Viele der Siedler machen sich anscheinend einen Spaß daraus, die Ureinwohner zu jagen. Die Aborigines werden von ihnen nicht als echte Menschen angesehen. Und deshalb …"

„Und deshalb werden sie einfach getötet?" Salomon war entsetzt.

„Ich fürchte schon. Komm, wir sollten uns beeilen", erwiderte Simon. „Sonst verlieren wir den Mann mit dem Gewehr aus den Augen."

In dem Moment verschwand der Mann hinter den Zelten und wie auf Kommando rannten sie hinterher. An einer Böschung blieb er neben einem der Wachhabenden stehen, sprach ihn kurz an und verschwand dann im Wald.

„Verflixt!", schimpfte Salomon wieder. „An der Wache kommen wir nicht vorbei!"

„Warte!" So schnell er nur konnte, hastete Simon zurück zu seinem Wassereimer und schleppte ihn wieder zu Salomon hin. „Vielleicht doch!", stieß er hervor. „Lass es uns versuchen."

Sie ergriffen beide den Henkel und trugen den Eimer zusammen in die Richtung, in die der Bewaffnete verschwunden war.

„Halt!", bellte die Wache. „Wo wollt ihr zwei denn hin?"

„Wir haben den Auftrag, Trinkwasser in den Wald zu bringen", gab Simon prompt zur Antwort. Im Lügen wurde er allmählich immer besser!

Die Wache lachte laut auf. „Ja, das Wasser können die Jungs bestimmt gut gebrauchen. Jagen macht durstig, müsst ihr wissen. Na los, beeilt euch!"

Schnell verschwanden Salomon und Simon im Gebüsch. Schon nach den ersten Schritten ließen sie den Wassereimer fallen und nahmen erneut die Fährte des Bewaffneten auf. Sie brauchten nur der Schneise zu folgen, die von ihm – und sicher auch schon von einigen Männern vor ihm – in den Wald geschlagen worden war.

Der Pfad führte sie immer tiefer in den Wald hinein, bis sie erneut Stimmen vernahmen.

Eine Gruppe von Männern musste sich unmittelbar in ihrer Nähe befinden.

„Da bist du ja endlich!“, ließ sich eine tiefe Männerstimme vernehmen.

Simon und Salomon schlichen sich näher heran. Inmitten einer Baumgruppe fanden sie ein gutes Versteck, von dem aus sie die Männer beobachten konnten: fünf Zivilisten, allesamt mit Gewehren bewaffnet und voller Ungeduld auf das Vergnügen, das sie erwartete.

„Wurde auch Zeit“, brummte die Stimme jetzt, und die Freunde konnten nun sehen, wer da sprach: Ein riesiger, muskelbepackter Kerl stand in der Mitte der Gruppe, um den Hals hatte er ein rotes Tuch gebunden.

„Los, Leute“, drängte er ungeduldig. „Schließlich weiß man nie, wann diese Brut weiterzieht. Ein Zuhause kennen die ja nicht. Streifen durch die ganze Gegend, ohne je ein Ziel zu erreichen!“

„Ich führe euch“, rief ein zweiter Mann dazwischen. „Es ist gar nicht weit. Man könnte fast hinspucken, glaubt mir. Ich hab sie heute Nachmittag gesehen. An ihrem Lagerfeuer und …“

„Nun mach dich nicht so wichtig“, fuhr ihm ein Dritter über den Mund. Er trug ein schmuddeliges gelbes Hemd, bei dem nur der unterste Knopf geschlossen war. „Diese Gruppen findet doch jeder. Du brauchst nur mal nachts nach ihren Feuern Ausschau zu halten. Die Flammen sind ihnen anscheinend wichtig und …“

„Ich habe sie aber am Tag entdeckt", schaltete sich der Zweite nun wieder ein und sah seine Kumpel gekränkt an. „Außerdem weiß ich genau, wo sie gerade lagern."

„Lungern meinst du wohl", bellte Erste. Er hielt das wohl für besonders komisch. „Lungern. Nicht lagern!"

Die anderen lachten, offensichtlich jedoch mehr aus Gefälligkeit.

Dann schulterten sie ihre Gewehre und gingen los.

„Das sind sie", zischte Salomon. „Genau diese Männer standen um die Gruppe der Aborigines. Aber … aber irgendetwas stimmt nicht. Alles ist … anders."

„Anders?"

Salomon runzelte die Stirn. „Ja. Es waren nicht so viele. Nur vier. Den da, mit dem grauen Hut, den habe ich noch nie gesehen. Und der eine, der Laute dort, der hatte sein rotes Tuch nicht um den Hals, sondern um den Arm gebunden. Um den rechten Arm."

„Bist du sicher?"

„Ja. Ganz sicher. Auch das gelbe Hemd dort habe ich noch nie gesehen. Der Mann hatte überhaupt kein Hemd angehabt, als wir …"

„Vielleicht ist das doch eine andere Gruppe und wir sind auf dem falschen Weg?"

„Nein, nein." Salomon schüttelte energisch den Kopf. „Es waren diese Männer. Bestimmt!"

„Wie kann das sein?" Simon sah seinen Freund fragend an. „Wir sind doch exakt in der Zeit angekommen, die auch ihr bereist habt. Alles müsste so sein wie bei eurem letzten Besuch hier."

„Ich verstehe es ja auch nicht. Aber ich bin mir ganz sicher."

„Wir sollten uns damit nicht aufhalten“, schlug Simon schließlich vor. „Wichtiger ist doch, dass wir die Verfolgung weiter aufnehmen und uns von den Männern zu der Gruppe der Aborigines führen lassen, damit wir …“

Ein tiefes Knurren ließ die beiden Jungen aufhorchen.

Ein bedrohliches Knurren, gleich hinter ihnen.

Langsam wandten sie sich um.

Vier wolfsähnliche Tiere standen ihnen zähnefletschend gegenüber, die Lefzen weit hochgezogen. Sie waren etwas kleiner als Wölfe, mit einem schmalen, peitschenähnlichen Schwanz und hellem Fell, über dessen Rücken sich dunkelbraune Streifen zogen. Unter ihren Lefzen blitzten spitze, scharfe Eckzähne heraus.

Salomon klammerte sich an Simon. „Was sind das für Tiere?“

„Tasmanische Tiger“, erwiderte Simon erstaunt. „Ausgestorben.“

„Vielleicht in deiner Zeit.“

Die Freunde versuchten, nach hinten auszuweichen, doch sie waren in der Baumgruppe gefangen. Die Büsche, durch die sie die Männer beobachtet hatten, waren undurchdringlich. Und vor ihnen: die Tasmanischen Tiger, die langsam, Stück für Stück, weiter auf sie zukamen.

Das Knurren wurde lauter.

Ruhe.

Er benötigte Ruhe.

Doch dazu fehlte ihm die Zeit.

Später vielleicht.

Jetzt suchte er fieberhaft in den Büchern nach einer Lösung seines Problems. Er musste die Verbindung wiederherstellen.

Er musste sein Schiff wieder in seine Macht bekommen.

Die bleiche Haut hing schlaff an seinem Schädel.

Ihm war, als könnten augenblicklich seine Augen aus ihren Höhlen fallen, so erschöpft fühlte er sich. Mit beiden Händen stützte er sich ab, während er nachdachte.

Und nachdachte.

Dachte …

Doch plötzlich kam Leben in ihn.

Er richtete sich auf, wandte sich rasch von seinem Tisch ab und eilte die langen Hallen entlang. Alle Müdigkeit war verflogen.

Er wusste eine Lösung.

Mit seiner Krähe auf der Schulter eilte er an zahllosen Türen und Torbögen vorbei, bis er hinter der größten seiner Kammern in einen Gang einbog. Wie auf ein unsichtbares Zeichen flammten die Fackeln an den Wänden auf.

Am Ende des Ganges öffnete er eine eichene Doppeltür.

Mit einem breiten Lächeln hielt er inne und genoss das Schauspiel, das sich seinen Augen bot.

Fauchend schritt das Tier die Gitterstäbe entlang.
Der Käfig hatte ihm in all den Jahren seinen Stolz und seine Kraft nicht nehmen können. Mit einer Würde, wie sie nur von einem Tier seiner Art ausgehen konnte, blickte es seinem Besucher entgegen, ohne seinen Gang zu unterbrechen.
Es wendete am Ende der Gitterstäbe und setzte seinen Weg weiter fort. Lediglich das Fauchen verstummte.
Still hielt es den Blick auf die Doppeltür gerichtet.
Einen Moment noch kostete er diesen Anblick aus.
Dann wurde es Zeit zu handeln.
Er öffnete die Käfigtür und stieg hinein.
Die Bewegungen hatten ein Ende.
Misstrauisch verfolgte das Tier jede Regung seines Besuchers.
Als dieser sich in die Hocke begab, war die Neugierde geweckt, und es trat zögernd auf ihn zu.
Die Krähe auf seiner Schulter zuckte nervös.
Doch er selbst empfand keinerlei Furcht vor diesem riesigen Geschöpf. Beinahe ehrfürchtig ließ er das Tier auf sich zukommen, strich mit einer Hand über dessen Kopf und mit der anderen über Hals und Nacken des Tieres,
bis hinunter zur rechten Pfote. Er griff sanft danach,
legte die Pfote in seine offene Hand und blickte zufrieden auf das, was ihn auf die Lösung seines Problems gebracht hatte.
Auf die Lücke in der Pfote. Er dachte an die fehlende Kralle.
Sie konnte ihm die Verbindung zum Seelensammler verschaffen.
Die Kralle. Die Kompassnadel der Zeitmaschine.
Die Kralle aus der Pfote, die der Schattengreifer
in diesem Moment andächtig in seiner Hand hielt.
Die Kralle des Säbelzahntigers, vor dem er gerade kniete.

Die beiden Freunde versuchten verzweifelt, mehr Abstand zwischen sich und die Tasmanischen Tiger zu bringen. Sie drückten sich fest gegen die Bäume in ihrem Rücken und nur die pure Angst hielt sie davon ab zu schreien.

Jede ihrer Bewegungen wurde mit einem bedrohlichen Knurren beantwortet. Eine Flucht war ausgeschlossen.

Schon kam eines der Tiere näher – so nah, dass es mit seiner Schnauze beinahe die Füße der beiden Freunde berühren konnte.

Auch die anderen Tasmanischen Tiger rückten noch weiter vor, ihre Muskeln schienen sich bereits anzuspannen …

Sie machten sich zum Sprung bereit! Simon schloss die Augen.

Doch plötzlich vernahm er einen ungewöhnlichen Laut und das Knurren verstummte augenblicklich. Simon öffnete vorsichtig die Augen. Wieder ertönte das Geräusch und auf einmal wandten sich die Tasmanischen Teufel von den beiden Jungen ab.

Woher kam dieses Geräusch nur? Simon suchte mit den Augen die Umgebung ab. Und dann sah er endlich, wer sie gerade gerettet hatte. Er lachte erleichtert auf. Salomon, der Simons Blick gefolgt war, lächelte ebenfalls: Vor ihnen stand ihr australischer Freund. In seiner rechten Hand hielt er einen langen Wurfspieß, den er sich aus einem Ast gefertigt hatte. Möglicherweise befand er sich gerade auf der Jagd.

Er schnalzte noch einmal auf diese ungewöhnliche Weise mit der Zunge und die Tasmanischen Tiger versammelten sich wie brave Hunde um seine Beine.

Simon war erleichtert und beeindruckt zugleich. Dieser Aborigine hier war zwar eindeutig derselbe, der ihm Stunden zuvor noch seine Schmerzen genommen hatte. Doch er hatte trotzdem nur wenig Ähnlichkeit mit dem ängstlichen, eingeschüchterten Jungen auf dem Seelensammler. Hier stand ein selbstbewusster Junge vor Simon und Salomon, der den beiden aus mutigen und interessierten Augen entgegenblickte. Er strahlte nur so vor Tatendrang und Lebenshunger.

„Schön, dich zu sehen“, begrüßte ihn Simon, doch da wurde ihm bewusst, dass der Junge sie ja nicht erkennen konnte.

Der Aborigine besah sich die Fremden nun genauer. Irgendetwas schien ihn zu verwirren. Es wirkte beinahe, als kämen ihm die beiden bekannt vor. Man konnte ihm ansehen, wie er versuchte, sich zu erinnern.

Simon überlegte, was er sagen könnte. Aber ihm fehlten die Worte angesichts dieser ungewöhnlichen Situation. Endlich streckte er eine Hand aus und stotterte unsicher: „Wir … wir sind … nun …“

In diesem Moment durchpeitschte ein Schuss die Stille des Waldes. Der Knall kam aus der Richtung, in die vorher die Gruppe der Siedler losgezogen war.

Instinktiv gingen Simon und Salomon Schutz suchend in die Hocke. Nur der Aborigine verlor keine Zeit. Hastig rannte er los, seinen Wurfspieß fest in der Hand. Die Tasmanischen Tiger folgten ihm mit lautem Gebell.

„Hinterher!“, brüllte Simon nur und schon hechteten auch die beiden los.

Wieder ein Schuss.

Die beiden Freunde konnten mit dem Tempo des flinken Aborigine kaum mithalten. Immer wieder verloren sie ihn aus den Augen. Ein dritter Schuss hallte durch den Wald. Der Australier rannte nun umso schneller.

Simon und Salomon versuchten inzwischen vergeblich, mit der Geschwindigkeit des Aborigine Schritt zu halten: Der Abstand erweiterte sich mehr und mehr. Erst als sich der Wald wieder lichtete, holten sie ihn ein. Der Junge war unvermittelt stehen geblieben.

Schnell versteckten sich die beiden Freunde hinter einem breiten Baumstamm und versuchten, die Situation, die sich ihnen bot, zu erfassen.

Auf der Lichtung standen die fünf Männer, die Gewehre im Anschlag. Sie umzingelten eine Gruppe von etwa fünfzehn Aborigines, die ihnen angstvoll entgegensahen.

Neben ihrem Lagerfeuer lagen die Leichen von dreien dieser Ureinwohner. Die Männer hatten ihren hinterhältigen Plan tatsächlich umgesetzt. Simon zweifelte keine Sekunde daran, dass sie die gesamte Familie ausrotten würden.

Salomon stieß seinem Freund in die Seite. „Hier war es gewesen. An diesen Ort hatte uns der Schattengreifer geführt." Er wies mit dem Finger auf die andere Seite der Lichtung. „Dahinten mussten wir uns verstecken. Von dort aus konnten wir zwar nicht alles beobachten, so wie jetzt, aber ich bin mir sicher, dass …"

Eine bekannte Stimme ließ die beiden aufhorchen.

„Wir können ja ein Spiel draus machen!", schlug der mit dem roten Halstuch vor.

Er war ganz in seinem Element. „Wir schießen nacheinander. Männer geben einen Punkt, Frauen zwei und die Kinder da, die bringen drei Punkte. Wer am Ende die meisten Punkte hat, gewinnt und kann seine nächste Nachtwache an den Verlierer abtreten. Na?"

Die anderen lachten laut. „Gute Idee!", brüllte der in dem gelben Hemd. „Die Wette gilt!" Schon zielte er mit seinem Gewehr auf eine der Frauen, die nahe am Feuer standen.

Die Aborigines schrien auf und redeten nun mit eindringlichen Stimmen und in ihrer Sprache auf die weißen Männer ein.

„Das Gegacker könnt ihr euch sparen", ließ sich erneut die tiefe Stimme vernehmen. „Wir verstehen eh kein Wort eurer Sprache. Wenn das überhaupt eine Sprache ist, was ihr da von euch gebt." Wieder lachte er. „Wer ist dran?"

„Ich!" Der Siedler mit dem grauen Hut hob schon sein Gewehr in die Höhe und zielte auf eine weitere Frau, die verängstigt eine Hand hob. Er drückte ab. Der Knall ließ alle zusammenzucken. Die Frau schrie laut und hielt sich eine Hand schützend auf den rechten Arm. Der Schuss hatte sie nur gestreift.

Und plötzlich ging alles ganz schnell. So rasend schnell, dass Salomon und Simon Probleme hatten, das ganze Geschehen zu erfassen.

Von dem Schuss aufgeschreckt, bellten die Tasmanischen Tiger auf und stoben in den Wald davon. Die Siedler wandten sich erschrocken um. Erst jetzt erblickten sie den australischen Jungen. Doch bevor sie reagieren konnten, warf der Junge seinen Wurfspieß auf einen der Siedler und traf ihn mitten in die Brust.

Der Mann ließ schreiend sein Gewehr fallen und drehte sich auf dem Absatz um.

Doch er kam nicht weit: Er tat noch einen Schritt nach vorne … schwankte … sein Hut fiel nach unten. Und schließlich brach er zusammen und fiel zur Seite.

„John!", rief der Mann in dem gelben Hemd und kam herbeigestürzt. Er ließ sich auf die Knie fallen, riss sich sein Hemd vom Leib und drückte es auf die klaffende Wunde seines Freundes, um so die Blutung zu stoppen.

Wieder fiel krachend ein Schuss.

Der Anführer der Siedlergruppe hatte auf den Jungen gezielt, musste ihn jedoch in seiner Wut knapp verfehlt haben. Nun warf er fluchend sein Gewehr auf den Boden, zog eine Pistole und zielte damit auf den Jungen. Der Aborigine bewegte sich nicht. Es hatte den Anschein, als wolle er seine Familie nicht alleinlassen.

Niemand beachtete in diesem Moment die Gruppe der am Feuer versammelten Aborigines. Diese Sekunde nutzend, sprang einer von ihnen hervor, schnappte sich einen der Spieße, die am Boden lagen, und warf ihn nach dem Anführer der Siedler. Die Spitze rammte sich in den Oberarm des Mannes und der brüllte vor Schmerz. Die Pistole glitt ihm aus den Fingern. Mit einem Ruck zog er den Spieß aus seinem Arm und wandte sich zu der Gruppe der Aborigines um.

„Das werdet ihr mir büßen", zischte er, während er das rote Halstuch abnahm und es um seinen blutenden Oberarm band. „Das werdet ihr mir büßen. Qualvoll büßen!"

Salomon packte Simon am Arm. „Jetzt passt alles zusammen", flüsterte er ergriffen. „Vier Männer, das fehlende Hemd, das rote Tuch am Arm! Gleich müsste der Schattengreifer auftauchen. Was sollen wir denn nun machen?"

Simon kam nicht dazu, ihm zu antworten. Er blickte wie gebannt zu der Stelle, wo der Siedler vom Speer durchbohrt worden war. Denn nun erhob sich langsam sein Freund. Sein Oberkörper war nackt und sein blutdurchtränktes Hemd lag am Boden. Bei seinem toten Freund.

„John!", brachte er grimmig hervor. „Er ist …" Wutschnaubend rannte er auf den australischen Jungen zu, packte ihn und schleifte ihn am Arm zu der Gruppe der Aborigines. „Du hast ihn getötet!", schrie er den Jungen an. „Du Bestie hast John getötet!"

Die Situation geriet jetzt völlig außer Kontrolle. Mit ihren Gewehrkolben trieben die Siedler die Gruppe noch enger am Feuer zusammen. Einer der Siedler war bereits dabei, das Gewehr des Anführers mit Schießpulver nachzuladen.

„Und was machen wir jetzt mit denen?", schrie Johns Freund. Er war völlig von Sinnen vor Zorn. „Wir können sie doch nicht einfach nur erschießen! Das wäre doch viel zu milde für diese … diese …"

Der Anführer trat vor. „Zu milde. Da gebe ich dir recht. Sie sollen spüren, was sie uns angetan haben." Mit dem Lauf seiner Pistole zeigte er auf die Flammen des Lagerfeuers. „Wir werden ihnen zeigen, was wirkliche Schmerzen sind."

Die drei anderen Siedler nickten. Ihnen gefiel dieser Vorschlag sichtlich gut.

Die Aborigines verfolgten ängstlich das Gespräch. Zwar verstanden sie kein Wort von dem, was die Männer besprachen, doch deren Gesten waren eindeutig. Panik machte sich unter den Aborigines breit.

„Mit dem da fangen wir an", sagte der Anführer auf einmal. „Holt den Jungen aus der Gruppe raus! Er hat John getötet."

„Nein!" Es war Simon unmöglich, bei diesem Gemetzel noch länger tatenlos zuzuschauen. Er sprang hinter dem Baum hervor und rannte mitten auf die Lichtung.

Die Siedler wandten erstaunt ihre Köpfe nach ihm um.

„Wo kommst du denn her?", bellte ihn der Anführer an. „Was hast du hier im Wald zu suchen?"

„Ich habe alles gesehen", gab Simon zur Antwort. „Ich werde …"

Einer der Männer zeigte in den Wald. „Da ist noch so einer!“, sagte er, als Salomon ebenfalls sein Versteck verließ und auf sie zukam.

Der Anführer verlor nun endgültig die Beherrschung. „Was ist denn hier nur los?“, brüllte er. „Wo kommt ihr beiden her? Euch habe ich doch noch nie gesehen! Zu wem gehört ihr denn, hm?“

Obwohl die Angst ihm den Hals zuschnürte, wich Simon keinen Schritt zurück.

„Das ist doch unwichtig“, sagte er nach einem kurzen Moment mit fester Stimme. „Es geht darum …“

„Was hier wichtig ist, bestimme immer noch ich, Bursche! Und nun mach, dass du verschwindest. Wir haben zu tun.“ Er zückte abermals seine Pistole.

Aber Simon sprang nach vorne, stellte sich vor seinen australischen Freund und rief: „Lasst ihn in Ruhe!“

Der Anführer lachte laut auf. „Hau ab, Junge, und misch dich nicht in unsere Angelegenheiten ein. Der Junge dort wird brennen. Daran wirst du nichts ändern.“

„Nur über meine Leiche!“, gab Simon zurück.

Sein Gegenüber dachte kurz nach. Dann erwiderte er übertrieben höflich: „Wenn das dein Wunsch ist, so kann ich dem gern nachkommen!“

Jetzt ging der Siedler mit dem nackten Oberkörper dazwischen: „Nein, Paul! Das ist einer von uns. Du kannst doch nicht …“

Der Anführer funkelte ihn wütend an. „John wird gerächt, sage ich dir. Und wenn ich dabei zwei Jungen statt einem brennen lassen muss, ist mir das auch egal. Gern können wir den da auch noch mit aufflammen lassen!“ Er zeigte auf Salomon.

„Hauptsache, Johns Mörder bekommt seine Strafe. Wir können uns das doch nicht gefallen lassen. Wenn wir jetzt nachgeben, dann werden diese – diese Tiere uns eines Tages das Fürchten lehren!“

Aus seinen Augen sprachen jetzt nur noch Hass und Wahnsinn. „Genug geredet. Bringt mir den Jungen. Überlasst mir Johns Mörder.“

Seine drei Komplizen sahen sich unsicher an, doch schließlich gaben sie nach.

Es schien, als hätte dieser Wahnsinnige nicht nur hier das Sagen. Gewiss stand er diesen Männern auch innerhalb des britischen Regiments vor. Sie zückten ihre Gewehre und traten an die Gruppe heran.

Simon blieb schützend vor dem Aborigine stehen. „Ihr bekommt ihn nicht!“, rief er aus.

Alle drei Männer richteten jetzt ihre Gewehre auf Simon.

„Das werden wir ja sehen.“ Ein hämisches Lachen war zu hören. „Gib ihn heraus, Junge. Wir bekommen ihn so oder so.“

Simon wusste selbst nicht, woher er den Mut nahm: „Schießt!“, rief er. „Dann schießt doch!“

„Nein!“, schrie Salomon, doch einer der Siedler drückte Simon bereits den Lauf seines Gewehres an die Brust.

Simon starrte ihm entgegen, ohne sich zu rühren. Der Siedler spielte nervös mit dem Finger am Abzug und sah wutschnaubend auf Simon herab.

Doch mit einem Mal wurde er abgelenkt. Sein Blick wanderte über Simons Kopf hinweg, hinter die Gruppe der Ureinwohner.

Nun wandte auch Simon sich ruckartig um. Hinter der Gruppe stand der Schattengreifer. Seine imposante Erscheinung ließ die Aborigines aufschrecken und die Siedler ihre Waffen senken. Solch ein Wesen hatte noch keiner von ihnen zu Gesicht bekommen.

Der Schattengreifer selbst zeigte sich unbeeindruckt von seiner Wirkung auf all die Menschen. Er trat an eine der Aborigine-Frauen heran, nahm ihre Hände in seine Klauen und begann, sehr zu Simons Verwunderung, mit ihr in ihrer Sprache zu sprechen. Sanft tat er dies. Mit einer Ruhe und Glaubwürdigkeit, dass die Frau ihm gern zuhörte. Ihr Blick richtete sich mal auf den Schattengreifer, dann auf die Siedler, dann wieder auf den Schattengreifer. Der sprach weiter auf sie ein, während alle Umstehenden dieses Schauspiel in atemloser Spannung verfolgten.

Simon konnte nur Teile dessen hören, was der Schattengreifer der Frau sagte. Nach den Gesetzen ihrer Zeitreisen verstand er zwar die Sprache dieser Aborigines, doch der Schattengreifer sprach zu leise auf sie ein.

Tränen flossen der Frau die Wangen herab. Schließlich nickte sie. Sie drehte sich zu ihrem Sohn um und nahm ihn an der Hand. Sachte, liebevoll zog sie ihn zu sich heran. Sie legte seine Hand in die Klaue des Schattengreifers.

Jetzt erst erwachte Simon aus seiner Erstarrung.

„Lass ihn“, brüllte er auf und rannte auf den Schattengreifer zu.

Der sah Simon verwundert an. Es war ihm anzumerken, dass er mit einer solchen Reaktion nicht gerechnet hatte.

„Lass ihn!“, wiederholte Simon. Er zerrte den Jungen zur Seite. „Er geht nicht mit dir!“

Der Schattengreifer versuchte zu verstehen, was hier vor sich ging. Sein Blick fiel auf Salomon und nun begriff er erst recht nichts mehr. Er starrte Salomon und Simon an. Und langsam keimte ein Verdacht in ihm auf.

In dem Moment trat der Anführer an den Schattengreifer heran. „Wer sind *Sie?*“, fragte er misstrauisch.

Der Schattengreifer gab ihm keine Antwort. Er konzentrierte sich ganz auf sein Vorhaben.

„Geh mir aus dem Weg“, warnte er Simon mit seiner schnarrenden Stimme. „Ich möchte den Jungen!“

Die wahre, Angst einflößende Stimme des Schattengreifers riss nun jedoch die Mutter des Jungen aus dem magischen Einfluss, unter dem sie gestanden hatte. Schützend warf sie sich auf ihren Sohn.

Der Schattengreifer versuchte noch, etwas zu entgegnen, doch allmählich wurde ihm bewusst, dass er verloren hatte. Auch wenn er nicht nachvollziehen konnte, was genau hier geschah.

Finster blickte er sich um. Man spürte, dass er Niederlagen dieser Art nicht gewohnt war. Niemand durchkreuzte die Pläne eines solchen Wesens.

Die Siedler traten erschrocken einen Schritt zurück und umklammerten wie Hilfe suchend ihre Gewehre. Der Schattengreifer schnaubte. Er zischte Simon an, dann raunte er Salomon etwas zu und schließlich trat er wütend mit dem Fuß auf.

Die Erde rumorte. Wie in einem Erdbeben erzitterte der Waldboden. Die Flammen des Lagerfeuers stoben plötzlich haushoch auf. Das war endgültig zu viel für die Siedler. Völlig überstürzt rannten sie in den Wald davon.

Auch die Gruppe der Aborigines flüchtete.

Jetzt standen nur noch Simon und Salomon am Feuer und nun wandte sich der Schattengreifer ihnen noch einmal zu. Er blickte ihnen giftig in die Augen, dann trat er plötzlich auf das Feuer zu, das für einen Moment erneut aufflammte und ebenso schlagartig verlöschte.

Eine alles umfassende Stille trat ein.

Der Schattengreifer war gegangen.

Simon erinnerte sich an die Worte der kleinen Krähe: „Gegen wahre Gefühle ist er machtlos.“ Ihm wurde klar, dass die Liebe der Mutter den jungen Aborigine gerade vor dem Schicksal bewahrt hatte, das auf dem Seelensammler auf ihn gewartet hätte. „Mach es gut“, flüsterte er dem Jungen nach, auch wenn er schon lange Simons Blick entschwunden war.

„Schade, nicht einmal seinen Namen haben wir erfahren“, seufzte Salomon.

„Aber wir konnten ihm helfen“, erwiderte Simon. „Darauf kommt es an! Lass uns jetzt zum Seelensammler laufen. Wir haben nicht mehr viel Zeit. Bald schon wird der Sand der Uhr …“

„Hier läuft niemand davon!“, dröhnte eine tiefe Stimme hinter ihnen. „Ihr beiden schon gar nicht!“

Die vier Siedler traten auf sie zu. Sie hatten das Geschehen wohl vom Wald aus beobachtet und näherten sich den beiden Jungs nun mit wütenden Blicken.

„Irgendjemand wird für diesen Wahnsinn hier zahlen.“ Der Anführer funkelte sie zähneknirschend an. „Und ihr zwei kommt mir gerade recht. Das alles haben wir euch zu verdanken. Alles lief perfekt – bis ihr aufgetaucht seid. Ich weiß nicht genau, was hier gerade geschehen ist. Aber ich weiß ganz sicher, dass jetzt ein paar lebende Fackeln auf dieser Lichtung stehen würden, wenn ihr nicht gewesen wäret.“ Er bückte sich und griff nach seiner Pistole. „Also werdet ihr beiden jetzt für das geradestehen, was sich hier ereignet hat!“

Die anderen Siedler zückten ihre Gewehre.

Simon sah seinen Freund kurz an. „Lauf!“, brüllte er und schon hechteten die beiden davon in den Wald.

„Hiergeblieben!“, brüllte der Anführer ihnen hinterher.

Ein Schuss krachte. Simon spürte, wie etwas dicht an seinem Ohr vorbeizischte, und in der nächsten Sekunde schlug eine Kugel in den Baumstamm, an dem er vorbeilief.

„Lauf, Salomon! Renn um dein Leben!“

Die beiden nahmen den Pfad durch den Wald, den sie gekommen waren. Sie sprangen über Wurzeln und Steine hinweg, duckten sich unter herabhängenden Ästen hindurch und schafften es tatsächlich, die verwundeten Männer ein Stück abzuhängen.

„Kommt zurück!“, hörten sie den Anführer mit sich überschlagender Stimme schreien.

Plötzlich stoppte Salomon schlagartig und zerrte Simon zur Seite. Er stieß ihn hinter einen Strauch und sprang hinterher.

„Was …“

Salomon drückte seinem Freund blitzschnell beide Hände auf den Mund: „Pst!“

Keine Sekunde zu früh. Auf dem Pfad erschienen mehrere uniformierte Soldaten. Sie hielten ebenfalls die Gewehre schussbereit in den Händen. Nur einen Augenblick später hätten sie Simon und Salomon entdeckt.

In dem Moment kamen die vier schießwütigen Siedler angerannt.

„Was ist los?“, rief ihnen einer der Soldaten entgegen. „Wir haben Schüsse gehört.“

„Diebe!“, log der Anführer. „Wir wollten Diebe einfangen, doch sie sind uns entwischt.“

„Diebe?“

„Eine ganze Gruppe.“ Der Mann steigerte sich regelrecht in sein Lügengespinst hinein.

Simon in seinem Versteck musste unwillkürlich grinsen: Dieser brutale Mann stand wohl ordentlich unter Druck: Denn er konnte natürlich nicht zugeben, dass ihn zwei junge Siedler und ein Aborigine-Junge ausgetrickst hatten.

„Es waren bestimmt neun. Neun Diebe. Nicht wahr, Jungs?“

Seine Freunde nickten eifrig.

„Sie haben John umgebracht.“

Der Uniformierte horchte auf. „Was? John?“

„Mit einem Spieß erstochen. Von hinten. Seht, wie wir aussehen. In einen Hinterhalt haben sie uns gelockt. Wir sind gerade so mit dem Leben davongekommen und nun dabei, sie zu verfolgen.“

Der Soldat sah sich um. „Wohin sind sie gelaufen?“

„Sie haben sich im ganzen Wald verstreut“, log der Anführer. „Aber an zweien waren wir schon ganz nah dran. Ihr hättet ihnen eigentlich begegnen müssen.“

Simon hielt den Atem an. Er und Salomon lagen so dicht neben den Männern, hier in ihrem Versteck auf dem Waldboden, dass sie auf ihre Füße hätte spucken können.

„Weit können sie nicht sein“, gab einer der Siedler dem Anführer recht. Wütend schoss er in die Luft. „Diese Bastarde müssen sich hier irgendwo versteckt halten.“

Noch ein Schuss wurde abgegeben. Simon spürte, wie Salomon an seiner Seite zusammenzuckte und vor Angst zitterte. Ihre Nerven lagen blank. Es würde schon reichen, wenn einer der Männer auch nur in ihre Richtung stolperte, und schon wären sie entdeckt.

Plötzlich war ein Knall zu hören – so laut, dass der Boden bebte. Dieser Knall war um einiges lauter als die Gewehrschüsse vorher.

Simon horchte bestürzt auf.

„Was war das?", fragte einer der Siedler.

Simon hätte ihm diese Frage sofort beantworten können. Nur ein einziges Mal hatte er bisher einen solchen Knall gehört. Einmal nur. Und es war in dieser Epoche gewesen. Nur unweit von der Stelle entfernt, an der er nun auf dem Boden lag: Der Seelensammler wurde beschossen. Simon hätte den Donner der Kanone jederzeit wiedererkannt. Die Sirius beschoss erneut ihr Schiff.

Schlagartig wurde ihm klar, dass sie hier nicht bleiben konnten. Ihre Freunde waren in Gefahr.

Schweigend bedeutete Simon seinem Freund, dass sie ihr Versteck verlassen mussten, aber Salomon schüttelte energisch den Kopf. Simon achtete jedoch gar nicht darauf, sondern flüsterte nur: „Bei fünf!"

Er hielt seine Faust in die Höhe und zählte langsam bis fünf, wobei er einen Finger nach dem anderen umbog. Als er bei fünf angelangt war, zischte er: „Jetzt!", und sie stürmten beide aus ihrem Versteck hervor.

Simon stieß einen verblüfften Soldaten zur Seite und dann rannten sie um ihr Leben.

„Das sind welche von ihnen", brüllte einer der Siedler. „Hinterher, schnell!"

Schüsse peitschten an den Flüchtenden vorbei. Nun hatten sie nicht mehr vier Verfolger, sondern etwa zehn.

Simon und Salomon hasteten wieder durch den Wald. Doch dieses Mal gelang es ihnen nicht so leicht, die Soldaten abzuschütteln. Nur vier von ihnen waren verwundet, die übrigen zeigten eine fabelhafte Kondition.

Als sie die Siedlung erreichten, bogen die beiden Freunde links ab, um nicht noch mehr Männern in die Hände zu fallen. Sie liefen die Bucht entlang und erreichten völlig erschöpft das Ufer.

Im Licht der untergehenden Sonne sahen sie, wie ihre Freunde auf dem Deck des Seelensammlers hektisch hin- und herliefen. Einige Hundert Meter von ihnen entfernt belud die britische Schiffsmannschaft gerade die zweite Kanone.

„Flieht!", rief Simon den Zeitenkriegern auf dem Schiff zu. „Verlasst die Bucht! Ihr könnt uns nicht mehr …"

Der kalte Stahl eines Gewehrlaufs in seinem Rücken ließ ihn verstummen.

Langsam drehte Simon sich um. Einer der uniformierten Soldaten stand hinter ihm. Ein Zweiter drückte bereits Salomon den Gewehrlauf zwischen die Rippen. Nach und nach trafen auch die anderen Uniformierten ein.

Der Erste stieß Simon mit seinem Gewehr in den Rücken: „Wem hast du das gerade zugerufen?", wollte er wissen.

Simon deutete auf das Meer, und als der Soldat den Seelensammler entdeckte, weiteten sich seine Augen. „Was ist das?" Auch die anderen Soldaten blickten auf das Schiff.

„Habt ihr sie?", war da die Stimme des Anführers zu hören. „Konntet ihr sie …"

Beim Anblick des Schiffes verschlug es ihm die Sprache. „Was …?"

An der Bordwand standen Neferti und Moon. Sie riefen Simon etwas zu, doch sie waren zu weit weg. Simon konnte sie nicht verstehen.

„Flieht!“, schrie Simon ihnen nur zu, ungeachtet des bedrohlichen Gewehrlaufs in seinem Rücken.

„Nein!“ Der Uniformierte stieß Simon das Gewehr fester gegen die Rippen. „Sie sollen aufgeben. Gegen die Sirius haben sie niemals eine Chance.“

„Keinesfalls aufgeben“, flüsterte Simon und dachte mit Schaudern daran, was geschehen war, als er beim letzten Mal die weiße Flagge gezeigt hatte. Diesmal sollten keine Soldaten im Meer ihren Tod finden.

Die Männer schenkten jedoch weder Simon noch Salomon große Beachtung. Sie richteten ihre ganze Aufmerksamkeit auf das, was auf dem Meer geschah.

Neferti und Moon schienen Simons Rufe verstanden zu haben. Sie kletterten rasch die Wanten an den Masten hoch und setzten die Segel. Nin-Si begann bereits, den Anker zu lichten. Die Segel blähten sich im Wind, der Seelensammler gewann an Fahrt.

Moon half Nin-Si beim Einholen des Ankers und rannte dann auf das Dach der Kajüte. Er griff sich das Steuerrad und versuchte, den Seelensammler auf Kurs zu bringen.

„Das können die sich sparen!“, spottete einer der Soldaten. „Gegen die Sirius kommen sie niemals an. Diese alte Barke hat gegen unser Flaggschiff nicht die geringste Chance.“

Und tatsächlich: Schon gab die Sirius donnernd ihren nächsten Kanonenschuss ab, die Kugel flog in hohem Bogen über das Meer und traf den Seelensammler am hinteren Mast. Das Holz zerbrach und splitterte wie jahrhundertealte Knochen. Die Wucht des Aufpralls ließ das Schiff bedrohlich schwanken. Die Krähen stoben auf. Der Mast neigte sich langsam zur Seite, bevor er laut krachend auf die Bordwand fiel. Moon sprang blitzschnell zur Seite und rettete sich so gerade noch rechtzeitig vor den niederprasselnden Rahen.

Der Seelensammler verlor nun alle Fahrt. Er war bereits so weit zur Seite geneigt, dass die Wellen schon über die Reling schwappten.

Die Sirius ließ eines ihrer Beiboote bereits mit Soldaten besetzen.

„Nein!“, schrie Simon auf. „Nicht!“

„Schnauze, Junge“, wurde er von hinten angebrüllt. „Du bekommst noch genug Gelegenheit zu schreien. Wenn das hier vorüber ist, sorge ich schon dafür!“

Simon warf dem breit grinsenden Anführer nur einen abfälligen Blick zu. Dann blickte er wieder zu dem kleinen Ruderboot hinüber. Zu gern hätte er die britische Mannschaft gewarnt.

Moon, Neferti und Nin-Si standen hilflos an Deck des Seelensammlers. Auch sie sahen das Boot auf sich zukommen. Doch sie schenkten ihm kaum Beachtung. Stattdessen riefen sie Simon und Salomon etwas zu – vergeblich: Die beiden konnten kein Wort verstehen, sosehr sie sich auch anstrengten.

Das Boot der Briten rückte näher an den Seelensammler heran.

Jetzt, dachte Simon verzweifelt. Jetzt haben sie gleich die Stelle erreicht, an der sich der Strudel auftun wird. Jetzt musste er den schrecklich Tod der Ruderer ein zweites Mal miterleben.

Doch nichts geschah. Simon staunte. Er war sich sicher, dass die Briten die Stelle längst passiert hatten, an der sich bei seinem letzten Besuch das Meer aufgetan hatte.

Und da erst verstand er. Ein Stein fiel ihm vom Herzen, als ihm klarwurde, was dort vor seinen Augen geschah: Der Schattengreifer hatte sich geschlagen geben müssen. Der Aborigine wurde dieses Mal nicht von den Zeitenkriegern zum Schiff gebracht. Stattdessen hatte der Schattengreifer den Australier aufgeben müssen und war entrüstet verschwunden. Wohin auch immer. Er befand sich nicht an Deck. Und deshalb würde es auch keinen Zauber geben. Und kein Sterben. Die Briten würden zum Seelensammler rudern, die drei Zeitenkrieger dort gefangen nehmen und an Land bringen. Dann konnten sie alle fünf gemeinsam überlegen, wie es weitergehen sollte. Hauptsache war, dass es nun keine weiteren Toten mehr geben würde und dass ...

Plötzlich ging etwas mit dem Seelensammler vor sich. Moon, Neferti und Nin-Si schrien sich beinahe die Seele aus dem Leib. Sie winkten wie wild ihren beiden Freunden an Land zu. Simon glaubte, aus ihrem Geschrei das Wort „Sand“ herauszuhören. Und in diesem Moment verstand er. Ihre Zeit in der Sanduhr musste abgelaufen sein.

Wie von Geisterhand bewegt, richtete sich der Seelensammler auf. Das Wasser um ihn herum geriet in Bewegung, immer stärkere Wellen hoben und senkten das Schiff.

Die Briten in ihrem Ruderboot hielten erst inne, aber dann wendeten sie das Boot und versuchten zu fliehen. Doch zu spät. Die Wand aus Wasser, die am Heck des Seelensammlers aus dem Meer herausschoss, erfasste das Ruderboot und schleuderte es davon. Die Soldaten stürzten ins Meer.

Gleichzeitig baute sich eine zweite Wand vor dem Seelensammler auf. Über dem Schiff formierten sich graue Wolken aus dem Nichts.

In Sekundenschnelle breiteten sie sich aus, bis mächtige Blitze um das Schiff zuckten.

„Was geht hier vor?" Aber die Frage des Siedlers ging unter in dem Lärm des aufkommenden Sturmes. Tosend brauste er über das Wasser, bis hin zum Ufer der Bucht.

Weitere Blitze zuckten auf, Nebel umhüllte das Schiff und mit einem Mal ergossen sich die beiden Wände über den Seelensammler und schienen ihn im Meer zu versenken.

Doch Simon wusste es besser. Der Seelensammler war nicht untergegangen. Das Meer hatte ihn nicht geschluckt.

Die Zeit war abgelaufen. Das letzte Sandkorn im Inneren der Zeitmaschine war durch das Glas gefallen und der Seelensammler hatte seine Reise zurück angetreten. Zurück in die Dimension des Schattengreifers.

Weit fort von hier. Eine andere Zeit, eine andere Welt.

Und Simon stand mit Salomon am Strand Australiens 1788, umringt von hochbewaffneten Uniformierten.

Unfähig, dieser Zeit zu entkommen.

Seine Hände umfassten den Kopf dieses mächtigen Tieres.
Er konzentrierte sich auf die Augen des Tigers,
blickte ihm durch die Pupillen direkt ins Herz hinein.
Leise sprach er die ersten Beschwörungen. Der Tiger hielt still.
Wie in Hypnose verharrte er im Griff des Schattengreifers.
Seine Stimme erhob sich, wurde nachdrücklicher.
Die Pupillen des Tigers verengten sich.
Jetzt ermächtigte er sich des Tigers, drang in dessen Geist ein,
in seine Erinnerung, wurde eins mit dem Tier.
Die Pupillen schlossen sich. Endlich waren Bilder zu erkennen.
Schatten erst, doch schon bald sah er klar.
Er erkannte den Seelensammler, wie er träge
auf dem Meer lag, der hintere Mast abgebrochen.
Er sah die Zeitenkrieger. Doch nicht alle.
Salomon und der Aborigine fehlten. Ebenso Simon.
Weiter drang der Schattengreifer durch die Augen des Tigers
zum Geschehen vor. Es müsste ihm möglich sein,
Kontakt aufzunehmen. Kontakt zu denen,
die bereits die Raubtierkralle an der Maschine erblickt hatten.
Die Kralle des Säbelzahntigers.
Weiter drang er in den Geist des Tieres ein. Tiefer.
Nun konnte er sie sehen. Simon und Salomon.
Sie standen am Strand. Sie waren umringt.
Sie befanden sich in Gefahr.

„So etwas habe ich noch nie erlebt!"

Die Männer standen am Strand und versuchten zu verstehen, was sie gesehen hatten. Der Sturm hatte sich gelegt, das Meer sich beruhigt, die Wolken sich verzogen.

Nicht weit von der Stelle entfernt, an der sich der Seelensammler vor ihren Augen in Luft aufgelöst hatte, erklommen die britischen Soldaten nacheinander ihr Ruderboot. Auch ihnen war anzusehen, wie sehr der Vorfall sie erschreckt hatte.

Nur der Anführer der Siedler erholte sich schnell von seinem Schrecken. Es mochte daran liegen, dass das Verschwinden des Schiffes nicht die erste Überraschung des Tages für ihn gewesen war.

„Und nun zu euch beiden", brüllte er völlig unerschüttert. „Ich denke, ihr werdet uns einiges zu erklären haben!"

„Wir wissen nichts", gab Simon schnell zurück.

Doch er erntete dafür nur ein lautes Lachen: „Das kann ich mir nicht vorstellen. Aber das ist jetzt auch unwichtig …" Er zückte seine Pistole. „Wir brauchen euch ohnehin nicht mehr."

„Was?" Einer der Uniformierten streckte die Hand aus und drückte die Pistole des Anführers wieder herunter. „Ihr wollt doch nicht etwa …"

„Fresse halten!", herrschte der Anführer ihn an. „Diese beiden da sind noch immer schuld an Johns Tod, falls ihr das vergessen haben solltet. Und ich bin nicht bereit, das hinzunehmen. Heute Nacht noch werden Köpfe rollen."

„Aber ihr könnt nicht …"

Die Pistole an seinem Hals ließ den Soldaten verstummen.

„Welchen Teil meines Satzes vorhin habt ihr nicht verstanden? Fresse halten!"

Der Soldat zog sich zurück. „Entschuldigt!"

Simon hatte sich vorhin nicht getäuscht: Dieser Wahnsinnige war offensichtlich wirklich einer der ranghöchsten Menschen in der Siedlung. Und das verbesserte ihre Situation nicht gerade.

„Ich sehe, wir verstehen uns langsam", setzte der Anführer jetzt nach. „Und wenn ihr zwei Worte versteht, dann können wir es ja auch gleich mal mit drei Wörtern versuchen: Verpisst euch, sofort!" Die letzten Worte fauchte er dem Soldaten so entgegen, dass dieser vor Schreck leichenblass wurde. Keine Frage: Der Siedler meinte es ernst. Und er war bereit, alles dafür zu tun, dass Simon und Salomon diesen Tag nicht überlebten.

Vielleicht lag es an dem Rang dieses Mannes, vielleicht aber auch daran, dass die Männer mit allem, was heute geschehen war, überfordert waren. Doch nach einem kurzen Blick auf Simon und Salomon zogen sich die Uniformierten zurück. Langsam erst, doch dann immer schneller.

„Und wenn ihr Gewehrschüsse hört, braucht ihr nicht angelaufen zu kommen", rief der Anführer ihnen hinterher. „Dann wird hier nur ein wenig Ungeziefer beseitigt, klar?"

Es kam keine Antwort. Völlig eingeschüchtert verließen die Uniformierten den Strand, ohne sich umzudrehen. Simon und Salomon standen nun mit den vier Siedlern allein an der Bucht.

Der Anführer weidete sich regelrecht an der Angst der beiden. Die Pistole demonstrativ in der Hand, marschierte er vor ihnen auf und ab, während seine drei Komplizen die Jungen mit ihren Gewehren in Schach hielten.

Schließlich unterbrach der Mann seinen Marsch. Er baute sich vor den Gefangenen auf, steckte die Pistole in seinen Gürtel, ballte beide Hände zu Fäusten und donnerte sie zeitgleich beiden in den Bauch.

Simon schrie auf. Salomon stürzte vornüber in den Sand.

„Wenn ihr meint, dass wir es euch leicht machen, indem wir euch so einfach erschießen, dann habt ihr euch leider getäuscht. Dies hier wird eine lange Nacht für euch beide."

Bei allem Schmerz, der Simon durch die Glieder fuhr, musste er grinsen. So etwas hatte er doch gerade erst erlebt. Die Sprüche dieses Siedlers glichen denen des Legionärs vor Karthago beinahe auf den Buchstaben genau. Hatten sich die Verbrecher im Laufe der Jahrhunderte denn überhaupt nicht weiterentwickelt?

„Was gibt es da zu grinsen?" Dem Faustschlag folgte ein Tritt in Simons Magen. Es fühlte sich an, als würde sein Körper gesprengt, denn nun machten sich auch die Verletzungen an seinen Rippen wieder bemerkbar – schmerzhafter als zuvor.

„Wenn du das hier lustig findest, dann warte erst mal ab, wie wir morgen früh lachen werden!"

„Hey, langsam", mahnte der Mann ohne Hemd. Er hatte wohl inzwischen seine Meinung geändert, denn nun versuchte er nicht mehr, den Anführer von seinem Vorhaben abzubringen. Stattdessen setzte er hämisch grinsend hinzu: „Lass uns auch noch was übrig. Wenn du sie jetzt schon zu Tode schlägst, haben wir ja nichts mehr von ihnen."

„Oh, keine Sorge. Es werden alle an die Reihe kommen. Glaub mir, diese zwei …"

Er stockte.

Simon blickte aus seiner gebückten Haltung zu ihm hoch und stellte überrascht fest, dass der Mann mit offenem Mund in Richtung Wald starrte. Auch die anderen Männer standen wie versteinert da. Simon und Salomon standen mühsam auf und wandten sich gleichfalls um: Hinter ihnen schien der Wald zu verschwimmen. Denn dort, wo die beiden Freunde standen, flimmerte die Luft. Erst war es nur eine handtellergroße Fläche, doch schnell wurden daraus riesige Kreise, die sich schneller und schneller drehten.

Die Kreise rotierten jetzt in rasender Geschwindigkeit und schienen das Licht um sich herum aufzusaugen. Aus ihrer Mitte heraus wurde es schwarz, und wie in einer Spirale füllte das Schwarz schnell die beiden Kreise völlig aus, bis sie sich verformten. Sie wurden schmäler, ellipsengleich. Allmählich formte sich ein Bild. Augen entstanden. Riesige Augen, die an die Augen einer Katze erinnerten.

„Was zum Teufel …!“ Es war wieder der Anführer, der sich als Erster von seinem Schrecken erholte. Er zog seine Pistole aus dem Gürtel und schoss auf die Erscheinung. Mehrmals. Doch er bewirkte nichts.

In der Mitte der riesigen Augen entstand ein weißer Punkt. Sehr klein zunächst, doch ähnlich wie die Kreise vorher, vergrößerte sich der Punkt sehr rasch, und man erkannte zwei Hände. Lange, spindeldürre Finger bewegten sich daran. Die Hände wurden größer und schließlich griffen sie aus den Augen heraus nach Simon und nach Salomon. Vor den Augen der verblüfften Siedler wurden die beiden Jungen gepackt und in die Augen gezogen.

Der Anführer schoss noch einmal, dann war sein Magazin leer.

Die Augen verformten sich wieder zu Ellipsen, die Ellipsen zu Kreisen, und die Kreise verblassten augenblicklich, bis sie völlig verschwunden waren.

„Heilige Mutter Gottes!“, brachte ein Siedler hervor.

Die Männer standen noch eine ganze Weile da und starrten auf die Stelle, an der die Jungs verschwunden waren.

Im Reich der Schatten

Der Schattengreifer fiel der Länge nach auf die Planken. Mitten auf dem Deck des Seelensammlers brach er zusammen.

Die Zeitenkrieger schreckten zurück und blickten unsicher auf ihn herab. Keinesfalls wollten sie ihn berühren. Doch gleichzeitig wollten sie ihn auch nicht so liegen lassen.

„Wir müssen doch etwas für ihn tun“, rief Neferti aus.

Jetzt erst erkannte sie, dass der Schattengreifer nicht allein gekommen war. Mit einem Schrei der Erleichterung rannte sie auf Simon und Salomon zu und warf sich Simon in die Arme. „Ihr seid am Leben!“

Nin-Si drückte Salomon an sich. „Wir hatten solche Angst!“

Auch Moon kam dazu. „Wie schön, euch wieder hier zu haben.“ Er strahlte über das ganze Gesicht.

Doch die freudige Stimmung wurde schnell von Unsicherheit und der Sorge um den Schattengreifer verdrängt.

„Was sollen wir denn nun tun?“, fragte Neferti noch einmal.

Alle Augen richteten sich auf den Schattengreifer, der noch immer reglos am Boden lag. Seine Krähe, die noch um ein Vielfaches größer war als die fünf, die in den Mastkörben des Seelensammlers lebten, saß ruhig an seiner Seite. Die anderen hatten sich auf der Reling versammelt und beobachteten das Geschehen.

Eine bedrückende Spannung lag in der Luft. Niemand wusste so recht, wie er sich verhalten sollte.

„Wir könnten ihn in die Kajüte bringen“, schlug Simon schließlich vor. „Dort gibt es doch bestimmt eine Möglichkeit, ihn hinzulegen, oder?“

Salomon zog die Schultern hoch. „Das können wir dir nicht sagen. Keiner von uns war jemals dort drin.“

„Du meinst …“

„Der Raum ist allein dem Schattengreifer zugänglich. Wir haben die strikte Anweisung, die Kajüte niemals zu betreten."

„Aber das hier ist doch ein Notfall, oder?", erwiderte Simon. „Es geht ja schließlich um ihn selbst."

Nin-Si gab ihm recht: „Wir sollten den Schattengreifer in die Kajüte bringen."

Ihnen allen schauderte bei dem Gedanken, den Schattengreifer anzufassen, doch es half nichts. Sie postierten sich rings um die große Gestalt: Moon und Simon an den Armen, Neferti und Salomon an den Füßen und Nin-Si an der Seite des Schattengreifers, um den Körper zu stützen.

„Fertig?" Simon ging in die Hocke und machte sich bereit, das Handgelenk zu umfassen. Die dürre Klaue daran ließ ihn innerlich erbeben. Auf keinen Fall wollte er sie berühren müssen. Sorgsam schob er den Ärmel des Mantels ein Stück vor, bevor er zupackte.

Die Zeitenkrieger waren ebenfalls so weit.

„Dann bei drei", gab Simon vor und zählte an.

Mit einem Ruck hoben sie den Schattengreifer hoch – und waren überrascht, wie leicht der Körper war. Simon hatte eher den Eindruck, ein Stück Papier in die Luft zu heben als die Gestalt eines erwachsenen Menschen.

Es schauderte ihn. Wie wenig sie doch noch immer über den Schattengreifer wussten! Ein Blick auf seine Freunde verriet ihm, dass es ihnen ähnlich erging und dass sie, ebenso wie er, schon jetzt den Moment herbeisehnten, in dem sie den Schattengreifer wieder loslassen konnten.

Sie trugen ihn zur Tür der Kajüte. Wie Simon geahnt hatte, war sie verschlossen. Die anderen sahen sich ratlos an. Sie wussten ebenso wenig wie Simon, wo sich der Schlüssel befand.

Aber Simon wollte nicht länger zögern. Er trat zweimal kräftig gegen das Schloss und die Tür flog auf.

Die Kajüte war beinahe leer. Damit hatte Simon nicht gerechnet. Er hatte eine typische Kapitänskajüte erwartet, mit Karten auf riesigen Tischen und einem übergroßen Globus. Natürlich auch Bilder von Schiffen an den Wänden und Schränke, in denen sich Geschirr und Flaschen befanden.

Doch in diesem Raum befand sich lediglich ein langer Tisch, an dessen Kopfende ein Stuhl stand.

„Lasst ihn uns auf dem Tisch ablegen", schlug Salomon vor. Seiner Stimme war anzuhören, wie unbehaglich er sich hier fühlte. Auch den anderen Zeitenkriegern war ihre Angst anzumerken. Hastig brachten sie den Schattengreifer zu dem Tisch in der Mitte der Kajüte und sahen dann zu, dass sie den Raum schnell wieder verließen.

„Komm, Simon!" Die anderen drei Zeitenkrieger waren schon draußen, nur Salomon stand noch an der Tür.

„Ich bleibe noch einen Moment", antwortete Simon zu Salomons Entsetzen.

„Nein, komm da raus! Wir dürfen nicht …"

Simon hob eine Hand. „Ich weiß. Ich will mich nur mal umsehen und …" Er trat an den Tisch, auf dem der Schattengreifer lag. „… und für ihn hier sein, falls er erwacht."

Salomon wirkte nicht überzeugt, gab jedoch nach: „Das musst du selbst entscheiden", sagte er nur und schloss die Tür der Kajüte hinter sich.

Simon blickte sich um. Dieses Mal jedoch genauer. Die Kajüte war dunkel und karg. Er hätte in diesem Raum des Schattengreifers wenigstens dicke Bücher voller Formeln erwartet – wenn es schon keine nautischen Geräte und Karten gab. Vielleicht hätte er sich nicht einmal über Kristallkugeln, magische Ringe und verzauberte Spiegel gewundert.

Simon lächelte. Nein, alles passte zusammen. Der Schattengreifer war kein Magier im eigentlichen Sinne. Das wurde Simon jetzt deutlich bewusst. Ihm ging es nicht um die Magie. Der Zauber diente ihm lediglich dazu, sein Ziel zu erreichen. Was immer das auch war. Alles an ihm und alles um ihn herum diente nur einem einzigen Zweck: sein Vorhaben in die Tat umzusetzen. Die Magie war ihm nur Mittel zum Zweck. Ebenso wie der Seelensammler und auch … ja auch die Zeitenkrieger waren für ihn nur – wie hatte Salomon es ausgedrückt? – Werkzeuge. Simon trat nahe an den Tisch heran, auf dem der Schattengreifer ruhte.

„Was ist dein Geheimnis, alter Mann?“, fragte er ihn flüsternd. „Was ist dein Ziel?“

Ein kurzes Funkeln lenkte Simon ab. Ein flüchtiges Aufleuchten nur, eine leichte Reflexion des Mondlichtes, das durch eines der Kajütfenster schien, doch sie war Simon nicht entgangen.

Es kam aus der Ecke neben der Tür.

Langsam ging Simon darauf zu. Kein Wunder, dass er es erst jetzt bemerkte: In dieser dunklen Kajüte war der winzige schwarze Beutel kaum zu sehen gewesen. Auch nicht das schwarze Lederband, an dem der Beutel befestigt war. Es hing an der Wand, von einem krummen, rostigen Nagel gehalten.

Etwas lugte aus dem Beutel heraus. Etwas, das im Licht des Mondes funkelte.

Simon versicherte sich, dass der Schattengreifer noch immer nicht bei Bewusstsein war, dann zog er das Band mit dem Beutel daran vom Nagel. Aufgeregt, mit zitternden Fingern, öffnete er den Beutel und schaute hinein.

Ein Schlüssel lag darin. Simon zog ihn heraus und legte ihn auf seine Handfläche. Es war ein goldener Schlüssel, dessen Griff die Form eines Delfins hatte. Anstelle eines Auges war ein blauer Stein in den Kopf eingesetzt worden. Simon war sich sicher, dass es sich nur um einen Edelstein handeln konnte.

Der Schlüssel war wunderschön! Simon konnte seinen Blick kaum abwenden, und er fragte sich, für welches Schloss dieses Schmuckstück wohl gefertigt war.

„Ich sehe, du hast ihn bereits entdeckt." Simon schreckte auf. Die Stimme des Schattengreifers klang gebrochen und schwach.

„Ich habe nur …", versuchte Simon zu erklären, wurde jedoch unterbrochen.

„Schweig still und komm her!"

Langsam wandte sich Simon um. Der Schattengreifer lag auf dem Tisch, so wie die Zeitenkrieger ihn hingelegt hatten. Seine Augen waren noch immer geschlossen. Ohne die Lippen zu bewegen, forderte er Simon auf: „Komm und bring den Schlüssel mit, den du in der Hand hältst."

Simon wagte nicht zu widersprechen. Unsicher trat er wieder an den Tisch heran, auf den Schattengreifer zu, der wie ein Leichnam gebettet vor ihm lag.

„Ist es das, was du wolltest?" Auch dieses Mal bewegten sich die Lippen nicht. Es schien eher so, als höre Simon die Stimme in seinem Kopf.

„Ich verstehe nicht …"

„Hier liege ich, unfähig, mich zu bewegen. War dies dein Vorhaben? Zweimal schon bist du gegen mich angetreten. Zweimal schon hast du Zeitenkrieger aus meiner Macht befreit. Und nun kannst du mir beim Sterben zusehen. Bist du zufrieden?"

„Nein!" Simon schrie dieses eine Wort beinahe, so entsetzt war er. „Ich wollte nie euren Tod. Ich hatte niemals …" Er seufzte. „Wie sollte ich mir euren Tod wünschen, wo ihr mein Leben gerade erst gerettet habt?"

Die Stimme des Schattengreifers in Simons Kopf veränderte sich augenblicklich. Alle Schärfe darin war verschwunden. „Ich danke dir für diese Worte", gab er zurück. Es entstand eine merkwürdige, beinahe vertraute Stimmung. Eigenartig …

„Du bist ein tapferer Mensch, Simon. Ein besonderer Mensch", sagte der Schattengreifer da und Simon horchte verwundert auf.

Ausgerechnet der Schattengreifer lobte seinen Mut?

„… und du bist stets voller Fragen", fuhr der Schattengreifer unbeirrt fort. „Du bist auf der Suche nach Antworten, nicht wahr?"

„Ja", gab Simon zu. „Es gibt einiges, das ich nicht verstehe."

„Und dennoch hast du versucht, meine Pläne zu durchkreuzen. Du hast in mein Vorhaben eingegriffen, ohne das große Ziel zu kennen."

„Ihr haltet Jugendliche auf diesem Schiff gefangen", wagte Simon zu widersprechen.

„Meine Zeitenkrieger. Ja, nur durch sie kann ich mein Werk vollenden."

„Aber sie wollen zurück zu ihren Familien. In ihre Zeiten."

„Doch nur, weil auch sie das Ziel nicht kennen. Sie wissen nicht, was sie Bedeutendes leisten. Eines Tages werden sie mir dankbar sein. Sie werden stolz darauf sein, mit mir dieses gute Werk vollbracht zu haben."

Simon blickte weiter unschlüssig auf den bleichen Schädel, der reglos vor ihm lag. Er wusste nicht, wohin dieses Gespräch führte. Bis er es endlich wagte und den Schattengreifer leise fragte: „Verratet mir, woran ihr arbeitet. Was ist das große Ziel?"

„Jetzt ist nicht die Zeit für Antworten, Simon", erwiderte der Schattengreifer ausweichend und setzte hinzu: „Noch nicht. Du wirst deine Antworten erhalten. Zu einem späteren Zeitpunkt. Vertrau mir. Doch sieh mich an. Ich bin geschwächt. Ich muss mich regenerieren. Aber dazu benötige ich Hilfe. Deine Hilfe."

Simon stutzte. „Meine Hilfe?"

Der Schattengreifer hob mit Mühe seine Lider. Die schwarzen Augen suchten Simons Blick. „Wie ich schon sagte, du kannst mir beim Sterben zusehen und hoffen, dass damit alles vorüber ist. Vielleicht findest du selbst den Weg zurück zu dir nach Hause. Du kannst mir aber auch helfen, wieder zu Kräften zu kommen, und dir meinen Plan erläutern lassen. Du kannst all die Antworten erhalten, nach denen du so fieberhaft forschst. Doch dafür brauchst du mich lebend."

Simon dachte nach. Was für eine Verantwortung! Er sah durch die Fenster der Kajüttür nach draußen. Die Zeitenkrieger hatten sich auf Deck versammelt. Sie standen neben dem abgebrochenen Hintermast und schienen lebhaft zu diskutieren. Sie ahnten nichts von alledem, was hier drin vor sich ging. Doch was auch immer jetzt geschehen würde, auch ihr Leben hing davon ab. Starb der Schattengreifer, dann waren sie vermutlich frei. Wenn er jedoch überlebte … welches Schicksal wäre ihnen dann beschieden?

Sie waren Teil eines großen Plans. Doch Simon hegte weiter Zweifel daran, dass sich hinter diesen Worten etwas Gutes verbarg. Der Schattengreifer hatte ihn nicht überzeugt.

Da traf Simons Blick den von Neferti. Sie sah ihm besorgt entgegen. Doch kaum hatten sich ihre Blicke getroffen, entspannten sich ihre Züge, und Simon wurde sich der Tiefe ihrer Freundschaft bewusst – aber auch des hohen Vertrauens, das sie in ihn steckte. Des Vertrauens, das alle Zeitenkrieger ihm schenkten.

Er seufzte. Von dieser Entscheidung hing zu viel ab!

„Nun Simon, was ist dein Entschluss? Du musst dich beeilen, wenn der Tod dir die Entscheidung nicht abnehmen soll."

Hier stand er, mit der Verantwortung für mehrere Menschenleben. Konnte man so etwas überhaupt abwägen?

„Deine und meine Zeit läuft", mahnte der Schattengreifer. „Jeder Atemzug kostet mich Lebenskraft."

Simon nickte. Er hatte seine Entscheidung gefällt. „Was kann ich tun?"

Die Stimme in seinem Kopf klang erleichtert: „Ich werde dir ein Geheimnis anvertrauen müssen, Simon. Ein Geheimnis, das dir helfen wird, mir Linderung zu verschaffen."

„Welches Geheimnis? Was muss ich wissen?"

„Ich reise durch die Zeit, wie du weißt. Ich bewege mich durch alle Epochen, in allen Kontinenten. Doch auch mein Leben hat einen Ursprung. Auch bei mir gab es einen Moment, in dem alles begann. Einen Ort, wo alles seinen Anfang nahm. Nur dieser Ort kann mir die Kraft geben zu gesunden. Einzig die Wurzel meiner Existenz kann mich wieder erstarken lassen."

„Ihr sprecht in Rätseln. Ich weiß noch immer nicht, was genau ich tun soll."

„Erde", antwortete der Schattengreifer und seine Stimme klang noch schwächer als zuvor. „Muttererde. Ich muss in der Erde ruhen, aus der ich gekommen bin. Sie allein verleiht mir die Kraft zur Regeneration." Er schloss die Augen. „In deiner Hand hältst du den Schlüssel zu meinen Gemächern. Es existiert dort eine Kiste, in der sich Erde meiner Heimat befindet. Diese Erde bring mir. Verstreu sie hier auf meinem Lager, sodass ich Heimat einatmen kann. Das wird mich wieder aufbauen."

„Eure Gemächer?", wiederholte Simon erstaunt. „Wo finde ich sie?"

Der Schattengreifer ignorierte seine Frage. „Du wirst nach mir der erste Mensch sein, der meine Hallen betritt. Der Erste, der diese Reise nach mir wagt. Ich hoffe, es gelingt dir."

„Wie komme ich denn dorthin?"

Mit allerletzter Kraft hob der Schattengreifer einen Arm und wies mit seiner Klaue auf die Krähe, die ihm zu Füßen am Tischende saß.

„Sie wird dich führen."

Simon erschrak. Wo war plötzlich die Krähe hergekommen? Er war die ganze Zeit allein mit dem Schattengreifer in der Kajüte gewesen. Wie war sie hier hereingekommen? Die Tür war verschlossen.

„Vertrau dich der Krähe an", empfahl der Schattengreifer. „Sie ist mir ein treuer Freund und Begleiter. Sie wird dich leiten. Ihr kannst du …"

Die Hand sank herunter. Die Stimme in Simons Kopf verebbte. Der Schattengreifer lag in den letzten Zügen.

Simon starrte die Krähe an. „Was soll ich tun?", fragte er.

Die Krähe nickte mit dem Kopf. Kurz nur. Dann erneut. Ein leichtes Zucken. So als wolle sie Simon herbeirufen.

„Kannst du nicht sprechen wie die anderen hier?", fragte er sie. Die Krähe zuckte erneut.

Simon trat näher an sie heran. Ihre Augen. Ihre Blicke. Er beugte sich vor, dicht an ihr Gesicht. Die Krähe nickte ein letztes Mal, dann hielt sie ihren Blick fest auf Simon gerichtet.

Von weit her erklangen Beschwörungsformeln. Möglich, dass der Schattengreifer sie in diesem Moment flüsterte. Es wollte Simon nicht gelingen, die Quelle all dessen auszumachen. Wie hypnotisiert streckte er beide Hände aus und ergriff den Kopf der Krähe. Er zog sie zu sich heran, seine Augen waren starr auf ihre gerichtet.

Alle Gedanken fuhren aus seinem Gehirn. Er fühlte sich leer, befreit.

Etwas ging in seinem Körper vor sich. Seine Haut fühlte sich heiß an. Für einen Moment war Simon abgelenkt und er schielte kurz auf seine Arme. Schwarze Spitzen kamen dort aus den Poren hervor. Sie wuchsen an und entwickelten sich zu Federn. Mehr und mehr.

Simon ließ es einfach geschehen. Er dachte nicht nach, sondern konzentrierte sich wieder auf die Krähe.

Und plötzlich entstand ein Sog. Beinahe so, als würde Simon in die Augen der Krähe gezogen. Er fiel in ein Nichts. Alles um ihn herum wurde schwarz. Er selbst löste sich ebenfalls auf. Er vereinte sich mit dem Schwarz um sich herum, bis er ein Licht erkannte, das schnell auf ihn zukam und sich mehr und mehr vergrößerte. Es gab einen Ruck, der Simon schmerzhaft durch den ganzen Körper fuhr, dann schlug er hart auf.

Er ächzte.

Es brauchte einige Zeit, bis er zu sich kam. Bis er sich bewusst wurde, wo er sich befand: im Reich des Schattengreifers.

Er lag auf einem kalten, unebenen Steinboden. Alles um ihn herum schien von dieser Kälte ergriffen zu sein.

Langsam öffnete er die Augen. Ein grünliches, schimmerndes Licht umgab ihn, das ihn an das Meer Karthagos erinnerte, als er mit seinen Freunden dort hindurchgetaucht war.

Noch immer war er etwas benommen und mühte sich vergeblich aufzustehen. Alles drehte sich um ihn. Es schien beinahe, als müsse sich sein Körper erst wieder daran erinnern, wie es war, aufrecht zu stehen, und als müssten seine Beine sich neu daran gewöhnen, sein Gewicht zu tragen.

Die Federn auf seiner Haut zogen sich zurück. Die Hitze in seinem Inneren verebbte.

Er stützte sich an einer Wand ab. Doch rasch zog er die Hand wieder zurück. Feucht und schmierig hatte sie sich angefühlt.

Erst jetzt sah sich Simon in seiner Umgebung richtig um. Eine schier endlos lange Halle, riesig hohe Wände und mächtige Säulen umgaben ihn. An der Decke weit über ihm erkannte er die Reste eines gigantisches Gemäldes: Unterwasserlandschaften mit zahlreichen Details schimmerten ihm entgegen. Doch die Decke war die einzige Stelle in diesem Raum, an der Farbe zu finden war.

Alles andere um Simon herum war grau und trist und schien dem Verfall preisgegeben.

In dünnen Rinnsalen floss schmutziges Wasser die Säulen und Wände herunter. An manchen Stellen hatte sich bereits Schimmel gebildet. Keinesfalls war dies ein Ort, an dem man leben mochte, dachte Simon noch, bevor er sich an seinen eigentlichen Auftrag erinnerte: die Kiste mit der Erde.

Er spielte mit dem Schlüssel in seiner Hand und sah sich nach den Gemächern des Schattengreifers um.

Die Krähe machte mit einem kurzen Schrei auf sich aufmerksam, dann flog sie voraus.

Simon verstand. Er rannte ihr hinterher, die lange Halle entlang. Seine Schritte hallten in diesen mächtigen Fluren laut wider.

Schon bog die Krähe ab und landete vor einer riesigen Eichentür.

Simon nahm den Schlüssel hervor und steckte ihn ins Schloss. Es klackte. Vorsichtig drückte er die vergoldete Klinke herunter und öffnete die Tür.

Ein Bett. In diesem mächtigen Saal schien sich nur dieses eine Bett zu befinden. Sonst sah Simon keine Möbel, keine Vorhänge oder Teppiche. Nicht einmal einen Kerzenleuchter konnte er entdecken. Der Begriff „Gemächer" erschien Simon völlig unangebracht. Doch dann dachte er wieder, dass genau dies zum Wesen des Schattengreifers passte. Er besaß nur das, was er wirklich benötigte. Kein Schmuck, keine Verkleidung. Ein Schiff zum Reisen, ein Bett zum Schlafen. Es passte zusammen.

Noch einmal schrie die Krähe kurz auf. Sie war auf eine Kiste geflogen, die hinter der Tür in einer Ecke stand.

„Ist sie das?", fragte Simon die Krähe. „Ist das die Kiste, nach der wir suchen?"

Er kniete sich davor und öffnete den Deckel. Fauliger, erdiger, modriger Geruch stieg ihm in die Nase. Er hatte gefunden, wonach er suchte: die Heimaterde des Schattengreifers.

Wie lange er bereits hier saß, das hätte Simon nicht abschätzen können. Wann er sich den Stuhl vom Ende des Tisches herübergezogen und sich an die Seite des Schattengreifers gesetzt hatte, vermochte er nicht mehr zu sagen. Es hätten Stunden sein können oder auch ganze Tage.

Nachdem er mithilfe der Krähe den Weg zurück zum Seelensammler gefunden und die Erde um seinen kranken Körper verteilt hatte, war es für ihn ganz selbstverständlich gewesen, eine Art Krankenwache für den Schattengreifer zu übernehmen. Simon wollte an dessen Seite sein, wenn er erwachte.

Mehrere Male war er eingeschlafen, doch gewiss nie für lange Zeit. Seine Träume hatten ihn immer wieder aufschrecken lassen: Die Erinnerungen an all das, was geschehen war, seit er erstmals den Seelensammler betreten hatte, raubten ihm nun den Schlaf, und Simon fühlte sich matt und schwach und ausgemergelt.

Doch nie verspürte er den Wunsch, vor die Tür der Kajüte zu treten, um seine Freunde zu sprechen. Ganz im Gegenteil. Simon musste sich eingestehen, dass er sich hier neben dem Schattengreifer vor ihnen versteckte. Zu groß war seine Angst, ihnen von den Geschehnissen der letzten Stunden zu berichten. Zu groß war die Angst davor, sie enttäuscht zu haben, weil er dem Schattengreifer vielleicht das Leben gerettet und sie damit weiterhin an dieses Schiff gekettet hatte.

Einige Male hatten sie an die Fenster geklopft oder ihm etwas durch die Tür zugerufen, doch er hatte sich schlafend gestellt. Allerdings wusste er nicht, ob sie sich täuschen ließen. Er konnte nicht mehr einschätzen, in welchem Licht sie ihn jetzt wohl sahen.

Ein Stöhnen ließ ihn aufhorchen.

Der Schattengreifer regte sich.

Simon sprang von seinem Platz auf.

Die Krähe kam an den Tisch geflogen.

Zögerlich öffnete der Schattengreifer die Augen. Nervös ruckte die Krähe mit ihrem Kopf.

„Noch auf dem Seelensammler?“, stieß der Schattengreifer schwach hervor. Noch ehe Simon irgendwas antworten konnte, krächzte die Krähe bereits bestätigend.

„Das ist gut!" Seine Augen wandten sich Simon zu. „So hast du meinen Auftrag erfüllen können."

Simon nickte nur stumm. Nach Sprechen war ihm nicht zumute.

Die Augen schlossen sich erneut. „Gut!", vernahm Simon in seinem Kopf.

Dann wurde es schwarz um ihn. Pure Erschöpfung legte sich um ihn wie ein Mantel und schenkte ihm endlich den ersehnten Schlaf.

Tief und traumlos.

Als er erwachte, fühlte sich Simon müder als zuvor. Er lag vornübergebeugt, den Kopf und die Arme auf der Tischplatte.

Träge blickte er umher.

Der Tisch war leer. Dort, wo der Schattengreifer gelegen hatte, war nur noch die Erde verstreut, die Simon ihm gebracht hatte.

Simon hob den Kopf und schaute sich um. Auch die Krähe war verschwunden. Der Beutel mit dem goldenen Schlüssel darin hing an seinem Lederband an der Wand.

Simon befand sich allein in dem Raum.

Er erhob sich von seinem Stuhl – immer noch matt, doch er spürte bereits neue Kräfte in sich erwachen.

Vor der Tür der Kajüte erwartete ihn schon Salomon. „Wie geht es dir?"

Simon fuhr sich mit der Hand über das Gesicht. „Ich weiß es noch nicht. Wie geht es euch?"

„Gut. Wir haben das Schiff zum Teil repariert. Es fehlt nur noch der Mast, aber …" Er sah an Simon vorbei zur Kajüte. „Ist er noch da drin?"

Simon schüttelte den Kopf. „Habt ihr ihn nicht herauskommen sehen?"

„Nein. Er ist auch nicht zurück in seine Welt verschwunden. Das hätten wir ja bemerken müssen."

„Merkwürdig."

„Sag mal … du warst da ja ziemlich lange bei ihm." Simon merkte Salomon an, dass dieser Angst davor hatte, die Frage zu stellen, die ihm auf den Lippen lag. Vielleicht fürchtete er die Antwort, die Simon ihm möglicherweise geben würde. Doch schließlich rückte er damit heraus: „Habt ihr … miteinander reden können?"

„Ja, ein wenig schon."

„Was hat er gesagt?"

Simon dachte nach. „Er hat in Rätseln gesprochen. Von seinem großen Ziel."

„Von uns auch?"

„Ja, von euch auch. Dass ihr ein wichtiger Teil seines Vorhabens seid. Doch mehr konnte ich nicht von ihm erfahren."

Salomon ließ die Schultern hängen. „Also nur das, was wir ohnehin schon wissen."

„Tut mir leid."

„Wir sind somit keinen Schritt weiter. Ich hatte gehofft, dass du mit Antworten kommst. Dass er dir mehr erzählt als uns."

„Er war sehr schwach", versuchte Simon eine Erklärung, doch das schien kein Trost für Salomon zu sein.

„Komm, lass uns zu den anderen gehen, ja?"

Simon ließ sich von seinem Freund über das Deck führen. So hatte er Salomon noch nie erlebt. Der Aufenthalt Simons an der Seite des Schattengreifers hatte wohl Hoffnungen in den Zeitenkriegern geweckt, die er nicht erfüllen konnte. Wieder fühlte er die Last dieser Verantwortung wie ein mächtiges Gewicht auf seinen Schultern ruhen.

Salomon brachte Simon zum Bug und stieg mit ihm die Treppe in den Schiffsrumpf hinunter, wo die übrigen Zeitenkrieger bereits ungeduldig warteten.

„Simon!“

„Wie schön, es geht dir gut.“

„Komm, setz dich zu uns!“

Sie bildeten einen Kreis und Simon begann zu berichten. Ihm waren die hoffnungsvollen Blicke nicht entgangen, mit denen seine Freunde ihn erwartet hatten.

Und auch wenn er wusste, dass er sie, ebenso wie Salomon vorhin, enttäuschen würde, erzählte er ihnen alles, was geschehen war.

„Ich kann euch also keine neuen Erkenntnisse bieten. Ich habe versucht, mehr zu erfahren“, schloss er. „Aber es ist mir nicht gelungen. Es tut mir leid.“

Betretene Gesichter um ihn herum.

Schweigen.

Das Herz im Inneren der Zeitmaschine schlug erneut, doch keiner der Jugendlichen schien das Vibrieren wahrzunehmen. Jeder war in seine Gedanken vertieft.

Es war wieder einmal Moon, der die Stille unterbrach: „Lasst uns überlegen, wie es nun weitergeht“, forderte er seine Freunde auf. „Wir können nicht wieder in das sture Warten verfallen, in dem wir vor Simons Ankunft gefangen waren. Lasst uns handeln!“

„Handeln?“ Neferti horchte auf. „Du meinst …“

„Simon hatte einen Plan. Und wir waren davon begeistert. Wir sollten weitermachen.“

Nin-Si lächelte. „Ich habe es vorhin nicht zu sagen gewagt, doch Moons Gedanken sind auch meine. Wir sollten weitermachen."

Neferti strahlte inzwischen über das ganze Gesicht. „Ich bin dabei!" Sie stieß Salomon in die Seite. „Und du?"

Salomon grinste. „Oh, ich habe mich schon an das Gefühl gewöhnt, verfolgt, gejagt und gefangen zu werden. Mir würde echt was fehlen, wenn nicht wieder jemand mit Schwert oder Gewehr oder Pistole hinter mir her wäre."

Simon atmete auf. „Ihr verdient den Namen Zeitenkrieger wirklich", lachte er. „Ihr seid echte Kämpfer!" Und schon begann er, Pläne zu schmieden: „Wir haben Basrar gerettet und auch den Aborigine aus den Klauen des Schattengreifers befreien können. Wer ist als Nächster an der Reihe?"

Moons Augen leuchteten auf einmal auf. „Nach Basrar bin ich auf dieses Schiff gekommen. Ich war der zweite Zeitenkrieger."

„Dann sollten wir dich auch als Nächsten wieder in deine Zeit zurückbringen."

Moon zuckte zusammen. Beinahe andächtig sah er Simon entgegen. „Du meinst, ich werde meinen Stamm wiedersehen können?"

„Und vielleicht deine Familie retten. Genau."

Der Indianer war überwältigt bei diesem Gedanken. Seine Augen glänzten. Ganz sicher sah er in Gedanken gerade alle Menschen vor sich, die ihm in seinem Leben wichtig waren.

„Worauf warten wir noch?", rief Simon. Er streckte eine Hand aus, ganz wie Nin-Si das einige Zeit zuvor getan hatte. „Schlagt ein."

„Für Moon", sagte Neferti und legte ihre Hand auf Simons.

„Für Moon“, bekräftigte Salomon mit Handschlag und auch Nin-Si schlug ein: „Für dich, Moon.“

Simon konnte es kaum erwarten, die Reise anzutreten. Alle Müdigkeit war vergessen. Es war Zeit, wieder zu handeln.

Die anderen sahen das wohl ebenso.

„Lasst uns das Schiff startklar machen!“, rief Moon voll Vorfreude.

„Zuerst müssen wir den Mast reparieren.“ Neferti sah ihn voller Begeisterung an und setzte hinzu: „... und die Segel anbringen.“

Simon lachte auf. „Nicht zu vergessen, die Zeitmaschine wieder ...“ Seine Stimme versagte plötzlich. „... vorberei...“ Etwas schnürte ihm die Luft ab.

Die Zeitenkrieger standen um ihn herum, die Hände noch aufeinandergelegt, und sahen entsetzt an ihm vorbei.

Simon jedoch brauchte sich nicht umzublicken. Er wusste bereits, was hinter ihm geschah. Ihm war bewusst, dass sie Besuch bekommen hatten.

Und schon wirbelte ihn eine unsichtbare Kraft herum. Auf der Treppe zum Deck stand der Schattengreifer, rasende Wut in seinem Blick. Er hatte die rechte Klaue ausgestreckt, mit der er seinen Zauber gegen Simon richtete.

„Hast du denn nichts verstanden?“, brüllte es in Simons Kopf, während der Griff um seinen Hals sich weiter verengte. „Ist dir immer noch nicht bewusst, womit du es zu tun hast? Ich dachte, du hättest mehr begriffen in den vergangenen Tagen!“

Simon rang röchelnd nach Atem. Die Stimme in seinem Kopf wurde lauter. Es schien beinahe, als würde Simons gesamtes Gehirn nur von dieser Stimme ausgefüllt. Doch dann spürte er, wie sich etwas Neues in seinem Kopf ausbreitete. Beinahe so, als mache die Stimme darin etwas Neuem Platz. Gefühle flammten in Simon auf. Er spürte etwas. Der Schattengreifer sandte ihm nicht nur seine Worte. Der Schattengreifer schickte Simon auch Gefühle. Tiefste Trauer und bitterste Enttäuschung machten sich in dem Jungen breit, füllten nicht nur seinen ganzen Kopf, sondern seinen gesamten Körper aus und ließen Simon nachempfinden, was in diesem Moment in dem Schattengreifer vor sich ging.

„Ich hatte dich für reifer gehalten", hallte es in Simons Kopf. „Und für klüger."

Der Schattengreifer kam die Treppe herunter und baute sich vor Simon auf. Ein wenig lockerte er nun seinen Griff, sodass Simon wieder atmen konnte.

Die Zeitenkrieger wichen verängstigt zurück. Sie sahen keine Möglichkeit, Simon beizustehen.

„Hier stehst du mit deinen Freunden und schmiedest neue Pläne gegen mich. Nach allem, was ich dir in der Kajüte gesagt und gezeigt hatte, habe ich gedacht, ich hätte einen Verbündeten in dir gefunden. Doch du ziehst es wohl vor, mein Gegner zu sein."

Simon wollte etwas erwidern, der Zauber des Schattengreifers beraubte ihn jedoch seiner Stimme.

„Du willst also weiter gegen mich antreten", fuhr der Schattengreifer fort. „Du willst mir das stehlen, was mir das Wichtigste ist: meine Zeit. Mit deinen Versuchen, die Zeitenkrieger zu retten, durchkreuzt du meine Ziele nicht. Du verzögerst die Dinge nur. Du kostest mich Zeit, denn für jeden Zeitenkrieger, der den Seelensammler verlässt, muss ich einen neuen herbeischaffen."

Simon wand sich im Griff des Magiers.

„Du raubst mir also Zeit und Kraft. Und du glaubst, dass du richtig handelst." Nun wurde die Stimme in Simons Kopf lauter. „Doch du irrst. Ich werde dir zeigen, was du mir antust. Ich werde dir deine Kraft nehmen und deine Zeit. Dann kannst du selbst entscheiden, ob dein Handeln richtig ist."

Die Stimme verstummte. Die gewaltigen Gefühle in Simon ließen nach. Sein Körper, sein Geist gehörten wieder ihm.

Der magische Griff löste sich. Simon taumelte zurück.

Plötzlich fuhr ein Blitz durch seinen Körper. Simon schrie auf. Etwas brodelte in ihm. Sein Herz fing augenblicklich an zu rasen. Etwas ging in ihm vor. Tief in ihm.

Eine Kraft zwang ihn auf die Knie. Sein ganzer Körper erhitzte sich. Simon war, als lodere etwas in seinem Inneren. Als koche er aus. Seine Arme und Hände verkrampften sich. Die Haut zitterte. Sie zog sich erst zusammen, bevor sie an seinen Armen zusehends erschlaffte. Seine Muskeln verloren ihre Festigkeit. Und in diesem Moment wurde Simon bewusst, was mit ihm passierte.

Er alterte.

In Sekundenschnelle wurde aus dem Dreizehnjährigen ein uralter Mann. Altersflecken bildeten sich auf seiner Haut. Haare fielen ihm aus, und er erlebte, wie die Kraft aus seinem Körper fuhr. Sein Blick wurde trübe, das Atmen fiel ihm schwerer.

Die Zeitenkrieger standen um ihm herum und verfolgten entsetzt das Geschehen, dazu verdammt, hilflos mit anzusehen, was mit ihrem Freund vor sich ging.

Der Schattengreifer stand mit ungerührtem Gesicht in dem Schiffsrumpf, die Klaue noch immer ausgestreckt.

Doch schließlich ließ er von Simon ab. Der Junge fiel vornüber und blieb auf der Seite liegen.

„Kraft und Zeit habe ich dir genommen“, raunte der Schattengreifer in Simons Kopf. „Das, was du mir nehmen wolltest, habe ich dir zuerst genommen. Und nun komm!“

Wieder war es eine magische Kraft, die Simon umschloss. Sie stellte ihn auf die Beine. Simon schwankte. Seine Knie zitterten unter der Last seines Gewichtes und er wünschte sich einen Stock zur Hilfe.

Der Schattengreifer zog Simon mit sich. Durch den Schiffsbauch, die Treppe hinauf. Simon hatte Probleme, die Stufen zu nehmen. Seine Lunge rasselte, seine Gelenke knackten und versagten jeden Dienst. Was immer auch der Schattengreifer mit ihm gemacht hatte, Simon war nicht nur einfach gealtert. Ganz gewiss waren auch zahlreiche Erkrankungen in ihn gefahren. Dies war nicht das übliche Altern, das jedem Menschen bevorstand. Dies war ein unmenschliches Siechtum.

Simon schleppte sich, angetrieben von der Kraft, die ihn umgab, auf das Deck des Seelensammlers. Die schwarze Magie zwang ihn zur Reling und brachte ihn dazu, mit Mühe über die Bordwand zu klettern und sich in das Beiboot zu setzen.

„Kraft und Zeit, Zeit und Kraft“, tönte es in Simons Kopf. „Du wirst nun viel Gelegenheit haben, über das nachzudenken, was du mir angetan hast, und über das, was du mir antun wolltest.“

Und damit wurden die Taue gelöst, das Beiboot wurde herabgelassen und schlug mit Wucht auf dem Meer auf.

„Nein!“ Nefertis entsetzte Stimme klang durch die Nacht. „Simon!“

Die Zeitenkrieger kamen zur Reling gestürzt.

Neferti streckte die Hände nach Simon aus. Tränen liefen ihr über die Wangen. Salomon, Moon und Nin-Si standen fassungslos an Deck.

„Nein!“

Doch es war zu spät. Das Boot mit dem gealterten und erkrankten Simon darin trieb bereits vom Seelensammler ab. Die Strömung hatte das kleine Boot ergriffen und nahm es nun mit sich. Fort. Weit fort von dem Seelensammler und von Simons Freunden.

Und er konnte nichts dagegen tun.

Mit einem lang gezogenen Schrei schreckte Simon aus dem Schlaf. Sein Herz bebte. Sein Atem raste. Heißer Schweiß rann ihm die Stirn hinunter.

Er warf die Decke von sich, setzte sich mit einem Ruck auf und blickte sich hektisch um. Er war in seinem Zimmer. Er war zu Hause.

Sofort sah er an sich herunter. Die Altersflecken auf seiner Haut waren verschwunden. Alles fühlte sich an wie immer. Simon sprang auf und rannte zu seinem Kleiderschrank. In dem großen Glasspiegel an der Tür betrachtete er sich ganz genau und atmete auf: Er sah aus wie immer.

Hastig wandte er sich um und eilte zum Fenster, um hinaus auf das Meer zu blicken: Ruhig lag es unter einem schimmernden Sternenzelt, und der Mond spiegelte sich auf der glatten, weiten Fläche.

Simon stützte seine Hände gegen die Fensterscheibe und versuchte angestrengt, mehr zu erkennen.

Da!

Er glaubte, einen Schein zu sehen, ein flackerndes Licht, weit am Horizont. Möglich, dass er gerade die Fackel auf dem vorderen Mast des Seelensammlers davongleiten sah. Doch er konnte sich auch täuschen.

Tränen stiegen ihm in die Augen. Dort fuhren seine Freunde davon, und er hatte nicht einmal die Möglichkeit gehabt, sich von ihnen zu verabschieden. Simon musste mit aller Macht gegen den Impuls in sich ankämpfen, ans Ufer zu laufen und ihnen einen letzten Gruß zuzurufen.

Er ließ die Hände sinken.

„Bist du wach?", hörte er die Stimme seiner Mutter nach ihm rufen und da erwachten wieder alle seine Lebensgeister. Seine Eltern! Er musste zu ihnen. Er wollte zu ihnen. Er musste ihnen zeigen, dass es ihm gut ging und dass die Sorgen, die sie sich bestimmt in den letzten Tagen gemacht hatten, völlig unnötig gewesen waren.

Er rannte die Treppe hinunter, gleich zwei Stufen auf einmal nehmend. „Ich bin wieder da!", rief er seinen Eltern zu.

„Das sehe ich", gab die Mutter zurück. „Und viel zu früh für deine Verhältnisse."

Jetzt lief Simon ins Wohnzimmer und fiel seiner Mutter um den Hals. „Ich bin wieder da", flüsterte er.

Seine Mutter drückte ihn an sich, doch sie wirkte einigermaßen verwundert. „Konntest du nicht schlafen oder was ist mit dir los?"

Simon löste sich langsam aus der Umarmung. „Habt ihr euch denn keine Sorgen gemacht?"

Seine Mutter stutzte und sah ihn verständnislos an. „Na ja, nicht unbedingt. Wir wussten ja, dass du im Bett liegst. Und dort ist die Unfallgefahr normalerweise nicht gerade besorgniserregend groß, oder? Sag, geht es dir wirklich gut?"

Jetzt war Simon derjenige, der seine Mutter verständnislos anblickte. Dann jedoch fiel sein Blick auf die Digitaluhr im Wohnzimmerschrank.

Sechs Uhr morgens.

Und das Datum zeigte exakt den Tag seines Verschwindens an. Da wurde es Simon bewusst: Der Schattengreifer hatte ihn genau in die Zeit zurückgebracht, in der Simon das Haus verlassen hatte. Simon war nicht eine Sekunde seines Lebens hier verlorengegangen.

Er verzog das Gesicht und grinste seine Mutter verlegen an. Sie musste ja denken, er wäre völlig übergeschnappt! „Äh, so eine Nacht kann einem manchmal endlos lange vorkommen, nicht wahr?“

Das war ziemlich schwach, aber seine Mutter gab sich zufrieden: „Du scheinst ja wirklich schlecht geschlafen zu haben. Ich wecke mal deinen Vater, dann können wir gleich gemeinsam frühstücken, ja?“

„Klingt super!“, antwortete Simon. Er lächelte ihr noch einmal zu, dann ging er zurück in sein Zimmer, zurück ans Fenster und blickte wieder auf das Meer.

Dieser kaum wahrnehmbare, schwache Schein am Horizont war weiter verblasst. Wenn dies der Seelensammler war, dann entfernte er sich gerade mit aufgeblähten Segeln.

Simon sah vor seinem geistigen Auge Moon auf dem Dach der Kajüte stehen, wie er sich im Lenken des Schiffes übte. Er sah Salomon, der sich gewiss bereits darangemacht hatte, den hinteren Mast zu reparieren. Und er stellte sich Nin-Si vor, die auf ihre mütterliche Art vielleicht die Lebensmittel vorbereitete, vielleicht beobachtet von der kleinen Krähe.

Doch besonders klar sah er Neferti vor sich. Ihr Gesicht. Ihren Blick, als sie in den ersten Stunden ihrer Begegnung mit ihm an der Reling gestanden hatte, um ihm seine Angst zu nehmen.

Es stach Simon ins Herz. Dort draußen auf dem Meer zog ein Stück seiner selbst davon.

Simon hob eine Hand zum Abschied. Doch schnell zog er sie wieder zurück.

Nein, das passte nicht.

Er musste sich nicht verabschieden.

Ganz gewiss nicht.

Irgendetwas in ihm spürte, dass der Zeitpunkt des Abschieds noch nicht gekommen war.

Die Worte des Schattengreifers kamen Simon in den Sinn und es lief dem Jungen eiskalt den Rücken herunter. Denn plötzlich war es ihm, als stände der Schattengreifer an seiner Seite und wiederholte die Worte, die er sterbend in der Kajüte zu ihm gesagt hatte: „Jetzt ist nicht die Zeit für Antworten, Simon. Noch nicht. Du wirst deine Antworten erhalten. Zu einem späteren Zeitpunkt. Vertrau mir."

In diesem Moment wurde Simon bewusst, dass er sie wiedersehen würde: die Zeitenkrieger, den Seelensammler und auch den Schattengreifer. Er war sich sicher, dass sie ihn erneut rufen, dass sie ihn wieder auf ihr Schiff einladen würden.

Bald schon.

Und Simon würde vorbereitet sein.

Er würde sie erwarten.

Ein kurzes Nachwort

Für einen Autor wie mich, der sich normalerweise alles selbst ausdenkt, worüber er schreibt, war die Arbeit an diesem Buch eine ganz besondere Herausforderung.

Die Geschehnisse der einzelnen Epochen haben ja tatsächlich stattgefunden: der Untergang der Stadt Karthago, das Eintreffen der Siedler in Australien, die Hatz auf die Ureinwohner, die Pest, von der Salomon berichtet hat, oder auch die Geschehnisse in Amarna.

Ich musste mich also mit all diesen Zeiten, mit Menschen und den Gegebenheiten vertraut machen. Wie viele Texte, Berichte, Aufsätze und Bücher ich dazu gelesen habe, kann ich gar nicht mehr sagen.

Allerdings hatte ich dabei eine wunderbare Hilfe an der Seite. Meine Frau Doro kann sehr gut recherchieren. Ohne sie hätte dieses Buch niemals so geschrieben werden können, und ich bin ihr unendlich dankbar für die ganze Unterstützung, die sie mir beim Schreiben gegeben hat.

Die Namen der Personen dieses Buches sind zum Teil erfunden, aber an wirkliche Namen der jeweiligen Epochen angelehnt. So oder so ähnlich haben die Menschen in diesen Zeiten geheißen.

Manche Personen gab es tatsächlich, so wie den römischen Konsul Scipio. Und dass es ihm leidtat, Karthago zu zerstören, stimmt auch.

Andere Figuren wie den brüllenden Anführer der australischen Siedler habe ich mir ausgedacht.

Vielleicht habt ihr ja mal Spaß daran, Geschichtsbücher zu durchforsten und herauszubekommen, was an meinen Geschichten erfunden und was daran wahr ist.

Ihr glaubt gar nicht, wie viel Spaß es macht, sich mit unserer Menschheitsgeschichte zu befassen. Mir ist das erst jetzt, beim Schreiben dieses Buches, so richtig klargeworden.

Doch da gibt es, neben Doro, noch einige Leute, denen ich ebenfalls gern danken möchte. Dr. Jochen Schenk ist ein leidenschaftlicher Segler. Ihn hatte ich um Rat fragen dürfen bei allem, was mit Schiffen zu tun hat. Dank seines enormen Wissens wirken auch alle Szenen rund um den Seelensammler so richtig echt.

Sarah Schenk und Lena Etzkorn sind zwei begeisterte Leseratten, die den „Schattengreifer"-Band als Erste gelesen und mir dann Rückmeldung gegeben haben, was ihnen gefällt oder was nicht. Auch das war mir natürlich eine riesige Hilfe. Vielen Dank dafür, ihr zwei!

Und schließlich bedanke ich mich ganz herzlich bei meinem Verleger vom Baumhaus-Verlag, Bodo Horn-Rumold, und bei meinem Lektor Harald Kiesel für das große Vertrauen, das sie in mich gesetzt haben, dieses Buch zu schreiben.

Stefan Gemmel, geb. 1970, ist mit knapp 30 Veröffentlichungen der meistübersetzte Schriftsteller in Rheinland-Pfalz. Überregional bekannt wurde er vor allem durch seine originellen Lesungen und Schreibwerkstätten.

Für seine Nachwuchsförderung wurde er mit dem Bundesverdienstkreuz ausgezeichnet. Er ist verheiratet, Vater von zwei Kindern und lebt in der Nähe von Koblenz.

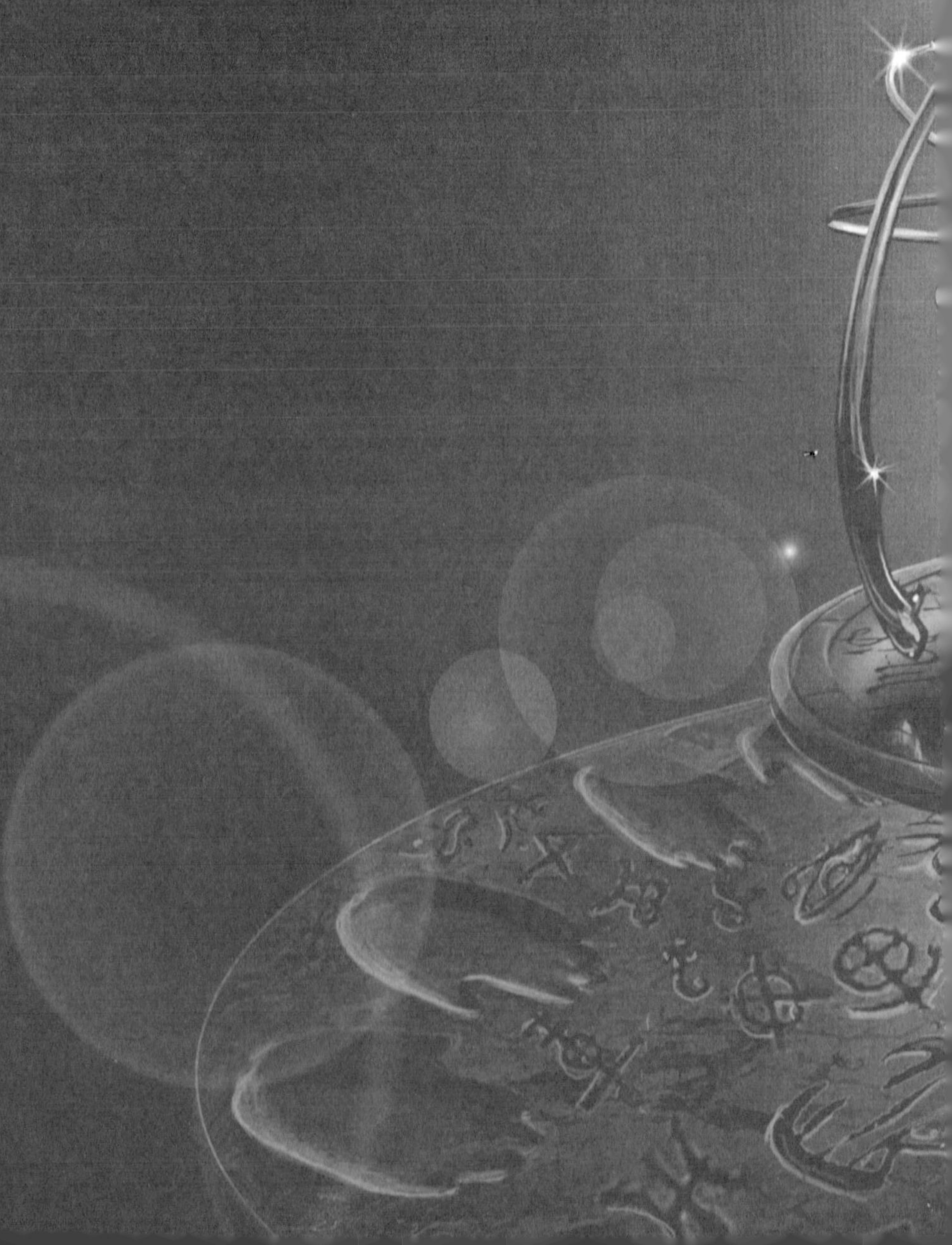